JN208574

デュラスのいた風景

笠井美希遺稿集・デュラス論その他

1996 〜 2005

Shichigatsudo

表紙「自画像」：笠井美希
装幀・デザイン：七月堂

目次

Ⅰ　視覚とデュラス
ダッハウ——写真と空白　11
富める白、存在の白　17
終わらない閃光　22

Ⅱ　マルグリット・デュラス
『太平洋の防波堤』　29
『太平洋の防波堤』と『愛人／ラマン』　85
『静かな生活』　172

Ⅲ　十九歳　1996〜2001
映画の時空、文学の時空——ヴィム・ヴェンダース『ベルリン・天使の詩』　185
「藪の中」——テクスト論的に　188
マリー・ローランサン／オクタビオ・パス——二〇世紀の詩と絵画　192
寺山修司が破壊したもの——演劇実験室『天井桟敷』（ビデオアンソロジー）　199
クァジーモドとタブッキ　206

二十歳で死ぬには、勇気がいる――エヴァリスト・ガロアの生涯 214
読むこと――アンヌ・ガレタ『スフィンクス』 224
ロラン・バルト『明るい部屋』――写真＝過去と未来をつらぬくもの 228
ふたりの「『女の子』写真家」を解体する 235
小説はなぜ過去形で語られるのか 249
螺旋的構成――『天使の恥部』 252
『痴人の愛』――反復されるモチーフ 268
「水槽の中の脳」についての疑問 279
『スワンの恋』――隠喩としての「病気」 283
性差の倫理的問題――セクシュアリティの観点から 291
日本の散文詩について――安西冬衛『軍艦茉莉《マリ》』 301

Ⅳ

断片的草稿・他

断片的草稿（夢の記録・その他） 309
Cinéma 1·2（映画日誌） 324
母への手紙（抄） 340

最期の手稿（メモ・その他）　359

〔寄稿〕

小原さやか　ストラスブールの日々　367

山﨑　邦紀　「白い空白」　369

杉中　昌樹　不在の白、実在の黒　374

林　美脉子　大胆で骨太な「学《ストゥディウム》」の越境から、非場の見据えを踏み抜いた感性の「空白《プンクトゥム》」　378

解題　390

略年譜　402

編者あとがき　407

デュラスのいた風景

I　視覚とデュラス

11

ダッハウ——写真と空白

四年前、秋の朝、私はドイツ・ミュンヘンに程近いダッハウ収容所にいた。薄曇りで、ウールのコートを着ても暖かさは感じなかった。ヨーロッパの都市の郊外が持つ人気《ひとけ》の無さと、一種殺伐とした印象が、私たちから体温を奪うかのようだった。その上、朝食後一番に訪れるのに相応しい場所ともいえない。が、フランスから車で国境を越え、ミュンヘンまで向かうというハードな旅程上、どうしても早朝からこの重々しい場所を訪れなければならなかった。気が進まなければ、勿論、ひとりで他の同行者を待つ事も出来た。しかし、私たちの宿はこの収容所のほぼ隣で、訪れるまでもなく、すでに数日間このバラック跡地の発する陰鬱な空気に飲み込まれていたから、あらがって足を踏み入れないことの方が多大な努力を要した。また、日本人としてのかすかな自意識がそれを許さなかったように思う。さらに、研究していたフランスの作家マルグリット・デュラスの夫、ロベール・アンテルムが収容されていたことも、ダッハウに入りたいという思いとなっていた。結局、アメリカから来た年長の学生が、ひとり強硬に見学を拒否し、フランス人コーディネーターと駐車場のレンタカーで待つことになった。

ダッハウ収容所では特にガイドの案内もなく、敷地内を自由に歩くことが出来た。バラックは数棟だけ復元され、他は土台の跡だけ残っていた。後は展示室が、元ナチスの管理棟〔写真〕の一角にしつらえてある。展示室で見られるのは主に公文書の写しやナチスが保管していた記録写真。ゲシュタポに逮捕されたユダヤ人の記録、手紙、輸送される大量のユダヤ人、穴に積まれた彼らの身体。彼らが残した眼鏡、義歯、毛髪。局所麻酔のみで開頭され、狂気に陥ったのか、カメラに笑いかけている男性。低温実験の経過写真。

作家デュラスの夫、ロベール・アンテルムは、レジスタンス活動を理由に政治犯として逮捕され、最後にこのダッハウでミッテラン（同じくレジスタンス、後の大統領）に救出された。この事件がデュラスにユダヤ性の問題を与え、多くの作品を生む動機ともなった。一方アンテルムは、収容所の体験記的作品『人類』を発表後、収容所について一切の言及を避けた。二度も語りたくはない事実が、収容所に累積していたためである。収容所解放から六〇年近くを経た現代でも、人が考え得る以上の事をなぜ躊躇なく実行できるのか、と問いかける暇もなく、展示室の記録は見学者へ押し寄せてくる。収容所の外とはかけ離れた状況が、書類に、印画紙に焼き付けられていた。

だが、私の視線を捉え、立ち去ることを拒ませたのは、そこの記録の数々よりも管理棟前の広場に立てられていた案内板の白黒写真だった。

『被収容者はこの広場に毎日午前・午後、ときには夜まで整列させられ、少しでも列から離れたり、身動きをした者はその場で銃殺された』という解説の下、整然と並ぶユダヤ人の写真。しかし、その列には一カ所、ほとんど見過ごしてしまいそうな空白があり、隊列後方には走り寄る看守の姿が荒い粒子で写し取られていた。

それはまさに今、被収容者の一人が倒れ、そこにナチスが群がり処刑しようとする一瞬を捉えた写真だった。彼らが処刑されるために並ばされ、その狙い通り処刑されていることを示す、悲劇的な写真だ。しかし、私が、不謹慎にも文学的感銘を受けたのは、「捕食」の瞬間そのものにではなく、その瞬間が隊列の中のごく小さな空白によって表象されているという事実であった。

ごく一般的に、写真について論じる際、問題となるのは被写体もしくは被写体を再現する技術だろう。現像時の粒子の粗さやコントラストが被写体と合ったものか、構図が作者の意図を伝えるに足るかどうかといったように。しかし、この写真の空白は、それらから解放されている。これは全くの偶然から印画紙に残された、死者の――あるいは死が決定された者の――痕跡なのである。

強制収容所を英語でConcentration campと言うが、その中でさらに集合concentrateさせられた人々。当時、人種も信条も性的指向すらもがナチス的か否かという基準で選別され、強制的に集められていた。実際、ダッハウにはユダヤ人以外にも政治的理由（レジスタンス活動等）や、性的逸脱として同性愛者も多く収容されたようだ。いびつなかたちの凝縮に凝縮を重ねた末、彼らが印画紙の上に空白としてしか存在し得なかったという事実は、見る者を愕然とさせる。この写真における空白＝白は、「有るべき者／物」が「無い」ことを露わにするために、絶対不可欠だったのである。

いったい、写真が空白を、何も表象しないものを持つことはあるのだろうか。いや、この問いは全く正確ではなく、極端な凝縮の過程を目にしていささか取り乱しているだろう。フランスの哲学者ロラン・バルトは、著書『明るい部屋』で、青年死刑囚を独房で撮影した一枚の写真から、一般的文化的関心を破壊し掻き乱し、見る者を突き刺すもの（彼の語でいうプンクトゥム）を見出した。それは「この青年がこれから死のうとしている」ことと、（その写真を見る頃）「すでに死が起こってしまった（それはかつてあった）」こと、つまり未来と過去が圧縮され一体化している状態を指す。このバルトの言うプンクトゥムが、写真の空白を通して広場に立つ私を突き刺していたのではないだろうか。先の問いに自答するならば、このダッハウの広場の写真には、「これから失われるであろうもの」と「あるべきはずのものが無い」が空白として「ある」のである。

ただひとり見学を拒んだアメリカ人とは、ミュンヘン市街に向かうタクシーの中で軽い口論になってしまった。彼は、ショッキングなものを見ると自分がコントロール不能になる、それが怖いと言い、一度広島に行ってみるといい、と勧めた私に、本で十分じゃないか、ミキも行く必要は無い、と無邪気に助言してきたのだ。ホロコーストとヒロシマという人類の愚挙を一蹴されたようで不愉快だった。が、ひょっとすると、彼はプンクトゥムの影響力を知っていて、写真でも十分に何か感じ取れると主張したかったのかもしれない。そう信じておきたい。

（「美術ペン」一一四号　二〇〇五、一）

写真はダッハウの管理棟。建物の前に見える有刺鉄線状のものは、後に建てられた慰霊碑。よくみると綱のように痩せた人間が、苦しみに手足を曲げて重なり合っている。正面に立つと、収容された人々がナチスの管理棟にはりついているように見える。

富める白、存在の白

前回、バルトが言うところのプンクトゥムによって、ダッハウの広場で収容者の写真を見る私は刺し抜かれたと述べた。「有るべき者／物」が「無い」ことが、どれ程までに人々を悩ませるか、そしてそれが、印画紙に焼き付けられた空白によるものであったと。追記すればここにはまた、逆説的（ネガティブ）な偶然性があると言えるかもしれない。通常、ネガフィルムを現像するということは、本誌の読者ならば周知だとは思うが、現像液によってフィルム表面の粒子を成長させることに他ならない。その粒子の成長の時間の長短により、画質は荒くもなりまたは細やかにもなる。マチエールとしての粒子が大きくなれば、それだけフィルムの透過性が低くなり、印画紙には引き伸ばし機のライトが届きにくくなる。つまりそれだけ出来上がる写真は白くなるのだ。

ダッハウの収容者、広場に整列されられていたが、過酷かつ非人間的状況に倒れ、すなわち直ちにナチスの看守により処刑が実行されたであろう収容者は、逆に、ネガフィルムの上では、黒々とした粒子として、その痕跡を残していたのではある。ナチスが最終的に残した記録写真には、彼は空白としてしか存在しないが、ナチスが手元に保管（したかは不明だが）するネガには、彼は「居た」のだ。が、焼き付けの光を当てたときに、彼は存在を失ってしまった。可視光線の下では不可視になり、写真暗室の中でしか存在不可能であった彼らに、私たちは何が言えるだろう？　バルトのように、この場に、暗室ではなく『明るい部屋』に彼らを連れ出して、思索することしか、手だては残されていないのではないかと思えてしまう。

そして、これは日本語としての問題だが、「焼き付ける」という術語。ダッハウの死者に裏打ちされた静寂を思い返すときに、これ程発話を躊躇する語もないだろう。写真を趣味で行う者なら日常的に使うこの「焼く」という語が、ビルケナウのガス室と、その結果山と積まれた遺骸の辿った惨状を瞬時に連想させ、と同時に、それがナチスにより集められた人々の存在を空白として「焼き付け」る。収容者も、死者も、数度に渡って、戦後六〇数年を経た今なお焼かれているのである。

では、白は、白色は常に不在と存在という関係性の中でしか語られないかというと、決してそのようなことはない。ブラウン管の上では、白色は光の混色が生み出すものであるし、色づけされていないことが、文学作品で意味を持つ場合もある。

フランスの現代作家（小説家でもあり、映画監督でもあった）マルグリット・デュラスの、後年最も「ヒット」した作品に『愛人』がある。この作品はデュラスが口述し、彼女の晩年の伴侶がタイプして作品化されたという経緯があるため、作品中に度々言い戻し、思い返し、物語る現在の自分への語りかけ、唐突な回想が混入し、多少難解な作品である。この作品が多数の読者を獲得したのは、ゴンクール賞を受賞したことと、ストーリーが貧しいフランス人少女と富裕な中国人青年の性愛を描いていたこと、またそれが作者自身の体験に基づいていた（と作者が述べた）というのが主な理由として挙げられよう。映画化もされたので、作品の存在を耳にした読者も多いと思われる。ジェーン・マーチが主演した映画の出来はさておき、ここでは同じ経験をベースにした、より描写性の高い作品を取り上げよう。物語作品『愛人』のさらに基になった小説が『太平洋の防波堤』である。こちらはデュラスの最初期の作品であり、出世作と言ってよい。また、後の『愛人』とは百八十度違った古典的な作風である。

『太平洋の防波堤』における物語の主軸は、仏領インドシナ政府の腐敗により塩漬けの土地を払い下げられたフランス人一家の貧困である。その中で、主人公の少女は、金持ちのフランス人青年と出会い、その貧困から脱すべく、自らの性的魅力を武器として、駆け引きを繰り広げる。そこには何かに闘いを挑むことに執着し続ける母親の圧力があり、娘を唯一の資産とする一種の経済活動が展開されているのだが、主人公はその自分を取り巻く「商取引」を、感傷的にならず冷徹に観察している。勿論、あからさまに売春行為が展開するわけでもない。物語は淡々と、貧困層と富裕層の白人世界を描いていく。

少女に興味をもつ富裕な青年は、いつでも白い絹のスーツを身にまとって登場する。少女の母親は臙脂色のワンピース一着しか着る物が無く、それを洗った際は肌着で過ごすしかないし、少女も、始めは生成りだったが、今では薄汚れてしまったコットンのワンピースを着ているというのに。この、全く汚れがない、純粋に白い服というのは、植民地の富裕白人層社会においては、必ず着用しなければならない制服といってもよいものなのである。

彼ら［富裕層の白人］は［インドシナに］やって来るとすぐに、まるで小さい子供のしつけのように、毎日風呂に入ることを覚え、そして特権と無垢の色である白い色の植民地式制服を着ることを覚える。その時から、第一歩は踏み出されるのだった。［貧困層の白人や現地人と］距離は増大していき、それに比例して、最初の差別は相乗される、白に白を重ねて、彼らとその他の人々、雨水や河川の泥水で体を洗う人々との間で。白という色は、事実、極端に汚れやすいのだ。（注）

この一節は、少女が都会に初めて出た際に、そこに暮らす白人たちに対してなされた描写である。「白に白を重ねて」とは現地において相当の権力を持つはずの白人が、白い服を着ることで、汚れが付着するような生活スタイル、つまり労働から隔絶していることを誇示していることを示している。ここでは完璧な白さが強調され、一方、同じ白人ではあっても、辺境で現地人と混じり、現地語も理解し、子供たちと川遊びにふける主人公とその兄との格差がはっきりと謳われている。

ここで扱われている白は、ダッハウで示された不在の白ではなく、存在の白、過剰なまでに富と物質が存在していることを表象する白なのである。

（注）Marguerite Duras, *Un barrage contre le Pacifique*, Folio PLUS, Gallimart, 1997, pp.155-156・筆者訳、［ ］内は筆者が補足した

（「美術ペン」一一五号　二〇〇五、五）

終わらない閃光——映画『ヒロシマ、私の恋人』

閃光。もし、この映画にそれが存在するのなら。

その瞬間光は拡散し、全てを白色にひたし、知覚可能レベルを超えた激烈な照度で包み、侵食し、あらゆるものは個性を剥奪され、それゆえ一体化し、消化されてしまう。そして、続く闇と黒い雨。光が万物の消化を終えたとき、そこには瓦礫と生命を失った者たちが、あたかも怪物の排泄物のように無秩序に残されるだろう。この閃光によって終わることが何を残したのか？　そもそも何が終わったのか？　終わりの後には何が待っているのか？

アラン・レネ監督、マルグリット・デュラス脚本の『ヒロシマ、私の恋人』（*Hiroshima mon amour*）を観て、まずキノコ雲が登場しないことを意外に感じた。たんなる戦争のアイコンとしてＭＴＶ世代のビデオクリップに挿入されることもあるのに、日本人として肩すかしを受けた気分であった。それは、外国の観客も同じだろう。なぜなら、脚本には確かに原爆爆発の描写が冒頭に置かれていたのに、不採用となっているのだから。脚本はちくま文庫より『ヒロシマ私の恋人』（清岡卓行訳）として出版されている。撮影時に排除された部分も括弧書きで残されており、比較が容易である。映像作品となった「ヒロシマ」は、よりテーマの骨子を明確にしているのが見て取れるだろう。

『ヒロシマ、私の恋人』は、映画の撮影で広島を訪れたフランス人女優（エマニュエル・リヴァ）が、建築家を名乗る日本人男性（岡田英次）と一夜を共にし、広島に滞在しつづけるかどうか悩みつつも、最終的には帰国する、といういたってシンプルな物語だ。汗にまみれ絡み合う二つの肉体から始まり、翌朝までの「二十四時間」で、映画はエンディングを迎える。

この作品において、重要なファクターのひとつは「広島で起こったこと＝原爆投下」である。にもかかわらず、前述の通りエノラ・ゲイやキノコ雲のシークエンスはいっさい登場しない。資料館や、投下後の広島を再現した映像が数分挿入されるが、それらはフランス女性の回想としてのみ挿入される。脚本に描かれ、原書の表紙にも採用されるほど、広島とキノコ雲は密接だ。しかし、レネは削除した。それはなぜか。

それは、物事の終わり（＝第二次世界大戦の終わり）を視覚化して、観客に先入観を持たせないためだろう。なぜなら、この作品は、人生のある出来事によって強制的な終焉を迎えさせられた人々が、「終わり」以後をどう過ごすのかを問題にしているためである。映画の主題は「終わり」以後の過程であり、「終わり」そのものの悲惨さではないかもしれない。

原爆投下は、世界に終戦を実質的に宣言したが、これらフランス人女性と日本人男性にとって、それは「この終わり後を生きねばならない」という新たな苦痛の宣告であった。フランス人女性は、占領下のヌヴェール（フランスの地方都市）でのドイツ兵との恋が、フランス解放により断絶させられ、歓喜に満ちた日々が失われたのだ。南独への駆け落ちを実行する日、ドイツ兵は殺される。彼女自身は、他の同じ境遇の女性同様、住民から街路で丸刈りにされる。彼女は恥辱によって幸福の代償を払い、また恋人の死で狂気に陥り、家族の手で地下室に幽閉される。解放されたのは、刈られた髪が人目を引かない程度に伸びてからだ。夜半にパリに逃がされ、群衆のなかに潜んでいたとき、彼女はヒロシマでの原爆投下を知る。人々は、世界戦争の終結に沸くが、彼女は陰鬱となる。

彼女はヌヴェールでの悲劇を、現在の夫にも語っていない。誰にも長い期間語ってこなかったが、この日本人男性には詳細を語り明かす。しかし彼女は眼前の日本人男性に語っているのではなく、当時の恋人であった、死んだドイツ兵に宛てて語っているのである。会話の途中から日本人男性は、あたかも自分がそのドイツ兵であるかのように問いかけ始める。

「君が地下室にいるとき、ぼくは死んでいたの？」

この時点から、過去を語る相手は、死んだドイツ兵になり、会話は彼がいかに欲しかったかという彼女の痛烈な欲望の吐露となる。眼前の日本人が突如過去の恋人として聴き手を演じ始めたことを、彼女の表情は微動だにせず受け入れる。そしてまた、ヌヴェールの告白が終了するとまた何事もなかったように、日本人は「広島の男」に戻るのである。

彼女はパリに出て女優になり、結婚もしたが、過去の事件を背負い続けてきたのである。それを広島で出会った男の体を借り、過去の恋人の亡霊へ告白することで、重荷を昇華することが出来たのだ。が、愛の語りを成就したからといって、彼女の「生」は回復しない。執拗に、数日でもいいからと滞在延長を求める男に、彼女はこう答える。「そんな時間はないわ、生きるための時間も死ぬための時間もないの」。彼女はこれからも過去を引きずって、死んだように生きていくことを告白している。

彼女は最後に彼を「ヒロシマ」と名付ける。このとき、ヌヴェールである彼女はヒロシマとの交差を完了し、また強制的な忘却が始まることを告げる。

レネが敢えてキノコ雲を削除したのは、この二人にとって、何も終わってはおらず、むしろその「終わり」の瞬間の中に生きているということを強調するためではないだろうか。爆発と閃光という化学反応は、燃焼する物質が消えてしまえば終了してしまう。それを視覚的に画面に配すると、観客に物事の終了を強烈に印象づけてしまい、あたかもこの作品が「完璧な戦後」だと受け取られると考えたのではなかろうか。彼ら二人は戦後を生きているのではない。強制終了の瞬間の中で、現在もかぼそく息をしているのだ。

彼らは広島の閃光の中でもがき続ける。戦争終結六〇周年の今も。彼女の街、ヌヴェールは、NEVERSと綴る。仏語でNEは否定をつくる表現の一部であり、VERSは「～へ」と方向を示す前置詞である。NE・VERS、つまり「どこにも出口がない」街と解釈可能かもしれない。彼女はどこにも進むことができない街に、この瞬間も留まっている。

（「美術ペン」一一六号　二〇〇五、九）

Ⅱ　マルグリット・デュラス

『太平洋の防波堤』

マルグリット・デュラスが世に出した三番目の作品『太平洋の防波堤』は、前二作と異なり、舞台をインドシナに移している。グザヴィエル・ゴーティエとの対談や、ミシェル・ポルトによるインタビューにおいてデュラス自身が多く語っているように、この作品は自伝的小説であり、ここで明かされた少女期の体験はこの作品以後も反復されている。東南アジアやインドに舞台を借りた作品も多いが、特に、『太平洋の防波堤』『愛人』『北の愛人』の三作はデュラスの作品群において無視することができない柱である。この三作はそれぞれまったく異なる技法で執筆されており、デュラスの思想をたどる上でも重要である。

ここでは、歴史小説として扱われがちな『太平洋の防波堤』を題材に、「贈与」のテーマを取り上げた。主人公が受け取る贈物の数々は恋愛における普遍的な光景のひとつだろうか。贈与は、贈り主がこめたある意志、その状況、やり取りされる品物の象徴性などから、何らかの効力を発揮するのである。それは「破産と死、現状からの脱出」というモチーフを持つこの小説を読み解く上での重要な鍵となり、『愛人』や『北の愛人』などとおなじく、旧インドシナ時代を描きながらも一般的な小説のスタイルをとらない作品にも応用が可能な足場を読者へ提供する。
この小説には、おおまかな二項対立がみられる。一方はムッシュウ・ジョーの贈与に代表される「経済活動」であり、他方は主人公シュザンヌによる「〝非〟経済活動」である。

背景――ムッシュウ・ジョー登場までの経緯

実業家の跡取り息子、ムッシュウ・ジョーはインドシナのシャム湾に面したラムの酒場でシュザンヌ一家に出会う。彼の容姿はシュザンヌの兄ジョゼフいわく「サルおやじ」であるうえに、一代で財をなした父親に似ず頭が悪かった。だが、人となりはともかく、絹の服を身につけ、五万フランのモーリスを運転手に運転させ、ダイアモンドの指輪をはめる経済力に、シュザンヌの母親は色めき立つ。

ダイアモンドはけた外れに大きく、薄地の絹布でできたスーツは見事な仕立てだった。ジョゼフは絹のものを身につけたことなど一度もない。ソフト帽は映画から抜け出てきたようだった。女が原因でふさぎこんでいるから、四〇馬力の車に乗って財産の半分を賭けにロンシャンへ行く前に、無造作にかぶる帽子だ。まったく、顔つきは美しくはなかった。肩幅が狭くて、腕は短く、身長は平均以下に違いない。小さい手は手入れされて、割合細く、十分きれいだった。そしてまた、ダイアモンドの存在がそれらに王族のような、多少頽廃的な価値を与えていた。彼は独身で、大農園主で、若かった。彼はシュザンヌを見ていた。母親は彼が娘を見ていることに気がついた。今度は母親が自分の娘を見た。電灯の下だと彼女のそばかすは日中よりも目につかない。確かに美しい娘で、輝いて傲慢な目をしていて、若く、青春の真っ盛りで、内気ではない。

「どうしてお前はそんな陰気な顔をしてるんだい？」と母親は言った。「もう少し愛想よくできないのかい？」

舐めるようにムッシュウ・ジョーを観察した後、母親は逆に彼の方から娘へ投げ返される視線に気づいた。そして母親は、そこに彼が困窮する一家の救いとなる可能性を感じたのだった。

シュザンヌ一家の経済状況は貧しさを極めていた。母親は、現地人学校の校長を勤めていた夫の死後、幼いシュザンヌとジョゼフを育てるために映画館付きのピアニストなどで懸命に働き、一〇年をかけて貯めた貯金で植民地土地管理局から払下げ地を購入した。だが、植民地における不正にまったく無知であったため役人への賄賂を忘れ、毎年海水が浸ってくる耕作不能の土地をあてがわれてしまった。彼女は不正のからくりを悟ると、管理局に直訴するとともに、塩水を防ぐ防波堤建設に着手する。しかし、借金を重ね全身全霊をかけた防波堤も崩壊し、建設費用を得るために抵当に入れた未完成のバンガローを完成させることもできなくなったのである。

シュザンヌとジョゼフの姉弟は、白人であるにも関わらず、現地人の子供のような暮らしをする。ジョゼフは彼らと川で遊んでやったりもする。彼らの戯れる様子から、個体の弁別もなく、差異が消失し、個々人が等価になるのがわかる。ジョセフも現地人の子供たちも匿名性に埋没し、同化してしまっている。

二人の「白人離れ」した成長は、払下げ地の物語とともに作者デュラスの実人生を色濃く反映している。デュラスはミッシェル・ポルトとの対談で、母親とのインドシナ時代の生活を次のように語っている。

——マルグリット、あなたはいつか、あなたの母親は白人社会の女性より、ヴェトナムの農婦なら誰にでも似ていたと、私に言っていたわね。

M・D　ええ、なによりも農婦だった、彼女はね、彼女はそもそも農婦で、農婦だったの。奨学金を受けながら小学校教員養成所で学んだけれども、彼女の両親は北フランスで小作人をしていた。おまけに私たちは、とても、とても貧しかったし、彼女は完璧に最下層の人たちの間で働いていたから、……考えてもみてよ、税官吏や郵便局員とともに、最下層の白人なのは現地人小学校の教師だったの……、だから彼女はヴェトナム人や安南人にとても近かったわ、他の白人たちよりもね。私には一四歳か、そうね一五歳になるまでヴェトナム人の友達しかいなかった。公務員として二〇年働いた末に、彼女はカンボジアでカムポット近くの分譲地を買ったの。(中略)

――私たちはずっとヴェトナム人に近かった、わかるでしょう、フランス人よりもよ。私が今気がついたのはそのこと、私がフランス人種に、いえ、フランス国籍に属しているということは、うわべだけということよ。私たちはヴェトナム人の子供たちのようにヴェトナム語を話していた。決して靴をはかなかった。ほとんど裸で生活して、川で水浴びをしていた。私の母は、彼女は絶対にそうしなかったし、決してヴェトナム語を話さなかった。覚えられなかったの、とても難しいから。私はバカロレアをヴェトナム語で受けたのよ。要するに、ある日、私は自分がフランス人であることを学んだのよ。わかるかしら……。私の母は私たちにしばしば繰り返し言っていたわ、「あんたたちはフランス人なのよ」って。

フランス語しか使わない母親とヴェトナム語が達者な子供たち。移民が常に抱える問題とおなじように、あくまで本国の文化を固守しようとする一世と、現地の文化を吸収し成長してしまう二世の対比がここにみられる。ただし、物語の中では、近隣の農夫たちに対して防波堤建設の夢を語り、長年マレー人の使用人を指図しているので、現実とは異なり、母親も現地の言葉を話している。

次の引用は、母親の死後、集まってきた農夫たちにジヨゼフが語りかける場面である。ジヨゼフはアゴスティから母親の危篤を知らされ、恋人のリナと共にセントラル・ホテルから払下げ地まで駆けつけるが臨終には間に合わない。母親を失った悲しみと、その死に責任の一端を担う管理局の役人への憎しみをこめて、ジヨゼフは貧しい農夫たちにこれからなすべきことを指示する。それはすべてヴェトナム語でなされており、それを自由に話す最下層白人と、まったく理解できない（その必要がない）富裕な白人の違いを際立たせる。

居間に戻ってしばらくしてから、彼［ジヨゼフ］はバンガローをすっかり取り囲んでいる農夫たちに気がついた。彼は立ち上がってベランダの方へ行った。シュザンヌとジャン・アゴスティとジヨゼフの女は彼のあとについて行った。

「おふくろに会いたければ」とジヨゼフは言った。「そうしてもかまわない、みんな、子供たちもだ」

「あなたは立ち去ってしまうのですか？」ある男が尋ねた。
「二度と帰らないつもりだ」
女はその土地の言葉がわからなかった。彼女はある時はジョゼフを見、ある時は農夫たちを見ていた。どうしていいかわからない、別世界の女は。

この物語におけるフランス語と現地語の話者層の差は、シュザンヌ一家と、「別世界」である富裕白人層との文化的対立を浮かび上がらせている。デュラス自身も、そして彼女のインドシナ体験から生まれたシュザンヌ一家も、経済的には富裕な白人層から完全に落ちこぼれ、文化的にも隔たった状態にいた。このような貧しさにも関わらず、母親はいまだに防波堤建設に執着する。彼女にとって防波堤とは何を意味していたのか。母親が植民地に入植したのは、学校を卒業して小学校教師をしていたときに、植民地の宣伝ポスターで輝かしく成功した新しい人生を触発されたからである。彼女はフランス北部の生活にいらだちを感じ、ピエール・ロティを愛読していた。

日曜日にはときおり、村役場で、彼女は植民地宣伝ポスターの前で夢みていた。「植民地軍隊に志願しよう」「若人よ、植民地に行け、財産が君たちを待っている」。枝もたわわに実ったバナナの木陰で、植民地のカップルが、全身白い服装をして、頬笑みを浮かべてせっせと働く現地人に囲まれながら、ロッキングチェアに揺られている。

だが、夢想した生活は、現地人学校の校長をしていた夫の死により失われてしまう。その頃の「異論の余地なく彼女の人生で最良のとき」「幸福な何年か」を二人の子供たちに「遠い空想の土地か島のように回想」し、「いつも変わることのない激しさをもって語る」のである。村役場であこがれた理想の生活と、入植して手に入れた自分の夢に近い生活の両方が、彼女にとっては青春の思い出であり、夫の死後の困窮する生活のなかで、いつかはそのような生活に戻りたいと思っていた。

彼女はたんに生活レベルを上げるためにだけ、防波堤建設を発案したわけではない。彼女は払い下げ地に関する植民地の腐敗を前に、その卑劣さと戦う決意をする。建設中のバンガローを盾に取って役所の査察をかわし防波堤を建設するという出来事のみを取り出してみると、たんに植民地の役人に反抗するだけのようだ。しかし彼女にとって防波堤建設とは、不正に無知だった彼女自身と、植民地で成功した人生を夢想していた若い頃の彼女自身、そして夢を託した植民地と払い下げ地に押し寄せて彼女の夢を打ち砕いた「太平洋」への復讐なのだ。そうすることで彼女は過去の自分を乗り越え、防波堤が成功するかどうかにかかわらず、超越した自分に生まれ変わるはずだった。

だからこそ、彼女は精密に戦略をつみあげることをしない。彼女にとって最も重要なのは、どれだけ自分自身を信じこむか、そしてその確証を得るかということであり、現実的な問題や技術的な困難の解決といったものは何の意味も持たない。

それ［農夫たちの協力を得たこと］にもかかわらず母親は防波堤の建設が効果あるかどうか知るために、技術者に相談することはまったくしていなかった。彼女はそうだと信じこんでいた。彼女はそれを確信していた。彼女は常にそうやって行動し、彼女が誰にも分け与えようとしない、いくつかの名称とある理論に従っているのだ。彼女が彼らに言ったことを農夫たちが信じたという事実は、彼女が平原の生活というものを変えるためになすべきことを正確に見つけ出したという確信をさらに強固にした。

そして彼女は戦う対象を「太平洋」と名付ける。

しかし、彼女はそれ［シナ海］を太平洋と呼ぶことに固執した。［シナ海］というのは彼女の目には何か田舎くさいものにうつり、彼女が若かったときに夢と結び付けたのは太平洋であって、無駄に物事を複雑にする小さな海などではなかったのである。

夫の死によって「裕福で新天地で成功した白人一家」という夢は破れたが、若き日の思い出は美しくあるべきで、後悔という傷が付いていてはならない。植民地の半生に失敗しただけに、彼女のなかでその思いは強かった。

しかし、そのような敗者のプライド以外にも、「太平洋」に執着させる何かが存在している。乗り越えねばならぬ壁が強大であればあるほど払う犠牲も甚大になるが、その代わりに獲得するものの価値が高くなる。ここでいう「価値」とは、くりかえしになるが、物質的もしくは経済的な価値を指すのではない。彼女は経済的に貧窮の極致を生きていたが、少ない資産を増やすことに専心していたわけではない。そうしたいのならば、もっと別の方法によって良質の払い下げ地を取得し、防波堤の設計も専門家にまかせるだろう。もしムッシュウ・ジョーの父親の何百分の一でも明晰さと先見の明を持ち合わせていれば、貧しさを切り抜けることは可能なのだ。

彼女は、そのような客観的確実性を選ばず、自己の主観に従う。「太平洋」に立ち向かって得るものは、そのような巨人に反旗をひるがえしたのだという事実である。何千年も平原を塩漬けにしてきた海を防ぐなど、農夫たちが驚くまでもなく無謀なことだ。しかも彼女に専門家の手を借りるという発想はなく、失敗は初めから運命づけられている。それでも彼女をこの無謀さ、壮大な無駄遣い、わずかな財の更なる浪費に向かわせるのは、そうすることで自分の力を誇示できるからである。農夫たちの協力を多く得たこともそれを後押しし、力をより増大させる。つまり「太平洋」に対して、防波堤建設に必要な資材、人力、時間、人望、彼女のありとあらゆるすべてのものを注ぎこみ一瞬にして浪費することで、逆に彼女は、権力を誇示することに成功する。これが防波堤建設によって得るものの価値なのだ。与えることで力を獲得し、与える主体を超越する。このポトラッチ的行動に、贈与と蕩尽、それによって実現する自己の超越というジョルジュ・バタイユ的な世界が成立しているのである。

だが、現実問題として防波堤は崩壊し、一家はより困窮する。そして今、ジョゼフが運送業用に購入した馬が死んでしまい、わずかな収入のあても存在していない。金ができたらジョゼフのぼろぼろになった歯も治療でき、防波堤を鉄筋コンクリートで建設すれば、今度は蟹に痛めつけられることもない。そんな彼女の夢想を背景に、ムッシュウ・ジョーは「たまたまシュザンヌの手に入った」のである。

シュザンヌをめぐって——母親とカルメン、バーナー

青年実業家ムッシュウ・ジョーにとって、若いシュザンヌは徐々に恋愛と欲望の対象となってゆく。一方、シュザンヌの母親にとっては彼の財力が欲望の対象であり、自分の娘を、彼を引き止め金銭や何かの権利を勝ち取るための「手段」として考えるようになる。彼女は、娘をムッシュウ・ジョーの愛人にはさせず、定期的に払下げ地に通いだしたムッシュウ・ジョーにシュザンヌとの結婚を暗にせまりはじめる。

ムッシュウ・ジョーは昼寝の時間の後でやって来る。彼は帽子を脱ぐと、物憂げに肘掛け椅子に座り、そして三時間ずっと、シュザンヌに希望の持てる何らかの兆しがないか、どんなにささいであっても前の日よりも進展できたと信じさせられるような励ましの行為を期待していた。この差し向かいは母親を大いに喜ばせていた。それらが長く続けば続くほど、彼女は期待を持てるのだろう。そして彼女がバンガローのドアは開けておかなければならないと強く要求するのは、自分の娘と寝たいという強烈な欲望を持つなら、結婚する以外にいかなる解決策もムッシュウ・ジョーに残されていないからであった。ドアが大きく開け放たれたままなのは、そのせいだった。

ここで母親は非常に重要な提案をしている。彼女が作った「シュザンヌとセックスしたいなら結婚しなければならない」という公式は、婚前交渉の禁止という伝統的な道徳を楯に取って、男をつなぎ止める「えさ」としての娘の処女性は確保しつつ、社会的・経済的保証を勝ち取ることを可能にする。貧しい一家に残された唯一の「財産」とはシュザンヌの処女性であることに母親は初めて気づき、その財産を盗み取られることなく、また過って浪費してしまうこともなく、上手に「運用」して利潤を得たいのなら、この方法しかないことに思い至ったのである。もし、ムッシュウ・ジョーが結婚に応じず、「財産運用」に失敗したとしても、母親とジョゼフが目を光らせていさえすれば「財産」を奪われることはないし、また別の、母親の眼鏡にかなうだけの経済力を持った男が登場するときに、再び「運用」すればよいだけのことである。「経済活動」においてこれに似た考えを持つのが、都会でホテルを経営する女性カルメンだ。彼女はシュザンヌに、防波堤に執着し、狂気を帯びたような母親と別れることを勧める。

そして、重要なのは次のようなことだった。何よりもまず、母親から自由になること。母親は、人生というものにおける自由と尊厳は、彼女が良いと思ってきたのとは別の武器で獲得しうるということが、理解できていなかった。カルメンは母親のことも防波堤や払下げ地の話などもよく知っている。母親はカルメンに、そこいらを蹂躙する怪物を思わせる。

カルメンがここで指摘しているのは、世間知らずで不正に対して無知な、そして前項で述べたように常に蕩尽によって自己の超越に向かう母親の姿である。カルメンは、母親のその志向が理解できないのだ。

賄賂の必要性を知らなかったために耕作不能の土地しか与えられなかったが、だからといって彼女は以後その腐敗に自分もならおうとはしない。払下げ地で懲りたはずが、ムッシュウ・ジョーのダイアモンドを売って得た二万フランを、銀行の借金返済にあててしまう。あくまで正規の手段、悪とは相容れない清廉潔白な正さで自分の権利を勝ち取ろうとし、経験から学ぶことのない彼女の性格—それはまた蕩尽への回帰の発露なのだが—をカルメンは見抜き、しかも、その母親を助けるのではなく捨て去ることをシュザンヌに勧めるのである。蕩尽では物質的に何かを勝ち取ることが出来ない。むしろその逆の運動である。そのような人間とともに生活すれば巻き込まれることは必然である。母親はそこからまた先の、物質的な経済性を超えたレベルを志向しているのだから。

カルメンが述べる、親との別離に関する点では、娘の結婚によって自分も利益を得ようとする母親像と異なっている。だが、カルメンが主張する、母親と別れる手段は、良い結婚相手を探して結婚することであるのだから、シュザンヌの所属先が母親から新しい夫にすり替わったにすぎない。結婚が現状脱出の策であるという考えは、女は無力かつ受動的で、状況を自らの手で変えることはできず男に依存するしかないという考えを無意識に反映している。

このように、「娼婦たちが好き」で奔放であるはずのカルメンも、結局は女性についての伝統的な価値観に縛られている。カルメンの紹介でシュザンヌがめぐり会ったゆいいつの男バーナーは、結婚相手として「とても若くて、できることなら処女のフランス人女性」を探しており、その条件を満たすシュザンヌにプロポーズする。彼にとっては、自分好みに新妻を教育できるところが重要なのであって、シュザンヌの性格などというものは関係ない。

彼は、長年の花嫁探しの経験から自分の正さを確信しており、だからこそシュザンヌとの結婚が許されれば母親に三万フランを支払う用意があった。彼はシュザンヌの年齢とまだ男を知らない純潔さに三万フランの値をつけたのであり、それは新郎から新婦へ贈られる結納金のように見せかけるが、実際には処女を商品とした商取引にすぎない。時期をずらしてはいても貨幣による等価交換は売買にあたるのだ。

母親は蕩尽によって自己の超越を目指すが、蕩尽に向かうための財、つまり「浪費するための財産」を得たいがために、娘を利用しようとする。そういう動機の相違はあるが、母親、カルメン、バーナーの三人が、シュザンヌに所属する「処女」という要素に注目し、その活用と購入を試みることは共通している。この、「処女の活用」という共通項だけを踏まえると、物語の最後でシュザンヌが自分と同じ最下層白人であるジャン・アゴスティと寝たのは、自分に処女という商品であることを強いる周囲の人間への反抗ととることができる。母親への当てつけにアゴスティと寝たのではないか、という疑問は誰もが持つかもしれない。しかし、実際には、ジヨゼフが去り失意の中に埋没した日々を送る母親は、シュザンヌとアゴスティの逢い引きを黙認していたし、それが娘のためになるとも考えていた。またそのころにはムッシュウ・ジョーともバーナーとも完全に関係が切れており、周囲への反抗ととるには時期が遅すぎる。

シュザンヌがアゴスティに処女を与えたこと、それは若者特有の、他人からの強制への反発だけが原因ではない。少なくともそこには彼女独特の価値観が関与している。母親の支配から自由になりたいという意志と、より普遍的な反乱、この伝統的な道徳によって女性が立たされる状況に対する反乱の表明があるのだ。

贈与——商品化されるシュザンヌ

ムッシュウ・ジョーはシュザンヌに出会い、恋愛感情を抱く人物である。処女であるかあばずれでないかどうかは問題ではなく、シュザンヌの印象、その美しさにひかれて初めて出会った酒場でダンスを申し込み、その後もバンガローに通う。この点で、前の三人とは異なっている。彼は自分自身の魅力ではシュザンヌの気持ちをつかめないので、金にものを言わせたプレゼント攻勢で彼女を射止めようとする。

出会いから一ヵ月後に、彼が彼女に贈った最初の重要な品物は、蓄音機だった。彼は煙草をあげるような軽い調子を装ってそれを与えたが、シュザンヌに少しでも気に入られることはおろそかにしなかった。彼は、シュザンヌが自分を一人の人間として決して興味をもたないということを確信すると、自分の財産や財産が彼に与える安楽さを使おうとし、その安楽さの最初のものは、彼にとっては当然なのだが、新しい蓄音機で彼女たちの監獄のような世界に音の解放的な突破口を開けることになったのだ。

シュザンヌが彼に夢中になることはそれ以後もなかったが、二人の関係は蓄音機以降大きく変質する。それは、ムッシュユウ・ジョーが水浴中のシュザンヌに裸を見せてくれるよう懇願した際、見返りに蓄音機を贈ることを申し出たという経緯による。それまでにも彼は、こまごまとした品物、化粧品などをシュザンヌに突然プレゼントすることはあったのだが、そのような贈与はたんに女の気をひくための一般的な行動であり、この蓄音機の場合のように何かの見返りとして提示されるものではなかった。

浴室のドアの前で彼が一秒でもいいから裸を見せてくれと訴えたとき、シュザンヌの口からとっさに出た言葉は「いやよ」という抗いだったが、彼女は完璧に拒絶しようとしたわけではなかった。むしろ、自分自身と家族しか見たことのない裸体が男の欲望の対象になっていることに徐々に気づかされ、その欲望の対象として男の前に出ることで、払下げ地のバンガローという、母親の執念に満ちた世界から、その男が所属する別の世界へ乗り出そうと思い直すのである。

シュザンヌがそのように「この神秘のほうへ真実の光を入れようとして、暗い脱衣所のドアを開けようとしたまさにそのとき、ムッシュユウ・ジョーが蓄音機のことを話しだし」、男の欲望によって現在の自己を超えることに失敗してしまうのである。しかも、シュザンヌの裸体の代価が示されることにより、ムッシュユウ・ジョーによって彼女はまたしても「商品」化されてしまった。

こうして、彼女がドアを開けて世界に身を曝そうとしたちょうどその時、その世界が彼女に売春を強いたのだ。

先に挙げたバーナーは、まだ誰も手を着けておらず自分なりの教育ができるという「処女における無限の可能性」に欲望を持ったが、ムッシュウ・ジョーの場合はそれが直接シュザンヌの身体に向かっている。この点で、後者はより性的な商取引に近づいている。ここで交わされるシュザンヌとムッシュウ・ジョーの契約は、一種の「売春」とはいえないのか。社会学的な厳密さによれば、売春は次のような定義を持つ。

売春とは、婦女が、金銭を対価として、自由意志で、拘束されることなく、常習的・反復的・かつ不断に性的交渉を行うことである。そして、この行為以外に生活の手段をいっさいもたず、性的交渉の対象はもとめられればいかなる相手であろうと選択しあるいは拒絶することはなく、喜びでなく、ただ金銭の獲得を本来の目的とする行為である。（ジャン＝ガブリエル・マンシニ『売春の社会学』）

シュザンヌに提案された「売春」はムッシュウ・ジョーを特定の「客」とするもので、不特定多数相手のものではない。よって一般的な売春からは外れるが、ここでそのような指摘は意味をなさない。確かに、デュラスのこの用語法は特殊性を孕んでいる。マリー・テレーズ・リゴは、「それ（売春）はデュラスの世界において中心的な語、主題である」（"*Duras Un barrage contre le Pacific*"）と指摘し『死の病』と『青い目、黒い髪』の参照を勧めている。

またデュラス自身も後年、グザヴィエ・ゴーティエとの対談において、次のように語っている。

X・G――だって、やはり世の女性は共有される対象という役割をいまだに演じているのよ、とにかく、共有され、そうね……、交感される対象、流通の対象として。

M・D――ええ、でも、もし女性の売春が存在するなら――この使い古された言葉を用いるのは……、他にいいのがないからとりあえず、それをつかいましょうか――、もし女性の売春が存在するなら、彼女は彼女自身によって自発的に欲されなければならないわ。彼女は男に押しつけられてはいけないし、でも若いうちにはそういうことが多少あるの。私はその悲劇的なケースを知っているわ。

ここで彼女が指摘する「悲劇的ケース」が、自身の人生においてムッシュウ・ジョーとシュザンヌのような事実があったということを示唆しているのか、それとも普遍的なことを言おうとしているのかはわからない。結局は「売春は自由意志で」という点を述べるに留まり、デュラスの定義においてシュザンヌの場合も入るかどうかは推察不可能である。だが、デュラスにおける売春のテーマを考察するのは別の機会に譲り、ここでは女性を「商品化」

するという点ではシュザンヌのケースと一般的な「売春」は共通しており、このデュラス独自の用語法も、多少の強引さは否めないものの、まったくの誤用とは言えないと判断するにとどめたい。

また、売春の語源は、「前に置いて、公衆に見せる」という動作を意味するラテン語動詞に由来している。この事実はたいへん興味深い。シュザンヌがムッシュウ・ジョーによって最初に商品化されるのは「裸体を見る／見せる」という行為においてであり、さらに母親は二人に過ちが起こるのを防止するとどうじに、娘との接触を禁止して彼の欲望を燃え立たせるため、バンガローのドアを開放し二人の様子をつねに監視する。その中でゆいいつドアを閉めることが許される浴室は、それを囲み保護するはずのバンガローが白日の下に晒され二人以外の視線に完全に無力であるから、空間としては閉鎖的であるにもかかわらず、公衆に公開されていることになるのだ。つまり「シュザンヌの商品化」という現象が「晒される」わけで、ここに二重の「見る／見せる」が生じているのである。

シュザンヌはムッシュウ・ジョーに対して愛情もなければ、彼の不格好な肉体に欲望を抱いているわけでもない。裸体を彼の眼前に晒すことで超越を図ろうとしたのも、彼の欲望を通してその後ろに広がる「世界」を発見したからであり、彼は一種のイニシエーションとして、装置化されようとしていたのだ。

また、蓄音機という高価な物を示されて同意するかどうかは、ただ自分の値打ちとその見返りが釣り合うかどうか、自分に利益があるかどうか、ということにかかっている。シュザンヌは「娼婦」という商品になることを要求されたのだから、その贈り主が誰であるかは問題でない。

ムッシュウ・ジョーは見るからに自分の立場を考慮してほしそうだった。彼はこの一家の篤志家としてとにかく認めてもらおうと頑張りながら、三人の間をうろついていた。だが無駄だった。彼のまわりの者にとって、蓄音機とその贈与者の間にはなんの関係も存在しなかったのだ。

ここで思い出してほしいのは、母親とカルメンのシュザンヌに対する行動である。彼女たちは、貧しい現状から脱出するための資金を得るために娘を「商品化」していた。資産家のムッシュウ・ジョーから金銭を得るため、シュザンヌとのセックスをちらつかせて彼に結婚を迫る母親もまた、彼女を娼婦という商品にしてしまっているのである。母親とカルメン、バーナー、ムッシュウ・ジョーはいずれもシュザンヌの処女性やその肉体を商品化し、利益をあげるためにシュザンヌという商品を売買・運用するという経済活動に従事している。

シュザンヌをめぐる贈与の具体例――贈与の流れ

蓄音機の贈与をきっかけとして、シュザンヌは一種の娼婦となる。その後も続く贈与は、シュザンヌを商品とする経済活動を担っている。また彼女への贈物が象徴的な意味を持つケースも存在する。

次頁の表はシュザンヌを中心とした贈与の流れをまとめたものである。

贈与の流れ

（S＝シュザンヌ　M・J＝ムッシュウ・ジョー）

	ページ	登場人物	内　　　容
①	P.61-	M.J→S	ヴィクターの最新式蓄音機とレコード数枚を贈る
②	P.67	S→M.J	水浴中の裸体を見せる
③	P.91	S	SはMJから贈られた「青い絹のドレス」を着ている
④	P.95	S→M.J	手を好きに触らせる
⑤	P.120	M.J→S	ダイアモンドを与える
⑥	P.123	S→母親	ダイアモンドをSから取り上げる
⑦	P.162-	母親	ダイアモンドの売却に奔走する
⑧	P.172	ｶﾙﾒﾝ→S	Sの髪を結い、「青いドレス」を貸し、金を与える
⑨	P.191-	ﾊﾞｰﾅｰ･母親･S	3万フランと引き換えにSとの結婚を望む
⑩	P.300	S	MJから贈られた「青いドレス」を湖に投げ捨てる
⑪	P.316-	S→ｱｺﾞｽﾃｨ	初めて男と寝る（処女喪失＝財の放棄）

水浴中のシュザンヌにムッシュウ・ジョーが蓄音機と裸体の交換を提案し、シュザンヌの商品化が彼の手によっても開始される。シュザンヌは欲望による超越に失敗し、以後しばらくのあいだ自身の商品化に参画する。ムッシュウ・ジョーは蓄音機を贈った（①）後、「青い絹のドレス」（②）などを贈る。シュザンヌはそのドレスを着て、おなじように贈られたマニユキアや化粧品で、人形のように化粧される（③）。彼女は「もし結婚すればどんな車をくれるか」という質問を飽きずに繰り返し、ジョゼフにも車を与えることを要求する。ムッシュウ・ジョーが断ろうとするのを、彼女は彼の恋愛感情を利用して屈服させたりもする。彼女はそのようなときに、身体を触らせて（④）彼の譲歩を確実にさせるのである。

また、ムッシュウ・ジョーは町までの小旅行に同伴すればダイアモンドの指輪を贈ることを提案する。彼は彼女の身体に決してふれないと主張するが、とうぜん彼女はその、一時しのぎの嘘を見抜き、彼の提案に同意しない。そしてちょうど同時期に、つねにのらりくらりと娘との結婚の話をかわすムッシュウ・ジョーに業を煮やした母親は、バンガローでの面会を禁じ、プロポーズに一週間の猶予をあたえて橋の蔭で会わせることにしてしまった。彼はその猶予期間を受諾するとともに、父親を説得することを約束する。が、そのようにして母親を懐柔しつつも、一方では二人の間でしか話題になっていない小旅行の件を何度もシュザンヌに持ち出すようになる。それには浴室前での「儀式」ができず欲望が最大限に高まってはいたが、結婚の意思がないため、母親を期待させ続けてシュザンヌとの交際期間を延長させ、再び欲望を満たすことが不可能になった経緯が関係している。断り続けるシュザンヌに対し、彼は交換対象として提示したダイアモンドの指輪を実際に見せてはめさせ、イメージを喚起することで同意を得ようとする。が、シュザンヌが兄に旅行の話をしてしまい、兄妹の近親相姦的な団結によって、彼女から振られてしまう。彼女が他の男のものになることに我慢ならないムッシュウ・ジョーは、指輪を無償でやるのだった。⑤。

シュザンヌは歓喜して母親に指輪を見せる。母親はそれを取り上げ⑥、シュザンヌを殴り、彼と寝たかどうか問い詰める。

翌日、シュザンヌはムッシュウ・ジョーに別れを告げる。そして、またその翌日にダイアモンドを売却するため一家は町に出発する。母親は町のあらゆる宝石商の間を駆け回り、高値で売ることに奔走する⑦。彼女がそれに専心している間、カルメンはシュザンヌに条件のよい男性を見つけ出すため、髪を結い上げ、セントラル・ホテル仕様の「青いドレス」を着せ、散歩に必要な金をあたえる⑧。だが、高級地区を白以外の服、貧しそうな服で歩くことに恥辱を感じたシュザンヌは、映画館に隠れるようになり、結局、ムッシュウ・ジョー以降に出会った男性は、結婚相手を探し続けるバーナーだけであった⑨。彼のプロポーズを断った後、セントラル・ホテルの前で待ち伏せしていたムッシュウ・ジョーと再会し、今度は永遠に別れる。

ダイアモンドは母親が交渉に歩いた宝石商ではなく、ジョゼフの新しい女が買い取り、一家は払い下げ地に帰還する。そして今度はジョゼフが迎えに来た女とともに立ち去り、ムッシュウ・ジョーもバーナーも永遠に消え、再びシュザンヌはハンターが通り掛かるのを待つようになる。彼女は、かつての「青いドレス」をおそるおそる引っ張り出し、娼婦の格好をしてみたが、止まる車がないので三日後にそのドレスを川に投げ捨てる(⑩)。

ジョゼフが女と出て行ってから母親の体調は悪化し、シュザンヌに対して抑圧的な態度もとらなくなる。娘とアゴスティが出かけても咎めず、結局シュザンヌは彼と寝ることで処女を消費する(⑪)。発作を起こした母親は死に、シュザンヌがジョゼフについて、払い下げ地とアゴスティを捨て去るところでこの物語は終わる。

以上、贈与の事実関係を中心に物語をまとめたが、次に贈与される〈物〉の象徴性について考察したい。

蓄音機——音楽と裸体

毎日、シュザンヌと差し向うなかで、ムッシュウ・ジョーはジョゼフの古い蓄音機に気づく。蓄音機を贈るという彼の行為には興味深い点が二つ存在する。

まず、一家における蓄音機の地位と、贈与の波及効果である。母親にとっては亡き夫の形見であり、若き日に夢想した植民地での生活の亡骸でもある。だから貧困のなかでも売却することはできなかったのだ。一方、シュザンヌとジョゼフは、母親の持つ、懐かしさの感情以上のものを蓄音機とそれが奏でる音楽に見いだし、異常なまで大切に扱っていた。蓄音機という装置は、平原の生活からの脱出を望むシュザンヌとジョゼフを勇気づけていた。とりわけ「ラモーナ」という曲は、現状からの脱出と都会がテーマで、所有するレコードのなかでも、いちばん大事にされていた。

それは最も美しく、最も雄弁な曲に聴こえていた。その旋律は流れるのだ、蜂蜜のように甘く。（中略）ジョゼフがそれをかけると、あらゆるものがより明解に、より真実の姿になっていくのだ。（中略）それは未来、出発、焦燥の時期の終了の賛歌なのだ。

その曲を払い下げ地と母親からの、自由の象徴と感じているからこそ、ジョゼフはその再生装置＝蓄音機を別格扱いする。そのため母親は、生活費工面のための売却はしないできたものの、音楽と蓄音機を嫌うようになってしまった。だからムッシュウ・ジョーが持ってきた蓄音機でレコードをかけている間、彼女は喜びもせず、彼が帰宅したあとシュザンヌに値段を聞くまで黙り続けたのだ。机の上の包みを見て微笑んだが、結局は失望するのである。

けれどもジョゼフにとって、新しい蓄音機は大きな喜びであった。ジョゼフにふつうの姉弟以上の愛情を見せるシュザンヌにとっては、ジョゼフが喜ぶということも重要であった。ジョゼフに嫌われているムッシュウ・ジョーが、彼女を陥落させるために兄に好かれようとしたことにしても、彼女がつねに兄の影響下にあることへの当てつけだったにしても、浴室前で提示された蓄音機という交換条件は、彼女にとって非常に悩ましいものであったに違いない。ムッシュウ・ジョーが蓄音機を持ち出して一家における蓄音機の威光や兄妹の愛情を利用したために、よりいっそう彼はシュザンヌの不興を買うことになった。

シュザンヌ自身にとっても、「ラモーナ」にはある記憶が密接に結びついており、それが物語の最後に起こる処女喪失の伏線になっている。

ムッシュウ・ジョーと出会う二ヵ月ほど前、「ラモーナ」の曲をバックにアゴスティがシュザンヌにキスをしたことがあり、彼女はこの曲を聴くたびにそれを回想する。ある夜、アゴスティはこの曲に合わせてダンスした後、彼女を酒場の外に連れ出し、急にキスをしたのだ。そこに彼は何か意図を込めたわけではなく「なぜかわからないが、いきなりキスしたくなった」と、自分の欲望に忠実に行動した結果であった。「ラモーナ」の旋律がシュザンヌに蘇らせるのはその記憶である。

だが、キスされた頃は、まだ彼女は「男の欲望」を喚起する自分を発見していなかったので、アゴスティの語ったことについて考えることはなく、ただそういう事実があったということだけを回想する。欲望の対象となる自分を発見したのは、蓄音機の贈与以降である。その頃になってようやく彼女はアゴスティのキスの意味を理解する。そしてムッシュウ・ジョー、バーナーとの別離を経て、アゴスティの存在に立ち返り、昔のキスの記憶から今度は彼女が彼を欲望し始めた。それは浴室で彼女が試みた「世界」への接近の再試行である。つまり、シュザンヌの商品化を迫るムッシュウ・ジョーから贈られた蓄音機が、「欲望」の記憶を呼び起こす音楽（「ラモーナ」）を再生産し、「世界」への接近を促すという皮肉な結果になっている。

興味深い点の二つ目は、音楽と「裸体鑑賞」の共通性である。音楽とは、微細な空気の振動である音が時間進行の中で、聴覚に訴えるものである。音楽に質量はなく、視覚でもとらえられず、ただ聴覚で感じることしかできない。空気の振動を、作曲者の思い描く通りに再現する楽器と楽譜は見ることも手に取ることもできるが、「音楽」それ自体にふれることは不可能である。

音楽は、時間によって音が変化し、空気の震えが収まると消えてしまうのだから、楽器による再現＝再生産が終了するとともに、次の再現まで永遠に消滅する存在といえる。また、音楽が生産されても、楽器や楽譜、演奏者は決して不利益や損害を被らない。音楽は発生源、再生産の装置から何物も奪わず、聴衆の感覚を刺激してみずから消滅する。音楽のこの性質は、ムッシュウ・ジョーがシュザンヌに提示した「裸体鑑賞」という要求と共通点を持つ。彼の要求もまた視覚によるものであり、シュザンヌが裸体を見せたからといって、シュザンヌの身体自体に欠損が生じるわけではない。身体＝裸体が存在するかぎり、その鑑賞も、その再現者、発生装置があるかぎり音楽は奏でられ、聴衆に刺激をあたえ消費され続ける。ムッシュウ・ジョーが定めた交換条件には、各々の完全性や同一性が、消費活動を超えて保持されるという共通項が隠れていた。

ダイアモンド

シュザンヌにとってダイアモンドは「優にこのバンガローぐらいの価値」があり、母親が期待する経済的効果は十分過ぎるほど望める。彼女は、ムッシュウ・ジョーが三個の指輪を見せた際、その価値について懸命に想像力を働かせたが不可能だった。「彼女がそれまで知らなかったのがダイアモンドの値段なのだ」から、ダイアモンドを眼前に置かれても、はっきりと認識できない。ともかくも非常な価値があることとその価値が持つ現状打開の可能性に気づくことしかできないのである。美しい石がはめられたその指輪は、彼女の目に可能性の塊として映っている。

例外的な現実性を持った物なのだ、ダイアモンドというのは。その重要性はその輝きにも、その美しさにも存在せず、その値段、可能性、彼女がそれまで想像もつかなかったような交換の可能性の中にある。それは一個の物体で、過去と未来の仲介者なのだ。それは未来を開き、過去を決定的に封印する鍵なのだ。ダイアモンドの透明さを通して、輝くような未来が繰り広げられる。

一方、ダイアモンドと交換に提示された小旅行は、姉弟が「ラモーナ」によって喚起されていた現在の生活からの脱出を、短時間ではあるが実現する。人間は旅行により非日常へと移動し、その終了とともに再び日常に埋没する。旅行には時間制限付き脱出装置としての役割があるが、根本的に状況を改善したりはしない。

ダイアモンドはシュザンヌ一家に、過去をリセットして新しい未来を約束するという本質的かつ恒久的な脱出を可能にし、小旅行の方は現実の生活に蓋をし、そこを離れた非日常へ逃避することで一時的な脱出を可能にする。両者とも現状からの脱出を実行するが、そこには根本的であるか表面的であるかという差異が存在している。

贈り主のムッシュウ・ジョーの立場から考えると、「脱出」という移動の概念ではなく、まったく逆の静止し固定された概念が浮かび上がってくる。彼はシュザンヌに決して手を出さないと誓っているが、それは方便であり、実際には蓄音機の件のように自分の欲望で押し切れると信じているのだろう。旅行に行くことができれば、彼はシュザンヌとのセックスを手に入れる。しかも、彼はシュザンヌの身体から快楽を得るだけでなく、処女性という財産をも獲得し消費するゆいいつの男になるのである。処女性を贈与された男は、彼女に所属する要素の一つを獲得する。世界で一匹しかいない昆虫のように「貴重な」処女性をピンで留めて標本にできる。ムッシュウ・ジョーは「シュザンヌの処女性」を彼女の人生のある時期から切り取り、自分の人生のなかに添付する。こうして彼女は彼の人生のなかで、「処女だった女」という一点で固定されるのである。

それは指輪と交換される。指輪は円環をなし、二重に閉じた空間をつくり出している。その金属環は、任意の一点からたどると必ず元の点に戻るという同一レベルでの循環を繰り返し、上昇も下降も存在しない、永遠に解放されない場なのである。その金属環でくり抜かれた空間も、空間に裂け目が無いために振動も縮小もありえず同一の空間を保ちつづける。

指輪は、婚約指輪や結婚指輪のように、特別な日付を所有者に記憶させ、一年が巡ってくるごとに、指輪を所有する者に対してその日付に戻ることを要求する。シュザンヌに示されたのが「ダイアモンド」の指輪であるという事実も、そのような日付を刻印する機能を連想させる。指輪の形状のみならず、指輪という存在自体にも時間的な円環運動が運命づけられている。このように、つねに閉鎖的な運動を繰り返す指輪と、処女性という固定した時間が引き換えになろうとした。両者には不動性、不変性という共通性が存在する。

シュザンヌの衣服と裸体――青い絹のきれいなドレス

物語において、シュザンヌはたびたび青い服を着て登場する。冒頭の、馬が死ぬシーンでは「袖無しの青いブラウス」を、浴室にて「売春」を強いられた後には、ムッシュウ・ジョーから蓄音機以後に贈られた「青い絹のきれいなドレス」を着ることもある。ジョゼフの頑とした主張によりムッシュウ・ジョーに別れを告げるときも「母親のお古を仕立て直した、青い木綿の古いワンピース」を着ているし、カルメンに勧められて高級地区を散歩するときも「カルメンが貸してくれた大きな青い花柄がひろがっている、とても短くてぴちぴちの、セントラル・ホテル用のドレス」を身にまとっている。物語の最後の方では、橋のそばでハンターが通るのを待つ際に、とうにしまいこんでいた、以前ムッシュウ・ジョーからもらった「遠くからみても鮮やかな青のドレス」を引っ張りだす。シュザンヌ以外の例では、一家がセントラル・ホテルに滞在していたとき、母娘とは別行動中のジョゼフが連れていた二人の娼婦のうちの一人が、青のぴっちりしたドレスを着ている。

ヴェトナムの風土性から、ドレスのこの青は、東南アジア原産の藍によって染められたと推察される。現地人と同じような暮らしをしていた一家にとって、各地で栽培されていた藍は馴染み深かった。藍で染めた青は、貧しさのメタファーと考えうる。

それならばなぜ、ムッシュウ・ジョーが贈った絹のドレスも青なのだろうか。植民地での白人社交界に名を連ねている資産家が、自分の着ているような白い服を贈物としなかったのはどういう意図からなのか。その答えは、第二部の冒頭、都会における白人についての長い描写に隠れている。そこで強調されるのは「まばゆいばかりの白さ」である。

彼ら［白人］はやって来るとすぐに、まるで小さい子供のしつけのように、毎日風呂に入ることを覚え、そして特権と無垢の色である白い色の植民地式制服を着ることを覚える。その時から、第一歩は踏み出されるのだった。距離は増大していき、それに比例して、最初の差別は相乗される、白に白を重ねて、彼らとその他の人々、雨水や河川の泥水で体を洗う人々との間で。白という色は事実極端に汚れやすいのだ。

植民地において「白」は富の象徴なのだ。汚れが付かない状態を保持できる生活スタイルは肉体労働に従事する必要の無いことのあかしであり、白人が白を着るということは現地人や最下層白人には決して真似できないステイタスのあらわれである。

彼ら「白人」が白さを満喫していることは次の引用からもうかがえる。バーナーと夜に外出したシュザンヌは、ダンシング・プールに行く。岩盤を利用したプールは三基のプロジェクターで照らされ、自然の状態を保ちつつも幻想的な雰囲気を醸し出している。勇気のある者は泳ぎ、それ以外は遊泳者を見せ物のように眺めて楽しむという一種秘密クラブめいた場所でもある。そこでは「白人種が、かき乱されることのない平穏のなかで、白人の存在の畏敬すべき有り様に身を捧げて」いる。

刈り込まれた広い芝生がそれ「プール」を取り囲み、その真ん中には同じく緑色の脱衣所が一列に並んでいた。ときどきその脱衣所の戸が開いて、女か男の肉体が現れたが、全くの裸で、驚異的な白さと、あまりに輝かしいので林の影も薄暗くなってしまうようなマチエールをしていた。その裸体は走って芝生を横切り、プールに飛び込み、きらきら輝く水しぶきをまわりにほとばしらせた。

ムッシュウ・ジョーは母親から何度も結婚を迫られても、家の格式と資産の違いから受け入れようとはしなかった。確かにシュザンヌに対しては欲望を感じていたが、正式な婚姻関係とは全くの別問題であり、胸のうちを囁くことはあっても、シュザンヌを高級地区の白人の一員として迎え入れるつもりはなかった。もし、彼にそのつもりがあれば、絹の白いドレスを贈ったであろう。だが実際にシュザンヌが着せられるのは、素材は高価だが結局は「青」のドレスなのだ。また、カルメンがシュザンヌに貸したドレスも、ジョゼフが連れていた娼婦のドレスも同じ青であるから、この物語において売春と結びつく色のイメージが青だといえる。作者デュラスによって、青い色には娼婦を喚起させる役割が与えられている。ムッシュウ・ジョーはこの点も意識していたかもしれない。

ジョゼフは「青い絹のきれいなドレス」を着たシュザンヌを見るなり次のような発言をするが、それは妹が娼婦へ商品化されているのを感じ取ってのことと予想される。入浴後、そのドレスを身につけながら、彼女がムッシュウ・ジョーに新たに提案された「売春」、町へのちょっとした旅行に同伴すればダイアモンドを贈るという、蓄音機よりも高額な「売春」――を思い出し、より効果的な自分自身の商品化について考えていたことも注記しておきたい。

「ずいぶんべっぴんにしたもんだな、」ジョゼフはシュザンヌに言った。「おまえは化粧の仕方も知らないのか。まるで本物の娼婦だぞ。」

「その子は自分の本性に似つかわしくなってるのさ。」と母親が言った。「いったいぜんたいそれをその子に言う必要があるのかい？」

「白」と対比されるもう一方の極点としては、「赤」を挙げておく。次の引用は「すばらしい時代だった」植民地の基盤を支えた現地人についての一節である。

すばらしい時代だった。何十万もの現地人労働者たちが十万ヘクタールの赤土に生えた木々に樹液が流れるように切り傷をつけ、その木々に穴をうがつために血の出るような犠牲を払っていたが、その土地は、莫大な財産を持つ何百人もの大農園主の所有となる以前から、偶然にも赤土という名前であった。ゴムの樹液は流れる。血も。だが、ゴムの樹液だけは貴重で、採集に採集を重ね、金になっていた。血は無駄になっていた。いつか大群衆が代価を要求しに来る日がやってくるとは、まだ想像することも避けられていたのだ。

「赤土」「血の出るような犠牲」「血」という語が指示しかつ連想させる「赤」とは、現地人が負わされた犠牲の象徴であり、「白に白を重ねる」富裕な白人と対照的だ。また、「白」は植民地式制服の色として登場し、「赤」は労働者が流す血のメタファーとして使われているが、衣服と血液という組合せは「付着」「汚染」という関係をイメージさせる。一旦服についてしまった血液は、泥水や食べこぼしと同様単なる「しみ」であって、必ず落とされなければならない。それが「しみ」である以上、洗濯され、いつかは消滅するだろう。つまり、現地人の「赤」がどれほど多量に「白」の奥深くまでしみこんだとしても、いずれは消されてしまう運命だということがここで提示されている。

母親が「赤」しか着ないという事実は、言語の差異によっても暴かれた現地人と彼女の相似性、社会的に虐げられた貧民という共通点を、衣服という外面的で可視的なものによって再び暗示している。

一家がラムへ行くとき、母親は三つ編みをアップスタイルにして靴をはいたものだった。だが、暗紅色の木綿のワンピースは着たままで、もっとも彼女はそれを寝るとき以外には決して脱がなかった。そのワンピースを洗ったばかりのときは、乾くまでの間横になり眠っていたものだった。

ここで指摘されている、擦り切れたワンピースの代替え品さえ無いという事実は、生活必需品も購入不可能なほどの貧窮ぶりを示すとともに、そのような「赤」の象徴性にどっぷり浸かり続ける、またそうせざるを得ない彼女の内面（世間知らずと防波堤への執着に見える蕩尽の志向）を象徴している。

シュザンヌのふたつの「裸体」

シュザンヌとムッシュウ・ジョーとの間に最初の「売春」が成立したのは、浴室でのことであり、以後その「最初の売春」を浴室で反復することが習慣化する。

彼女［シュザンヌ］は立ち上がって浴室に閉じこもった。ほんの少しあとにムッシュウ・ジョーがドアをノックした。あの蓄音機以来、彼はそうするのが習慣になっていて、それは彼女も同じだった。毎晩このような感じだった。

また、この物語において、水浴の回数はシュザンヌが最も多く、ジョゼフは滅多に浴室に行かない。川で泳いだ後に体を洗いに行くのはシュザンヌだけで、ジョゼフは体を洗わずに翌朝まで水着のまま過ごすが、普段でもムッシュウ・ジョーとラムに出かける習慣ができてから彼女は必ず水浴びする。彼がラヴェンダーの香りがついた石鹸を贈ってからは香りをつけるために、一日に二、三回うれしそうに入浴するようになった。浴室はシュザンヌと切り離すことのできない場、マリー・テレーズ・リゴが指摘するように「浴室はシュザンヌの場所なのだ」。では、浴室とは彼女にとっていかなる意味を持つ場所か。

浴室に入るとき、人は必ず服を脱ぐ。体を洗うためには裸にならなければならない。日常生活の中でゆいいつ裸体になることが許され、かつそれが求められる場である。その意味でも浴室は家という建物において特殊な場だといえる。シュザンヌの場合、前項で取り上げたように多くの時間を「青い服」で過ごしているし、その「青い服」も由来は母親のお古であったり、カルメンが高級地区を散歩するために貸してくれた、男の目を十分に引きつけるセントラル・ホテル仕様のドレスなのである。シュザンヌは、あるときは娼婦の「青」を着、あるときは母親のイメージが漂うお古を着てバンガローの中で生活しており、ゆいいつそれらを脱ぎ捨てる場が浴室なのだ。一糸まとわぬ裸体になることで、それら各々の衣服が彼女に強いる役割から解放される。それは他の「色」にしても同様で、浴室に入れば、白人社会の「白」も現地人の「赤」も彼女とはまったくの無関係になる。他人から与えられる衣服を脱ぐことで、押しつけられる役を「演ずる」ことから脱出する。彼女は、この浴室において

「透明」な存在になるのだ。

台所や居間、物置などは何か作業をし、物体へ何らかの力を及ばせる場なのに対して、浴室は動作主体が自己を対象とする。皿やコップを洗うと同様に、自分の体を洗う。そこで人は能動的かつ受動的、動作主かつその対象なのである。浴室は人に二重の存在であることを要求する。つまり、シュザンヌは日に何回も入浴する度に、自分の肉体を対象化している。

ここでもう一度、ムッシュウ・ジョーとの間に売春が発生したときの、シュザンヌの行動を思い出して欲しい。彼女は「裸体を見せてくれ」という彼の要求に対し、とっさには拒否したものの、そのような男の欲望を喚起する価値が自分にあることを知り、その欲望を受け入れることで違う「世界」に移行しようとする。しかし、彼が蓄音機との交換を持ち出したためにその試みは失敗してしまう。

物語の最後で、彼女は自分の意志でジャン・アゴスティに処女を与える。彼はシュザンヌと同じ最下層の白人で、文盲に近く、彼と寝ることは母親やカルメンにしてみれば完全な「財産の浪費」に過ぎない。だが彼は、ムッシュウ・ジョーが浴室で示し、彼女が世界へ乗り出す手段にしょうとした男の欲望を、一年前シュザンヌに提示していた。ムッシュウ・ジョーもバーナーも、行きずりのハンターも登場しなくなった払下げ地で、彼女に欲望を持ちうるただ一人の男なのだ。

シュザンヌは橋の下に横になって、彼［アゴスティ］が戻るのを待った。彼女は熱烈なまでに彼のことを考えていて、彼の到着が彼女から他のいかなる考えも追い払い、彼女の頭をそれでいっぱいにしてしまった。望むだけで十分なのだ。彼は平原のこの辺りで唯一の男なのだ。そして彼もここを立ち去りたいのだ。もしかしたら、「ラモーナ」の旋律に合わせ二人でキスしてから一年がたっていることを、あの夜から彼女が一つ歳を重ねたことを彼は忘れてしまっているのかもしれない。

二人はアゴスティ家のパイナップル園の方から森に入り、森の空き地の木の根元で性交する。その際アゴスティはシュザンヌの服を脱がせ、ここでも彼女は男の欲望の対象となっている裸体の自分を、浴室のときと同じように認識するのである。

彼［アゴスティ］は彼女をすっかり脱がせてしまうと、彼女の体の下にそれを広げて、彼女をやさしく横たえさせた。そして彼女にさわる前に、少し体を起こして、彼女を見つめた。彼女は目を閉じていた。ムッシュウ・ジョーが蓄音機とダイアモンドを引き換えにこういう風に自分の体を見ていたことを彼女は忘れていて、誰かに体を見られるのはこれが初めてだと確信していた。

そして彼女は、ムッシュウ・ジョーによって邪魔された「世界」との接近を、アゴスティによって果たす。

その先からは、彼［アゴスティ］の意のままになって、世界の波間に浮かび、彼のしたいように、しかるべきやり方に身をまかせていた。（傍点筆者）

このように、彼女が「世界」への接近を試みるときは必ず裸体なのである。男の欲望をかきたてて処女を消費し、「処女＝財産」という「道徳的な」経済観念を飛び越え、母親やカルメンが望む「娼婦」としての自分を超越するのはこの裸体によるのである。彼女は自分の身体を男の欲望で照らし出すことで、その欲望に値する肉体、欲望されることで権力を獲得する肉体として認識する。それと同時に、彼女の「裸体」は彼女自身によって認識される側でもある。しかもそのときの彼女は、衣服が持つ役割から解放されているので、先程述べたような「透明」な存在でもありえるのだ。

次の引用は、町で再会したムッシュウ・ジョーに車中で体を触られるという性的なシーンである。彼女は自分の肉体に町を凌駕するような潜在的な力を感じるのである。

「君はいい胸をしてるね」

それは小さな声で言われた。だが、そう彼女［シュザンヌ］は言われたのだ。それは初めてのことだ。その間、素肌の手が素肌の胸の上に置かれていた。そしてこの恐ろしい町の意識は薄れ、シュザンヌは乳房を見た。彼女は町にそびえ立つもの全てよりも、乳首の勃起を高く見た。打ち勝つかもしれないのは乳房の方なのだ。彼女は微笑んだ。次に、夢中になって、緊急に知らねばならぬように、彼女はムッシュウ・ジョーの両手をとって腰回りに置いた。（中略）彼は彼女をすぐ側から見ていた。彼女は町を眺めながら、自分自身しか見ていなかった。自分の帝国を一人で眺めていたのだ、乳房、ウエスト、脚が支配する帝国を。

では、蓄音機の一件以来習慣になり、ムッシュウ・ジョーに毎晩見せていた彼女の裸体もそれと同じ裸体だったのだろうか。

最初、浴室でシュザンヌは彼に「売春」を提示され怒りを覚えるが、しかし一度相手によって「商品化」されると覆すことは不可能で、娼婦としての自分を受け入れざるをえなかった。だから、彼女は毎晩浴室のドアを細めに開けてムッシュユウ・ジョーや母親、カルメン、バーナーらが求める「処女」という財を仲介とした経済活動に加担するしかなかったのだ。そのときムッシュユウ・ジョーの前に晒しているのは、自己を超えるための「裸体」ではなく、単なる裸体、脱衣した状態の若い女の肉体、男の欲望の対象ではあるが何かを革新する力は持てない「女」や「処女」というイメージを切り売りする「娼婦」の裸体に過ぎないのである。

こうしてシュザンヌは、単なる肉体と同義の裸体と「世界」との接触を試みる「裸体」という、二つの裸体を持つに至った。

蕩尽と、「二重化する世界」への移行

シュザンヌと浴室の関係、彼女にとって衣服や「裸体」とはいかなる意味を持つのかは述べた。が、シュザンヌがアゴスティに処女を与えたことの意味について、まだ考察は十分でない。シュザンヌの処女の「浪費」を「伝統的な価値観、処女を重要視する道徳への反乱」として常識的に解釈してはならないと述べた。だが、シュザンヌの浪費について述べたジャン・ピエロの論評は、結局は、常識的な結論に留まっている。

伝統的な道徳がもっとも貴重だと考えるものを、いわば理由なしに浪費することで、彼女はそれ以来、他人の意向に従属した、単なる物々交換の対象であることをやめたのだ。彼女の側には、母親の支配から自由になりたいという意志と、より普遍的な反乱、この伝統的な道徳によって女性が立たされる状況に対する反乱の表明があるのだ。（『マルグリット・デュラス』）

確かに処女という財産を消費してしまうことで、ムッシュウ・ジョーに迫られたような売春、商品化からは降りてしまったといえる。だが、それは単に母親に反抗してのことなのか。それとも単に無軌道な行動に走っただけなのだろうか。

これまでシュザンヌとその周辺の人物たちの贈与について述べ、シュザンヌを商品化する動きとシュザンヌ本人の浪費、防波堤に関する母親の浪費について主に考察してきた。防波堤の象徴性のところでも触れたが、ここでもう一度「浪費」という行為を取り上げ、シュザンヌの浪費が「反乱の表明」なのかどうかを考察してみたい。

近代資本主義においては、貨幣という、商品価値を統一的に表現するための価値体系によって、各個人の経済活動が支えられている。したがって貨幣は等価であることを前提とし、一般的等価物と呼ばれる。そのためマルセル・モース（『贈与論』）の指摘によれば、専門家たちは現在の状況から演繹して、原始社会においても等価性を前提とした「物々交換」のみが行われていたと誤解しているのである。だが、「発展は経済上の規則を物々交換から現実売買へ、現実売買から信用取引へ移行せしめたのではない」。物々交換に見えるのは「贈られ、一定の期限の後に返される贈与組織の上に、一方では、以前には別々になっていた二時期を相互に接近させ、単純化」させられたからである。

ジョルジュ・バタイユも、アメリカ北西部インディアンのポトラッチについて述べる前に次のように注記している。

古典経済学は初期の交換を物々交換のかたちで想定した。もとをただせば、交換に類する獲得形態が獲得の欲求に答えるものではなく、逆に損失もしくは浪費の欲求に添うものであったなどとは、予想だにできなかったにちがいない。古典的発想は今日から見てある点で疑問がもたれる。(『呪われた部分』)

バタイユは、物々交換とは言えない慣習が交換の原初的体制をなすとした上で、その代表としてポトラッチを挙げている。ポトラッチとは、北西部インディアンに見られる、蓄積した富を対抗もしくは敵対する族長相手を前に派手に消費してしまう慣習のことである。相手に贈物をする場合もあれば、返礼を期待しないという態度を示すため単純に財産を破壊し尽くすこともあった。例えば、家屋や数千枚の毛布をそっくり焼却することさえも躊躇しないのである。

蓄積した富を無目的に消費することは、ポトラッチを持つ文化の外から見るとまったくの無駄遣いであり非生産的なことである。そのような行為に富を費やすことに対し、現代の人間は強い拒否感を持つだろう。「獲得し、蓄積する権利、もしくは合理的に消費する権利は、自分のなかに認めるが、非生産的消費は原則として排除する」（モース）のであるから。

ポトラッチに見る消費を、バタイユは「蕩尽」と呼ぶ。蕩尽を実行する者は、客観的には自分の富を損失するのだが、「与えたり破壊したりする力を相手にたいして効果的に獲得する」ため、結果的に身分や名誉、地位を得ることができる。蕩尽には、品物を与え失うことで与える主体を超越するという役割があるのだ。こうした蕩尽の理論の下に、この物語における贈与を再考しよう。

ムッシュウ・ジョーの登場によって、シュザンヌは商品化される。この商品化へ向けて行われる贈与は、等価価値に基づくシュザンヌの売買を狙ったものであるから、モースやバタイユが指摘するところの古典経済学の範疇に収まる。例えばムッシュウ・ジョーの蓄音機とダイアモンド、バーナーの三万フランと引き換えのプロポーズ、カルメンによるドレスの貸与などである。母親がダイアモンドの売却に奔走するのも、この古典経済学的流通の一端を担っていたといえる。

ムッシュウ・ジョーの贈与については異議を唱える人もいるかもしれない。蓄音機や、特にダイアモンドというシュザンヌ一家にとって完全に不釣り合いな品を贈ることは、相手を圧倒して何らかの力を得ることになり、ポトラッチ的な結果を生み出しているのではないか、と。しかし、それはまったく誤った推測である。彼はあくまでもシュザンヌとの旅行とダイアモンドを等価価値と認めた上で、相互的な贈与を迫っているのだから。

彼らと対極にあるのが、シュザンヌが実行した処女の浪費と母親の防波堤への無尽蔵な投資である。彼女らは、各々財産を「無駄に」消費することで、蓄財行為に走る自己や富を破壊する側の自己を超越しているのである。この点で、他の登場人物とは決定的に異なる。彼女らは古典経済学とは相容れない〝非〟経済性、バタイユが考える普遍経済学的に行動しているのだ。冒頭で言及した「贈与を軸にして見られる二項対立」とは、この物語に存在する、古典経済学と普遍経済学の対立のことである。

彼女らの、「自己を超越した『自己』」はどこへ向かうのか。シュザンヌは男の欲望の対象となり、自分自身を蕩尽することで、その過程において処女喪失の装置になり無名化する「男」の所属する「世界」へ、自分を昇華しようと試みる。「ラモーナ」を聴いて憧れた都会へ出奔するという物理的な脱出ではなく、より内的な「自己の超越」によって脱出を達成した。シュザンヌの「自己」が目指したその世界は、欲望と愛が混在する場である。

　しかしながら彼ら［シュザンヌとアゴスティ］は一週間前からつい昨日まで、毎日午後になると一緒に愛の営みをしてきたのだ。（中略）だが今のところ彼女は、愛が生まれる世界の方にはいない。もちろんいつか戻ってはくるだろう。が、さしあたって彼女はあちら側、母親の側にいて、そこではもはや差し迫った未来を許容しないように見え、その上ジャン・アゴスティがその存在意義をすべて失ってしまうのだ。

　右の引用は母親の死に際して、悲しみに沈んだシュザンヌを描写したシーンである。シュザンヌはアゴスティとのセックスにより「世界」に移行したが、母親の死によって一時的に引き戻される。彼女の「自己」は母親の側とアゴスティの側という二つの世界を行き来する水平な運動を行うのである。

　一方、母親も、防波堤への蕩尽によって「自己」を超越するけれども、娘のように異世界への移行までは望んでいない。彼女は何度もおなじ場所で自己の超越を志向する。シュザンヌの水平運動に対して、母親は垂直運動を行っている。おなじく蕩尽しても、運動の方向が異なることで、各々の自己の行き先を際立たせ合う。

二つの世界の対立はデュラスの作品において重要なテーマである。『太平洋の防波堤』の四年後に発表された短編『ボア』（『木立の中の日々』所収）は、シュザンヌの母親的世界からの脱出と、より根源的で生命力にあふれた世界への移行を中心とした作品であり、デュラスは『太平洋の防波堤』から発展したテーマをこの作品でさらに掘り下げている。

『ボア』の語り手は、町に保証人がいないため休日も寄宿舎に残る女学生で、塾長のバベル老嬢が面倒を見ている。日曜日になると塾長は主人公を植物園に連れていき、王蛇（ボア）が鶏を飲み込むショーを見る。その後寄宿舎に戻ると、老いてもまだ処女の塾長は下着姿の自分を主人公に鑑賞させる。ボアの嚥下と塾長の裸体の鑑賞は儀式的に繰り返され、主人公はそこに世界が二重に現出していることを感じ、自分の未来の可能性を予言するところでこの短編は終わる。

要するにバルベ先生の不幸は、彼女が、絶対的であるにも関わらずその掟から逃れた事実、「自分の身体を他人に発見してもらわねばならない」ことを理解できなかった事実に負っているのだ。というわけで世界は、それゆえ私の人生も、二重の方向に開かれ、明確な二者択一を形成していた。一方にはバルベ先生の世界があり、また他方には絶対的な世界、宿命的な世界、運命とみなされる種の世界があって、そしてその世界は光にあふれ情熱的で、音楽的だが耳障りな、困難な美による未来の世界なのだ。（中略）そして私は、もし自分がその世界を知るときは、私が感じているあの方法、私の生が幾度も虜になり、恐怖と恍惚の高まりのうちに、休息も疲労も無く終末に導かれるという、荘厳な連続性による展開の中の、あの方法によるのだろうと思われた。

ここで主人公が到達している「自分の身体を他人に発見してもらう」という掟は、文字通りシュザンヌが浴室で裸体を鑑賞されたこととアゴスティ相手に処女を消費したことから敷衍されている。『太平洋の防波堤』では明言されなかった「二つの世界」の構造が、この『ボア』によって確実に定義されたと言えるのだ。

シュザンヌは浪費によって、母親と彼女が存在させられている「世界」と、男たちの欲望によって暴かれた「世界」という「二重の世界」を顕現させ、もう一つの世界へ移行した。そこには、冒頭で引用した「伝統的道徳が女性に強いる立場への反乱」という枠には収まりきらない生命の運動が隠れている。「裸体」を暴かれることを志向すること。それこそが、シュザンヌの到達した超越の方法なのである。

＊

『太平洋の防波堤』には様々な形式の贈与交換が描かれている。各贈与の設定、登場人物同士の関係や贈物の象徴性は、この小説のテーマと密接な関わりを持つ。

主人公シュザンヌは、母親、カルメン、ムッシュウ・ジョー、バーナーによって一種の「売春」を余儀なくされ、「処女」「娼婦」として商品化される。シュザンヌの処女性は困窮する一家に残された唯一の貴重な財産であり、それに気づいた母親は、「娘への責任＝結婚」という世間体に隠れつつ、若い処女の肉体とそれが期待させる快楽を交換条件に、防波堤の再建を可能にする金銭をムッシュウ・ジョーから得ようとする。一家と親しい女性のカルメンも、結婚によって母親から逃れることをシュザンヌに助言する。シュザンヌの商品化を推進する動きは、そのままモースやバタイユの言う古典経済学的な経済活動に該当する。また、シュザンヌに贈与される物は、彼女を商品化する上で重要な意味を持つ。青い服は富裕白人の白い制服と対立する貧困の象徴であり、娼婦のイメージを喚起する。蓄音機と裸体で実行される贈与交換は、消費を超えた完全性を共通の価値基準とするし、同様にダイアモンドと小旅行は現状からの脱出と時間の固定を意味する。

一方、彼らの商品化対象であるシュザンヌは、最終的に同じ最下層白人のアゴスティに処女を贈与してしまう。この一見〝非〟生産的な贈与は、商品化されることや道徳への反抗というレベルを超えた、より内面的かつ高次の運動であった。彼女は唯一の財産を蕩尽することで、その財産を保持蓄積していた古典経済学的な自己を超越した。さらに、その蕩尽による超越によって、母親や蕩尽前の彼女も生きていた世界から男の欲望によって顕現した新たな「世界」への移行を目指し、達成したのである。ここで登場する「世界」は、後に書かれた『ボア』の中で「二重の世界」としてさらに展開される。

防波堤建設に執着し、過去には甚大な借金を重ね、さらにシュザンヌの商品化によって生じた利潤も投資することを画策していた母親も、この蕩尽を志向していた。母娘の行動は、バタイユのいう普遍経済学的経済活動だと結論づけることができる。この物語にはシュザンヌを商品化する古典経済学と、蕩尽による自己の超越を志向する普遍経済学との二項対立が存在しているのである。

（初出「デュラスにおける『贈与』の問題」二〇〇〇、三）

Marguerite Duras, *Un barrage contre le Pacific* Folio PLUS, Gallimard, 1997
マルグリット・デュラス『太平洋の防波堤』（田中倫郎訳）河出書房、一九九二
マルグリット・デュラス『木立ちの中の日々』（平岡篤頼訳）白水社、一九九六
マルグリット・デュラス／ミシェル・ポルト『マルグリット・デュラスの世界』（升田かおり訳）青土社、一九九五
ジャン・ピエロ『マルグリット・デュラス　情熱と死のドラマツルギー』（福井美津子訳）朝日新聞社、一九九五
マルセル・モース『贈与論』（有地亨訳）勁草書房、一九六二
ジョルジュ・バタイユ『呪われた部分』（生田耕作訳）二見書房、一九七三
湯浅博雄『現代思想の冒険者たち　第11巻　バタイユ　消尽』講談社、一九九七
ジャン＝ガブリエル・マンシニ『売春の社会学』（寿里茂訳）文庫クセジュ　白水社、一九六四
「増頁特集＊マルグリット・デュラス」（「ユリイカ」七月号、青土社、一九八五
「特集マルグリット・デュラス」（「ユリイカ」七月号、青土社、一九九九

『太平洋の防波堤』と『愛人／ラマン』

マルグリット・デュラスはテクスト群・映像作品（映画）の多産性、また晩年から没後の現在に至るまでの、彼女と〝近しい〟人物らによる評伝等のおびただしさにより、その全体像を捉えることが逆により困難さを増しているようにも思われる。彼女の生涯とその作品性を抽出し解析しようという試みが、かえって研究対象であるべきものをメディアに増殖させ、没後であるにも関わらず、まるで今そこに彼女が息づいているかのような錯覚を読者に覚えさせているようだ。

また、人生最後の伴侶ヤン・アンドレア・シュタイナーの存在は彼女の没後も大きな位置を占めよう。彼がデュラスとの生活を綴った作品『デュラス、あなたは僕を本当に愛していたのですか』*Cet amour-là*[1] の映画化は、ジャンヌ・モローという大女優が主演するという話題性もあり（実際彼女はデュラス映画に出演し縁が深いという過去があるのだが）デュラスという作家の存在を一般にも知らしめた。またこれ以外にも多くのインタビューで彼女との

（1） *Cet amour-là*, Edition de Pauvert, 1999 邦題『デュラス愛の最終章』（ジョゼ・ダヤン）として公開された。

生活の様子を告白している。デュラス自身は意図していたのだろうか。彼のサポートを生活と執筆活動の両面で受けていたことが、結果として彼女の死後も彼女について語り、彼女についての作品を発表する人物を生み出すことになると。ここで彼を他の〝近しい〟人々と区別するのは、彼女が彼の本名ヤン・アンドレアに〝シュタイナー〟という独特な名を加えた作品を発表し、生前も自分に関する作品の執筆を認めたという点で、一種彼自体が彼女の作品であり、被造物的だとも考えられるからである。しかし、彼らふたりの関係性を論じることはこの場の目的ではない。(2)

我が国においても六〇年代にはアンチ・ロマンやヌーヴォーロマンの一翼の存在として盛んに翻訳され、また八〇年代後半は『愛人』のゴンクール賞受賞とJ＝J・アノー監督による映画化を受けて読者の 裾野を拡げ、一方研究機関では多くの研究論文が生み出され続けていった。しかし、多くの論文・書評が彼女の作品における異性愛を主体としたものであり、

(2) これについて彼自身はデュラスのユダヤ性とからめて次のように述べている。
「彼女は、ユダヤ性とは旧約聖書、つまり書かれた書物であると言っていました。彼女は私について、『ヤン・アンドレア・シュタイナー』という本を書いています。私の名前にシュタイナーというユダヤ的な名前をつけ加えることによって、彼女は私をユダヤ人化したのです。」(「書くことは生きること」ユリイカ七月号、青土社、一九九九年)また、このシュタイナーという名はデュラスのオーレリア・シュタイナーに関する連作を想起させ、かつ『ロル・V・シュタインの喪心』とも結びつくとインタビュアーは指摘している。ただし、デュラスにおけるユダヤ性の問題は本稿では取り上げない。

またそれ以外のものはヤン・アンドレアがゲイであったことと照らし合わせて、作品に登場する男女（もしくは語り手と登場人物の）性愛の不可能性について論じたものが圧倒的である。『ロル・V・シュテインの喪心』をラカンが賞賛したことを受け、精神分析的に読解したものも多い。それらの研究成果についての判断をここで行うことはしないが、もうすでにデュラスは語り尽くされてしまったのか。そこにまだ考察の余地があると感じるのは、私自身もデュラスという一種の怪物、次々に語りと沈黙を産出する永遠の母に飲み込まれてしまったからなのだろうか。

「デュラスにおける『贈与』の問題」（二〇〇〇年）では、『太平洋の防波堤』で繰り返し展開される贈与行為について取り上げた。贈与行為を分析することで主人公を商品化する過程を明らかにし、また彼女が自分の商品価値を〝浪費〟することにいかなる意味があったのかを分析した。贈与と浪費の考察にあたりバタイユの蕩尽理論等も参照したが、蕩尽によって主人公が最終的にどこへ到達したのかという疑問の残る結論となってしまった。

ここでは、主人公の商品化のメカニズムと〝浪費〟を、同じ少女時代をモデルにした『愛人』の展開と比較検討し、あらたな分析を試みた。その手段として、女性の商品化をとらえなおす上で有効だと思われるアドリエンヌ・リッチの理論を用いた。アメリカのフェミニズム批評家リッチの理論を使って分析することは、デュラス研究において画期的だと言えよう。

だが、リッチ以降のフェミニズム批評、ジュディス・バトラーやクィア理論からの検討が今後の課題として残されたことを述べておく。

まず一で、『太平洋の防波堤』*Un barrage contre le Pacifique* について再論する。この作品では、貧困にあえぐ一家の娘が財産として取引の対象になるばかりか、その娘自身が結局同じ貧困層の青年相手に「財産」であった処女を消費してしまう。この主人公を取り囲む商品化の原動力は何か、そしてそれがどのように展開されたのか、さらに、主人公が商品化を拒むことにいかなる意味があったのか、分析したい。

二では、後期の作品ではあるが、『太平洋の防波堤』のモチーフが、記憶をたどりながら改めて書き直されている『愛人』*L'amant* を分析する。これは映画化されたことも手伝って、最もポピュラーな作品のうちの一つだが、口述筆記という作成過程から、スタイルはかなり異なっており、難解な部分もある。ここでは、この作品の主人公が『太平洋の防波堤』と画期的に異なる点、また、主人公が関係を持ち続ける愛人や少女への欲望の意味を分析する。

また、末尾に補論を付した。本論において重要な問題である、異性愛や女性同士の関係性—特にアドリエンヌ・リッチが提唱した強制的異性愛とレズビアン連続体とは何か—について簡単に整理している。ヘテロセクシャルとホモセクシャルという基本的な概念から、男性中心主義を脱出して女性同士の連帯の可能性を模索し続けるフェミニズム・レズビアン批評の一部までを取り上げた。読みすすめる上で参照していただきたい。

和訳は筆者自身によるが、訳出に際し *Un barrage contre le Pacifique* は田中倫郎訳（『太平洋の防波堤』河出文庫、一九九二）を、*L'amant* は清水徹訳（『愛人／ラマン』河出文庫、一九九二）を参考にした。

一、『太平洋の防波堤』

一―一　少女の商品化と失敗

一―一―一　主人公を包囲する母親

この作品において、主人公シュザンヌの相手役として最初に登場し、彼女の商品化が発動されるきっかけになるのはムッシュウ・ジョーである。彼は実業家の跡取りで、植民地政府から塩漬けの土地を買わされ、同じ白人であるが貧困にあえぎ、現地人と密接に暮らしている主人公一家とは天地ほどの隔たりがある人物である。容姿と頭は悪いのだが、五万フランの運転手付きモーリス・レオン・ボレを所有し、絹の服を常に身につけ、ダイアモンドの指輪をはめるという身なりがその経済力を物語っている。彼と酒場で出会った母親は、彼が投げかける娘への視線に、一家の希望を見出す。

ダイアモンドはけた外れに大きく、薄地の絹布でできたスーツは見事な仕立てだった。ジョゼフは絹のものを身につけたことなど一度もない。ソフト帽は映画から抜け出てきたようだった。女が原因でふさぎこんで、四〇馬力の車に乗って財産の半分を賭けにロンシャンへ行く前に、無造作にかぶる帽子だ。本当のことだが、顔つきは美しくはなかった。肩幅が狭くて、腕は短く、身長は平均以下に違いない。小さい手は手入れされて、割合細く、十分きれいだった。そしてまた、ダイアモンドの存在がそれらに王族のような、多少退廃的な価値を与えていた。彼「ムッシュウ・ジョー」は独身で、大農園主で、若かった。彼はシュザンヌを見ていた。母親は彼が娘を見ていることに気がついた。今度は母親が自分の娘を見た。電灯の下だと彼女のそばかすは日中よりも目立たない。確かに美しい娘で、輝く傲慢な目をしていて、若く、青春の盛りで、内気ではない。

「どうしてお前はそんな陰気な顔をしてるんだい?」と母親は言った。「もう少し愛想よくできないのかい?」

車にしか興味のない主人公の兄ジョゼフを除いて、初めて彼にでくわした者は全員そのダイアモンドがいかほどの値打ちを持つか値踏みする。ムッシュウ・ジョーは莫大な財産を支配する者でありつつ、またその財産のショーケース、一種のカタログ的機能も果たしているのである。彼を丹念に観察することで、彼の持ち物だけでなく、それらを入り口にして背後に延々と続いているであろう資産と権力を推し量ることができるのだ。そして、その観察対象である彼が、観察されつつも同時にシュザンヌを見つめている。彼もシュザンヌの身体や顔つきを観察し、彼女によって得られるだろう恋愛の駆け引きやそれに付随する感情の動き、最終的に獲得されるかもしれない快楽等を想像していたのだ。

またここで重要なのは、そういった一連の視線の交錯をへて、母親が娘に価値を見出したことである。その酒場でムッシュウ・ジョーに出会うまで、娘を嫁がせたり男性と関係を持たせることで何かを得ようという発想は彼女になかった。酒場に行く前日、ジョゼフが、未婚の男は同じ貧困白人のアゴスティしか残っていないと言ったとき、彼女はかたくなに「彼に娘はやれない」と断言している。それが彼の金銭的状態からか、単にまだ娘を手元に置いておきたいという思いからかは判断できない。が、娘の魅力を初めて見出したのは、前述した通り、ムッシュウ・ジョーの視線に気がついた後なのである。

母親が、以前には認識していなかった娘の価値を再発見するにあたり、まず異性愛の性的対象として見つめる男の両眼を鏡にし、娘の像を映しだしたということは、そこで語られる娘の長所はすべて異性愛の男性の「眼」で見つけだしたものと言える。また同時に、年長の女性としての経験から、娘のどこが男性へ売り込むポイントになるかという点も加味しているだろう。この母親によってシュザンヌが「見出された」過程は、彼女の商品化の第一歩というに十分な要素を持っている。

では、ムッシュウ・ジョーとシュザンヌの間に、商品化を踏み越える、より精神的な出会いや交流が見られたかというと、答えは否である。出会った直後に彼はシュザンヌをダンスに誘うが、彼女から発せられる問いはもっぱら車の馬力や値段についてであったり、きれいだと耳元で囁かれても心を動かされることはなく、彼がそのような文句を言った何番目の男か冷静に振り返り、彼の車一台で兄がどれほど幸せになるかということしか考えていない。また、母親やジョゼフを交えて防波堤の話をし、最後にもう一曲踊った際も相手への特別な感情はみられない。彼女の口から語られるのは、彼の資産とその落差から生じる滑稽さへの憐憫である。

彼［ムッシュウ・ジョー］は彼女［シュザンヌ］をぴったりと抱き寄せていた。彼は清潔で身だしなみのよい男だった。彼が醜いとしても、彼の車、それは見事だった。彼［ムッシュウ・ジョー］はとても礼儀正しかった。彼女［シュザンヌ］はある種の同情をもって彼を眺めた。もし彼がしょっちゅうバンガローにやって来れば、おそらくジョゼフは彼に我慢できなくなるだろう。

この引用文からも、ムッシュウ・ジョーとシュザンヌの関係が、異性愛ロマンスにのっとった恋愛物語としての始まり方をしていないことが読み取れる。少なくともシュザンヌは彼の人となりなどの内面性にはまったく興味がなく、車のことしか話題がないと伺われる。が、車が代表する彼の財産にしか関心がなかったとは断定できない。一家にとって、車は酒場や街に出て他者と触れ合う唯一の手段であり、生活の糧でもある。また彼らの車は古く廃車寸前であるが、兄は車を運転することで日々の退屈を発散し、愛している。兄が立派な車を運転することを想像し、それが彼にとってどれだけ幸せか考えるのはそのためだ。彼女にとって車は、単なる高価な持ち物として以上に、兄との関係を象徴するものとして存在している。このことから、シュザンヌも母親同様ムッシュウ・ジョーを経済手段とだけ見ていたという推論は当てはまらないだろう。

この酒場での以上のような出会いから、主人公を商品化の波が包囲してゆく。同時に、主人公はムッシュウ・ジョーにとって恋愛と欲望の対象になってゆく。この商品化の動きの中で、母親の意図と彼の感情が交錯するのが、結婚をめぐる駆け引きの中である。

ムッシュウ・ジョーとの出会いは、一家の各々にとって決定的な重要性をもつものであった。それぞれがムッシュウ・ジョーへ自分なりに希望を託した。最初の頃から、彼が定期的にバンガローに通ってくることが明らかになるとすぐに、母親は結婚の申し込みを待っていると彼にほのめかした。ムッシュウ・ジョーは母親のこの急な誘いを辞退しなかった。彼はいろいろな約束や、とりわけシュザンヌに贈るさまざまなプレゼントで母親を最後まで期待させておいて、この猶予期間を有効利用し、一家の面前で演じているであろう受けのよい役割に乗じようとしていた。

ムッシユウ・ジョーが結論を先延ばしにし、享受しようと望んだことは何か。それは彼の口からはあからさまには語られない。が、結婚という法的な契約を結ぶ前の待機期間、異性愛ロマンスで言うところの「恋愛期」をシュザンヌと経験しようとしたと推察するのは容易である。そしてこのことは、男性の視線を通して娘を値踏みした母親にもすぐに予想された。

いまや娘シュザンヌという商品のプロデューサーであり、売り主となった彼女には、どのようにして商品の付加価値を高め、購買意欲を煽り、相手と有利に商談を進めるかということが最重要事項となる。彼女は以下のような販売戦略を打ち出す。

ムッシュウ・ジョーは昼寝の時間の後でやって来る。彼は帽子を脱ぐと、物憂げに肘掛け椅子に座り、そして三時間ずっと、シュザンヌに、希望の持てる何らかの兆しがないかと、どんなにささいであっても前の日より進展できたと彼が信じさせられるような励ましの行為を期待していた。この差し向かいは母親を大いに喜ばせていた。それが長く続けば続くほど、彼女は期待を持てる。そして彼女がバンガローのドアは開けておかなければならないと強く要求するのは、自分の娘と寝たいという強烈な欲望を持つなら、結婚する以外にいかなる解決策もムッシュウ・ジョーに残されていないからであった。ドアが大きく開け放たれたままなのは、そのせいだった。

ここにおいて、将来「買い手」になるだろうムッシュウ・ジョーは、母親の戦略により購買意欲を日々倍加させられているのがわかる。「母親を最後まで期待させておいて、この猶予期間を有効利用し」、「受けのよい役割に乗じよう」とした彼の目論みは、皮肉にも、彼の視線によって娘の価値に目覚めた母親によって挫折する。彼が母親に期待させて利益を得ようとしたのと同様に、母親も彼を期待の中に閉じこめて「有効利用」を企み始めたのである。また、ここから読み出されるべきなのは、一種のビジネスマンとなった母親の、非常に狡猾な提案である。彼女が新たに打ち出した「シュザンヌとセックスしたいなら結婚しなければならない」というルールは、経済的保証を勝ち取ることを母親側に可能にするものだ。婚前交渉の禁止という伝統的な道徳を盾に取り、今後も取引相手である男性をつなぎとめることができる「えさ」として娘の処女を確保し、それを損なうことなく結婚という代価が得られるのである。もし、この初めての取引相手であるムッシュウ・ジョーが結婚に応じず、交渉が決裂したとしても、母親とジョゼフが目を光らせて商品保管に専念していれば、処女性という商品価値が損なわれることはない。また別の、売り手である母親が満足するだけの経済力を持った男性が登場した際に、再び同様の戦略をとればよいだけのことである。貧しい一家に唯一残された「財産」はシュザンヌの処女性であることに、ムッシュウ・ジョーの登場で初めて気づき、その財産を誰かに盗み取られることなく、誤って消費してしまうこともなく、上手に運用するならこの方法しかないことに思い至ったのだ。

母親の戦略は明らかになったが、次に以下のような問いが出てくる。彼女は、異性愛において社会的に望まれる形、つまり結婚を最終目的としているが、果たしてこの戦略で得られる利益は、売春による利益とどう違うのだろうか？　娘を商品化した時点において、それが結婚を手段とはしていても、母親の行為は買春斡旋と何ら大差ないのではないだろうか？莫大な資産を持つ相手に対し、性交渉を持ちたいなら結婚せよというのは、結局娘であるシュザンヌを売春婦にして客をとらせようとしているのと同じことである。売春宿の女将と異なるのは、一晩いくらの少額で稼がせるのではなく、結婚という法契約により、社会的体面を損なわず、確固としたかつ永続的なやり方で収入を得させるという点だけである。母親は、一連の戦略を通して娘を娼婦にしたと言えよう。

母親による娘の商品化＝娼婦化は、取引相手であるムッシュウ・ジョーの行動からも決定的な形でシュザンヌに強制される。その決定的瞬間は、浴室のドアを挟んだとき、蓄音機を贈ると提案されたときに起こった。ムッシュウ・ジョーは自分自身に性的魅力もなく、初めの酒場での出会いのときからシュザンヌが自分に興味を持っていないのを知っているので、彼女の気を引くためプレゼント攻勢にでる。彼が贈るのは、最初は化粧品など女性の機嫌をとるための細々した品物であった。それらはごく一般的な物かつ行為であったが、蓄音機はその高価さと兄妹にとってかけがえがない存在だったことから、まったく事情を異にする。

出会いから一ヶ月後に、彼が彼女に贈った最初の重要な品物は、蓄音機だった。彼は煙草をあげるような軽い調子を装ってそれを与えたが、シュザンヌに少しでも気に入られることはおろそかにしなかった。彼は、シュザンヌが自分を一人の人間として決して興味を持たないということを確信すると、自分の財産や財産が彼に与える安楽さを使おうとし、その安楽さの最初のものは、彼にとっては当然なのだが、新しい蓄音機で彼女たちの監獄のような世界に音の開放的な突破口を開けることになった。

シュザンヌとジョゼフにとって、蓄音機で音楽を聴くことは平原からのつかのまの脱出を意味した。特にジョゼフは古い蓄音機を車同様、大切に扱っていた。さらに、その蓄音機がどれほど重要な意味を持つかということ以上に、浴室前での提案の経緯それ自体が主人公にとって問題であったのだ。

ムッシュウ・ジョーは、浴室で水浴中のシュザンヌに、彼女の裸体を見せてくれと哀願する。一秒でもいいという彼の訴えを聞いたとき、彼女の口からとっさに出たのは拒絶の言葉であったが、それはあくまで反射的なものであり、彼女の考えを反映していない。彼女は、普通ならば絶交に値するような懇願により、自分自身と家族しか見たことのない自分の裸体が男性の欲望の対象になっていることを次第に理解していくのである。その次に、欲望の対象物としてこの男の前に姿を晒すことで、払い下げ地のバンガローという、母親の執念に満ちた世界から、この男を含め多くの男女が所属する別の世界に移動しようと思い直すのだ。その過程が次の引用部分で丹念に描写されている。

シュザンヌはじっとしたまま、そうすべきかどうかわかるまで待っていた。その拒絶は無意識に彼女から出てきたものだった。それがノンだったのだ。まず何よりもノンだ、絶対に。だが、ムッシュウ・ジョーが懇願している間に、このノンがゆっくりと逆の答えになっていき、じっと動かず閉じこめられているシュザンヌの気もかわってきた。彼は彼女を見たいという強い欲望にかられている。ともかくも、これがある一人の男の欲望なのだ。彼女は、彼女もまたそこにいて、見られる価値があり、ドアを開けるだけなのだ。そして、未だにいかなる男もここで、このドアの後ろにいる女を見たことがないのだ。彼女は隠れるためでなく、逆に見られるために、そしてまた世界へ、このムッシュウ・ジョーという男もやはり属している世界へ進み出していくために生み出されたのである。

だがシュザンヌのこの試み、母親から強いられている商品としての自分から脱出し、異世界へと踏み込もうという彼女の試みは、その契機となった男性ムッシュウ・ジョー自身によって即座に棄却されてしまう。

ところが、ムッシュウ・ジョーの視線とこの神秘のほうへ真実の光を受け入れようとして、彼女［シュザンヌ］が薄暗い浴室のドアを開けようとしたまさにそのとき、ムッシュウ・ジョーが蓄音機のことを話し出したのだ。

「明日君に蓄音機を持ってきてあげるよ」とムッシュウ・ジョーは言った。「明日すぐにだよ。ヴィクター製のすごいやつを。僕のかわいいシュザンヌ、一秒でいいから開けておくれよ、そしたら蓄音機をあげるから」

こうして、彼女がドアを開けて世界に身を晒そうとしたちょうどそのとき、その世界が彼女に売春を強いたのだ。彼女はムッシュウ・ジョーを入り口として新たな世界に移ろうとしたのだが、それが失敗に終わったのみならず、その「入り口」になるべきだった人物に裸体の代価を示されることで、さらに商品化された存在になったのである。この場面によって、シュザンヌの商品化は確固としたものになってしまった。

ここで興味深いのは、ムッシュウ・ジョーの視線の役割である。酒場での最初の出会いにおいて、母親は彼が発する娘への視線によって商品化に踏み切るのだが、この浴室のドアを挟んでシュザンヌが直接彼の視線に対峙する場面では、その商品化から逃げる手段となっている。しかもそれは実際に彼の視線に裸体をただ見返り無しに晒すことで完遂されるはずであった。ムッシュウ・ジョーが蓄音機について触れなければ、ドアを開いた瞬間に「真実の光」を浴びて脱出が果たされただろう。商品化されたことにより、その光は消失し、この浴室でのやりとりは彼女の商品化が読者にとって最も可視化された場面となった。それまではムッシュウ・ジョーの視線を追う母親を通してしか読みとられなかった商品化の過程が、母親不在の状態で、二人の間で直接行われていることで明らかになってくる。

このように、主人公シュザンヌはムッシュウ・ジョーと母親から商品化を強制される。次項では、同様に彼女を商品化しようとする存在とその手法について分析する。

一―一―二　カルメンによる娼婦化

前項において、ムッシュウ・ジョーとの出会いから始まる主人公の商品化について、母親を中心に分析した。ここでは母親とは異なる動機で出発しながらも、最終的には主人公を商品化かつ娼婦化しているカルメンについて分析したい。

カルメンは街でセントラル・ホテルを経営し、母親とも親しい女性である。彼女の名前からイメージされるように、多少奔放な性質で、兄ジョゼフともしばしば性交渉を持っている。

一家はムッシュウ・ジョーから贈られたダイアモンドを売却するため、平原から出て彼女のホテルに滞在する。母親が良い値で買い取ってくれる宝石商を探して奔走し、ジョゼフがどこかへ行ってしまってからは、シュザンヌの面倒を熱心にみるようになる。彼女は狂気じみた防波堤建設とそれが一家にもたらした貧困についてもよく知っており、シュザンヌに母親と別れることを勧める。

そして重要なのは次のようなことだった。何よりもまず、［シュザンヌが］母親から自由になること。母親は、人生というものにおける自由と尊厳は彼女が良いと思ってきたのとは別の武器で獲得しうるということが、理解できていなかった。カルメンは母親のことも防波堤や払い下げ地の話などもよく知っている。母親はカルメンにとってそこいらを蹂躙する怪物を思わせる。彼女は平原の何百人もの農夫たちの平和を侵害した。彼女は太平洋を押さえつけようとさえした。ジョゼフとシュザンヌは母親に注意しているべきだ。彼女はあまりに不幸な目にあいすぎたために、強烈な呪縛力を持つ怪物になってしまい、子供たちはその不幸の数々を慰めようとして、彼女からもはや離れられなくなり、彼女の意志に服従し、今度は子供たちが彼女に食い尽くされる危険がある。

彼女は、シュザンヌの母親が世間知らずで植民地政府の不正に無知であり、また自分の防波堤が成功すると信じてやまず、遅かれ早かれ娘も破滅してしまうだろうと感じている。実際、母親は一人で子供を育てるかたわら、一〇年間映画館のピアノ弾きをして土地を購入するだけの貯金をしたのだが、役人への賄賂の必要性について知らなかったため、毎年塩漬けになってしまう土地を払い下げられてしまったのだった。彼女は役人に、ひいては政府とそれらにつながる植民地の権力層に騙されたのだが、それに懲りることなく、娘がムッシュウ・ジョーから贈られたダイアモンドの指輪を売却し、その二万フランという大金を銀行の借金返済にあててしまう。しかもそれは、返済を済ませることで再び銀行の信用を得、成功すると言い難い新しい防波堤建設の費用の借り入れが可能になると信じてのことなのである。彼女の思考には、廃車同然の車を買い換えることや、ジョゼフの歯の治療、バンガローの修繕といったことは存在しなかった。母親の熱意は防波堤の建設とその準備にのみ向けられている。おそらくシュザンヌと引き替えにいくらかの財産を得たとしても、これと同様の行動に至ったのではないだろうか。カルメンの予感は、このダイアモンド売却と借金返済の経緯の中で、現実となっているのだ。

そのような、経験から学ぶことのない母親の気質を知り尽くしているからこそ、カルメンは母親を捨てることをシュザンヌに勧めるのである。そしてその現状脱出の手段として、「男をつかまえること」をあげている。

「お母さんの不幸は、結局のところ、呪縛みたいなものなの」とカルメンは繰り返した。「呪縛を忘れるように、お母さんの不幸を忘れなければならないわ。あたしはお母さんが死ぬか男をつかまえることしかないと思うの、あなたに母親を忘れさせられるのは。」

カルメンが、母親の不幸は植民地政府の腐敗に原因があると考えていないのが興味深い。当然、根本的な原因は賄賂を当然とする役人にあるのだが、母親と一家の貧困は、母親の執着によって明らかに深刻化しており、またその執着は周囲が理性で説き伏せようとしても不可能な段階に至っているのだ。その点を、カルメンは「呪縛」だと指摘している。既に、論理的かつ科学的な行動では抑えられない、非科学的な力で操られているような状態にまで、母親が陥っていることを察知し、一刻も早く兄妹が逃れることを望んでいるのだ。この、母親を冷静に観察し、逃げるためには母親の死すら必要であると述べるカルメンは、一家のことを愛し世話を見てはいるが、母親と大きく対立する存在といえよう。

が、そのために彼女がシュザンヌへ勧めているのは、学問を修めて自立が可能な職業に就くことではなく、「男をつかまえること」すなわち「経済的に裕福な男性を見つけ、何らかの方法でその援助を得ること」である。これは重要な点である。

カルメン自身はホテルの経営者であり、専業主婦でも、愛人として経済的援助を受けているわけでもない。確かに彼女の母親は娼婦出身であり、その母親から受け継いだホテルには、船員らを相手にする娼婦たちが何人も泊まっていたから、職業婦人といっても、性産業という特殊な世界に少々近いのは事実である。しかし、カルメン自身の男性関係が華やかで、娼婦たちに理解ある立場をとっていても、防波堤に固執し平原での暮らしに専念するシュザンヌの母親とは違い、働く女性だ。同じ女性として、シュザンヌにとっては母親とは異なる生き方のモデルであり、シュザンヌが成長していく上で、アイデンティティ形成の手本になることも可能である。だが、カルメンはシュザンヌに働くことを勧め、街で職を見つけてやることなどしない。母親から脱出する手段として、男性から経済的援助を勝ち取ることを真っ先にあげるだけである。シュザンヌは、平原では与えられる可能性のない働く女性としての選択肢を、ここ、街においても最初から奪われてしまっているのだ。カルメンはシュザンヌに、相手の条件や恋愛結婚についても忠告している。

シュザンヌが自由になれるほどの物質的条件を彼女に与えるぐらい、愚かであると同時に金持ちの男と結婚することでしか、結婚というものは解決策になりえないのだった。ジョゼフがムッシュウ・ジョーのことを彼女［カルメン］に話していたので、彼女は彼が理想のタイプだと思っていたから、彼と上手くいかなかったことを少し残念がっていた。《三ヶ月たってから、あなたが彼を裏切れば、そうしたらなにもかもすべて上手くいくのにね…》（中略）そしてカルメンは、たとえこの街であっても、夫を見つけることとの、とりわけムッシュウ・ジョーのような理想のタイプの夫を見つけることの難しさをシュザンヌに説明した。一七歳で恋愛結婚などもってのほかよ。そこらの税関吏とでも恋愛結婚すれば、三年のうちに子供を三人つくることになるわ…

カルメンが理想とするのは、日々の生活に足るどころか、夫から逃げることも可能にするほどの財産を持つ男性で、しかもそのような「策略」があることにも気が付かない凡庸な人物なのである。もちろん、妻となる女の行動は、恋愛のような感情に突き動かされるものでなく、財産を「奪い取る」ため周到に計算したものでなくてはならないだろう。このような手順を踏んで、初めてシュザンヌは母親の不幸から逃れ、呪縛から解き放たれ、自らの人生を歩むことが出来ると考えているのである。

確かに、シュザンヌの母親の抱く妄執の危険性を察知し、それが母親の死か、子供たちの逃亡かによってしか終了しないことを訴えたことは、母親と正反対の立場を示す。母親との直接対決はないものの、シュザンヌを通して母親とは対立している。しかし、シュザンヌに脱出を勧める根本的理由では対立しているのだが、実際にシュザンヌにアドヴァイスしてとらせる行動は、母親同様、商品化以外の何物でもない。カルメンは、母親ほどあからさまに処女性や性行為を「商品」とは謳わないが、経済援助を目的とした結婚を示唆した時点で、シュザンヌを花嫁という品物にしてしまっている。出発点は違っても、彼女も商品化という枠組みの中にシュザンヌを追い込み、結局母親と同じ終着点に落ち着いている。

カルメンによるこの商品化は、シュザンヌに着せる青い花柄のドレスという形で可視化されている。彼女は、街を歩いて理想にかなう男性を見つけてくるようにと、自分のドレスをシュザンヌに着せ、髪も結ってやる。そのドレスは上品というよりは、「大きな青い花柄がひろがっている、とても短くてぴちぴちした、セントラル・ホテル用の」相当にセクシーなものであり、白人富裕層が住む高級住宅街を歩くには不似合いであった。また、そのような地区を行き来する同年代の少女たちは、必ず何人かのグループで行動し、その場と身分に相応しい所作をしており、一人でおどおどと歩くシュザンヌは誰の目から見ても異質であった。シュザンヌは自分の場違いさに次第に押しつぶされ、カルメンの狙いが的はずれであったことを思い知る。

みんなが彼女［シュザンヌ］を眺めていた。振り返る者もいれば、にやっとする者もいる。彼女の年頃の白人の娘たちは誰一人として高級地区の通りを一人で歩いていない。出くわし、すれ違っていく娘たちは、グループをなし、白いスポーツウェアを着ている。テニスラケットを小脇に抱えている者もいる。彼女たちは振り返る。みんなが振り返る。振り返りながら、にやっと笑っている。《私たちの歩道に迷い込んできたこのかわいそうな娘は、どこからきたのだろう?》と。大人の女性でさえも一人で歩いているのはまれである。彼女たちもグループで歩いている。シュザンヌは彼女たちとすれ違う。そのようなグループは、周囲にアメリカ煙草の香りと金持ちの爽やかな匂いを漂わせている。彼女にはどの女性も美しく思えたし、その夏服姿の優雅さは、彼女たちではない他のあらゆる者への挑発だと思った。とりわけ彼女たちは女王のように歩き、話し、笑い、全体的な雰囲気、並はずれて裕福な生活が自然だという雰囲気に完璧に適合した動作をしている。彼女が市電の路線から高級地区の中心部に至る大通りにさまよいこんだときからそれとなく感じていたことが、その後確固としたものになり、高級地区の中心に到着したときには、許すことのできない現実になるまで増大していた―自分は滑稽な存在であり、しかもそのことはみんなの目に明らかなのだ。カルメンは間違っている。あのような貴族と王様の子供たちの中で、これらの通りや歩道を歩くことは、世の中すべての人間に許されているのではないのだ。

派手なドレスで高級地区を心細そうに歩く少女の姿が奇異だっただけでなく、非常な富が自然と育む優雅さや振る舞いがシュザンヌに欠けていたことも、存在を浮き立たせた原因であると、ここで述べられている。また、この引用箇所では明言されていないが、この作品では服の色が社会的階級を象徴するものとして機能している。通りを歩く少女たちが白いスポーツウェアを着ていたように、白人富裕層の人間が身につけるものは完璧な白なのである。

彼ら［白人たち］はやって来るとすぐに、まるで小さい子供のしつけのように、毎日風呂に入ること、特権と無垢の色である白い色の植民地の制服を着ることを覚える。そのときから、第一歩は踏み出されるのだった。距離は増大してゆき、それに比例して、最初の差別は相乗される。白に白を重ねて、彼らとその他の人々、雨水や河川の泥水で身体を洗う人々の間で。白という色は事実極端に汚れやすいのだ。

白い衣服は、生活のちょっとした動作で黒ずみ、水がはねるだけで染みになりかねない。東南アジアの湿った気候の中、白い服をカビもはやさず清潔な状態で着用し、その質の良さを保つことは、並大抵のことではないだろう。泥水がつくような場所や肉体労働とは無縁であることが、白い服を着る最低条件であるし、またそれを着ることが、ステイタスの証明にもなるのである。またその「無垢な」白さを維持するために永久に手入れが出来なければならないし、一枚だけではなく、何枚も持っていることも彼らにとっては当たり前だろう。シュザンヌの母親のように、寝るとき以外はずっと同じワンピースで、洗濯したときは乾くまで横になって待つというのは、同じ白人であっても貧困の極みであり、まったく違う世界の話なのだ。

白人富裕層の白さへのこだわりは、着衣以外にも見られる。街に出てきたシュザンヌは、カルメンに紹介されたバーナーという男と、ある夜ダンシング・プールに行く。強いライトで照らされたプールで何人かの男女が泳ぎ、それを鑑賞する者が取り囲むという光景には、一種秘密クラブめいた性的な雰囲気も漂う。

刈り込まれた広い芝生がそれ「プール」を取り囲み、その真ん中には同じく緑色の脱衣所が一列に並んでいた。ときどきその脱衣所の戸が開いて、女か男の肉体が現れたが、まったくの裸で、驚異的に白く、まばゆいばかりに光を反射して、林の影も薄くなってしまうようだった。

プールでの人々の、強調された富裕の証明である「白さ」は、同じく水遊びであってもジョゼフらが行うものとは対極にある。ジョゼフはよく近所の子供たちと川で遊んでやるが、彼らは「灰色の泡の中」《dans l'écume grise》で団子のように入り乱れて戯れるのである。本来は白人として、植民地における支配層の一端を担い、富と権力を持っているはずなのだが、ステイタスとしての「白さ」を与えられず、白人でも現地人でもない「灰色」の、文字通りグレーゾーンに一家が所属していることを、このジョゼフの水浴のシーンは暗示している。そしてまた、これはダンシング・プールとの比較により、一層明確になっているのだ。

散歩に出るシュザンヌがカルメンに着せられたドレスは、「青い花柄」のドレスであった。この青いドレスというのは、富裕層の制服である白ではないという意味以外に、この作品においてしばしば娼婦を喚起させている。シュザンヌは、高級地区でいたたまれない思いに押しつぶされ、逃げ込んだ映画館で映画を観た後、娼婦らしき女性二人を連れているジョゼフに偶然出会う。ジョゼフは母親とシュザンヌから離れ、まったく別行動をとっていたので、彼ら二人にとっては久々の再会であった。次の引用は、兄の連れの女性たちの描写である。

彼女たちは、少しはにかんだような好意を見せながら、二人ともシュザンヌに微笑んだ。彼女たちは厚化粧をしていて、一人は緑色の、もう一人は青の、ぴったりとしたドレスを着ている。ジョゼフを抱いている女の方が若かった。彼女が微笑んだとき、横の方の歯が一本抜けているのが見えた。二人とも港の淫売宿から来たに違いなく、ジョゼフは、どこかはわからないが、おそらく映画館前のたまり場あたりで彼女たちを拾ったに間違いない。

ここで片方の女が着ているドレスは、シュザンヌのそれと似ていないだろうか。富裕白人の象徴として白が用いられ、服の色がこの作品で大きな意味を持つことから考えても、ここで青い色が一致するのは単なる偶然ではないだろう。白との比較では、一家が街に出てくる以前に、ムッシュウ・ジョーがシュザンヌに贈った絹のドレスが「青」だったことも重要である。彼は、結婚という形で母親に必要以上の代価を支払うことなく、「商品」であるシュザンヌ自身の気を引いて、彼女を手に入れようと画策する。その中で贈るのが青いドレスだ。前述した「白」の持つ象徴性から読み解くと、たとえ素材が高級な絹であっても、それが白ではないということは、彼が高級地区の住人として彼女を迎え入れる気がないことを示している。すなわち、彼の望む関係が社会的に対等ではないこと、結婚という形でシュザンヌを同等の身分に引き上げることはなく、いわゆる愛人関係のような形をとることを示唆している。ムッシュウ・ジョーからの贈り物により、彼女の商品化は具現化しているのだ。

その青いドレスを着てめかしこんだ妹を、兄ジョゼフは「本物の娼婦みたいだぞ」《**on dirait une vraie putain**》と評し、それに対し母親は「その子の本性に似つかわしくなっているのさ」《**Ell ressenble à ce qu'elle est**》と応えている。その言葉は呪文のようにシュザンヌにとりつき、高級地区の街路において成就しているといっても過言ではない。娼婦のイメージに結びついている青いドレスを着て、男を求めて場違いな地区を歩く若い娘の姿は、道端で客引きをする娼婦のようだ。高級地区の人々は、シュザンヌが「私たちの歩道」《**nos trottoirs**》に迷い込んできた、と感じている。ここで使われている**trottoir**という語は、**faire le trottoir**で「街娼が客を引く」という口語表現をつくる。何の行き先もなく、ただカルメンの言う通り歩くシュザンヌは、経験の浅い娼婦のようではないか。カルメンは極めて娼婦的な形でシュザンヌを商品化したと言える。

だが、カルメンによるこの商品化は、シュザンヌ自身が吐露しているように、シュザンヌにとっては苦痛であり、社会的階級の相異から考えてもカルメンの方法が誤りだと判断され、失敗している。(1) 前項で述べた母親による商品化も、作品の後半でシュザンヌが同じ貧困白人の青年アゴスティと性交渉を持つことで、結局は達成されない。次に、その商品化からの脱出がどのように行われたかを、情景描写に見られる商品化と脱・商品化の動きから分析したい。

(1) 作品の終盤、シュザンヌは衰弱した母親と暮らしていたが、母親がまだダイアモンドで大金を得ることを望んでいるため、金を目的として青いドレスを取り出し、「震える手で」袖を通す。彼女はこのとき、そのドレスを着ることが今までで最も重大な行為だと強く自覚している。その「娼婦の衣装」を使い、車で通過するハンターの足を止めさせようとするが、一台も停車せず、ついに三日目の晩にドレスを川に捨ててしまう。青いドレス姿で不特定多数の男性の目に触れることに非常な緊張を覚えるという点から、彼女がその青いドレスの意味を十分理解していたことがわかる。ただし、彼女が着用するに至ったのは、母親の金への執着があったためで、決して彼女自身の物質的欲望からではないことに留意すべきである。また、高級地区でカルメンの提案が否定され、その時点でシュザンヌの中で商品化は拒否されていた。ここではドレスの投棄というより明確な行為により、シュザンヌの周囲で進められていた「娼婦化＝商品化」が視覚的に棄却されている。

一―二　情景描写にみられる対立

一―二―一　「太平洋」と防波堤

物語が進行するのは、主にバンガローのある平原や酒場、一家がダイアモンド売却のため滞在する街などである。が、それらを取り囲む存在である海と、それに対抗すべく造られた防波堤は、単なる舞台背景としてではなく作品の根幹を支えており、非常に重要である。

まず、海と防波堤の二つが冠された作品タイトルについて分析しておきたい。タイトル『太平洋の防波堤』**Un barrage contre le Pacifique** には、主人公シュザンヌ一家を貧困に追い込んだ原因が端的にまとめられている。「防波堤」という建造物自体、シュザンヌの母親にとっての欲望の対象であり、かつ、カルメンが指摘するような世間知らずの母親からは永遠に達成されない目標である。デュラスは「防波堤」を作品名に入れることで、この物語が、母親が目指した防波堤建設をめぐるものであることと、母親の欲望それ自身を主題にしていることを暗示しているのだ。

さらに、「太平洋」というのも実際にはここに存在せず、母親の欲求に従って使われた名称に過ぎない。地理的に正しくは、母親が建設を試みたのは、日本で言う東シナ海 **la mer de Chine** にあたる。その東シナ海を太平洋と呼び替えたのは母親である。その理由は彼女の植民地政府や賄賂を必要とする役人、そして払い下げ地を襲う海水への無謀とも言える対抗意識と、それらに打ち勝とうとする執着心にある。

彼女の執着を理解するためには、彼女がインドシナに入植した動機と後の経緯を辿る必要がある。彼女が入植したきっかけは、フランスで小学校教師をしていた際に見掛けた植民地の宣伝ポスターである。そのポスターは、新天地での豊かな生活という夢を大いに与えるものであった。ピエール・ロティを愛読し、フランスでの生活にいらだちを覚えていた彼女には、植民地での生活が楽園のように思われただろう。

日曜日にはときおり、村役場で、彼女［母親］は植民地宣伝ポスターの前で夢見ていた。『植民地に志願しよう』『若人よ、植民地に行け、財産が君たちを待っている』。枝もたわわに実ったバナナの木陰で、植民地のカップルが、全身白い服装をして、微笑みを浮かべてせっせと働く現地人に囲まれながら、ロッキング・チェアーに揺られている。

そして、彼女同様にロティを愛読する男性と結婚し、植民地の教師としての道を選んだ。が、彼女が望み通り手に入れた生活は夫の死によって消え、二度と戻っては来なかった。彼女は次第に困窮してゆく生活を支えるため、一〇年間ピアノ弾きをし、細々と蓄財に励んだのだ。その末に購入した払い下げ地は、役場で夢見、一度は経験した生活を再び勝ち取るための望みの綱であった。しかし、苦労して手に入れた払い下げ地は、役人の腐敗のため耕作不能で、家族をより貧困に陥れるものであった。彼女はその不正に抵抗するため、海水の侵入を防ぐ防波堤建設を発案する。資材購入のため借金を重ね、近隣の農夫の協力を得るが、専門家を雇わなかったため失敗する。そして一家はより破滅的な状況に至ってしまった。

彼女と家族の不幸における根本原因は、当然、植民地政府の不正にあった。が、処世術を含めた基本的知識の欠如、技術的に裏付けのないまま設計や施工計画をたて、借金で購入した建材を注ぎ込んでしまったことに最大の原因がある。換言すれば、荒唐無稽な夢を支えこれらの無謀な行動に走らせた、彼女の過剰なまでの自信が問題なのである。

それ［農夫たちの協力を得たこと］にも関わらず、母親は防波堤の建設が効果的かどうか知るために、技術者に相談することはまったくしていなかった。彼女は効果があると信じていた。彼女はそれを確信していた。彼女は常にそうやって行動し、彼女が誰にも分け与えようとしない、いくつかの明証とある理論に従っているのだ。農夫たちが彼女の言葉を信じたという事案は、自分が平原の生活を変えるためになすべきことを見つけだしたという確信を強固にした。

防波堤の成功を望むなら、専門知識を取り入れるのは当然のはずである。だが、彼女にとって重要なのは、「自分を信じる」ということであって、冷静な思考の中で疑心暗鬼に陥ったり、計画の推敲を重ねて自分自身を論理的に検証することではないのだ。彼女にとって、この防波堤建設は彼女そのものであり、アイデンティティの表象なのである。

この防波堤が母親それ自身であるからこそ、「東シナ海」を「太平洋」と呼ぶことに固執した。彼女にとって「シナ海というのは田舎臭く」、若いときに夢見た太平洋とは桁違いに小さかった。抵抗する対象が強大であればあるほど、立ち向かう者はそれに釣り合うだけの能力と可能性が必要である。実際に抵抗出来る力が無いとしても、周囲がその抵抗を妥当だと認めれば、結果が出るまでは、抵抗者が対象と同等だという望みが持てるだろう。冷静な思考を放棄し、防波堤の効果を盲信し、農夫たちの協力を得て自信を強固にするに留まったのは、このように自分が「太平洋」に対抗可能だと判断され、自分の価値をあげることが潜在的な願望としてあったためではないだろうか。

結局、この防波堤は蟹に侵食され、高波の衝撃に耐えきれず、崩壊する。政府の権力によってではなく、誰も思い至らなかった、ちっぽけな蟹によって崩されたという不条理な結末は、母親のエゴイズムから生まれた防波堤の末路として相応しい。

母親が女性形の **la mer de Chine** を捨てて命名した **le Pacifique** が男性形であることも興味深い。この性の変化は、登場人物の設定や物語の展開においては偶然ではないだろう。なぜなら、母親が何らかの形で闘いを試み、不利な交渉を押し通そうとする相手はすべて男性であるからだ。耕作不能な土地をめぐっては役人ともめ、商品である娘との結婚をムッシュウ・ジョーに強い、さらに彼が娘に与えたダイアモンドの売却に関しては街の宝石商に食い下がっている。

しかし、主題が「母親の行動を通して描かれる男性性との闘い」だと、二元論的かつ短絡的に指摘することは避けたい。確かに、登場人物が恣意的に与えた呼び名をタイトルに用いていることから、男性性との対立という観点もクローズアップは出来る。けれども、母親の防波堤への執着の意味を分析した後では、もう一段階踏み込むことが必要だろう。

そこで実験として、タイトルを地理的に正しい名称に替えてみたい。この作品名が『東シナ海の防波堤』*Un barrage contre la Mer de Chine* であったら、そこにどのような違いが生じるだろうか。フランス語では **mer**（海）と **mère**（母）は共に女性形で同音であり、一般的に両者は「生命の源」「命を産み出す存在」といった女性的イメージを喚起し、その点で深く結びついている。よって、この防波堤 **barrage** は母なるものを堰き止める存在、この作品の内容と照らし合わせると、狂気の母親を阻み、兄妹を破滅から守るものととれなくもない。しかし、母親のアイデンティティを表象するものが海 **la mer**（＝ **la mère** 母親）に対抗していると読みとると、母親という主体が自分自身と対立するという奇妙な状態が生まれてしまう。したがって、母親の防波堤への執着の意義から考えると、このタイトルでこの物語を表すことは不可能もしくは不足だと言えよう。

主人公の立場から海と防波堤を見ると、海は安らぎを得る場所ではなく、一家の生活に文字通り襲いかかった敵であり、防波堤は一家をひどい貧困と母親の狂気の中に縛り付けておく存在である。彼女たちが住んでいるバンガローも、先に払い下げ地に付随して造られたものだ。平原も、主人公と兄にとっては苦しみの土地でしかなく、蓄音機で音楽を聴いて、ハンターに拾われてどこかへ旅立つことを夢見、都会の喧噪をかいま見るのが楽しみになのだ。しかも、主人公シュザンヌは防波堤の再建築という母親の欲望により、商品化される。カルメンは街の高級地区でシュザンヌを娼婦のように歩かせるが、それも母親から脱出するための方策であって、彼女の商品化の動きは双方ともに母親の存在に根拠がある。つまり、シュザンヌにとっての海、防波堤そして平原は、異性愛にのっとった商品化の根本的な舞台として存在しているといえる。では、シュザンヌが自身の経済的価値を消費し、他者からの商品化を決定的に否定する場はどこにあるのだろうか。

一―二―二　森における商品化との決別

前項で述べたように、海とそのための防波堤は主人公にとって、母親を中心として展開される商品化の原動力であり、象徴であった。

しかし、主人公は貧困白人の青年と性交を重ねることで、周囲が望んだ商品としての生き方から決別してゆくことになる。それが行われたのは、海岸でも、彼女を娼婦化しようとしたカルメンのセントラル・ホテルでもなく、森の中であった。また、主人公シュザンヌが、狩猟をする兄ジョゼフに付き従い森を歩くシーンでは、不毛な払い下げ地とはまったく異なる、生命の豊かさが官能的に描かれている。ここに見出される官能性こそ、母親たちから強制される商品化、その商品化を支える異性愛ロマンス（これは強制的異性愛を基礎にしている）とはまったく対極にある世界だ。高級地区で自身の商品化に疑問と不満を抱いたシュザンヌが、物語の末尾で森の中でのセックスを自らの意志で選択したことは、彼女が商品化と強制的異性愛を捨てて、異なる世界に脱出しえたことを示唆していると思われる。

まず、森の描写を分析しよう。

兄ジョゼフは、一家における唯一の男性として母親と払い下げ地を役人から守るが、それは母親のしたような、正規の手続きを踏んだものではなく、銃での脅しによってである。また、その傍若無人な態度でムッシュウ・ジョーを見下しもするという、男手として一家の長ではあるが荒々しい若者である。ダイアモンド売却のため、一家で街に出た際も途中から単独行動をとり、娼婦らしき女性を連れ回し、人妻と恋に落ち、最終的に一家から離れる破天荒さを持つ。その荒々しさは、母親が娘に対して仕掛けた商品化が通用する世界からはかけ離れており、狩りに生きがいを見出し森に長く籠もることからも、彼の精神的アイデンティティは森に近いことがわかる。

主人公シュザンヌは、兄について森に入り、ムッシュウ・ジョーについて兄と会話するが、その一方で展開される描写は非常に官能性に溢れ、母親の執着する海と防波堤とは違う様相を呈している。

妖怪やこの世の物とは思えない氾濫状態で、熱帯の蔓と蘭が森全体を取り囲み、そのために、海の底と同じような、侵しがたく息の詰まるような、ひとつの密度の高い塊をなしていた。数百メートルもの長さを持つ蔓が木々をつないでいき、それらの頂では、蘭の巨大な《鉢》が想像されるうちで最も自由に花開いており、天に向かって豪奢な開花を放出していたが、それらの縁のほうしか見えないこともしばしばあった。森は、雨水で満たされた蘭の鉢の広大な分岐の下に横たわっており、またそれらの鉢の中には、平原の、下流が埋没する末無し川にいるのと同じ魚が見つけられた。

個々の植物においては花が生殖器としての役割を持つが、ここで描写される蔓と蘭はその形状が特に男性と女性の生殖器を思わせるものである。そしてそれらが「妖怪」のような繁茂を示し、からみあっている様子はそのまま男女の性的な睦み合いを連想させる。また蘭が奔放にその花弁を開かせ、開花を「放出」しているのだが、そこに用いられている éjecter という動詞は、「排出する」という意味を持ち、名詞形の éjection「(生理的) 排出、排泄」から、同じく名詞の éjaculation「(体液を) 射出する、射精する」という語との関連性から、作者がここで性的イメージの喚起を意図していたとも考えられよう。またその蘭の鉢は雨水に満たされており、不毛な砂漠地帯のような死のイメージからはほど遠い。前述したように蘭が女性器の表象だとすれば、雨水に満たされた様子は、性的に湿潤した状態も暗示していることになるだろう。

さらに、この描写の直後に、「ムッシュウ・ジョーが一家を道徳観念がないと言っていた」とシュザンヌが兄に告白しており、そこで述べられる immoraux という語は、ムッシュウ・ジョーが発言した文脈とは別に、森の性的官能性を強く印象づける効果を持っている。

次に、シュザンヌが森で初めての性交渉を持つ、ジャン・アゴスティとの関係について分析しよう。彼が彼女との関係に重要な役割を持って登場するのは、一家が街から払い下げ地に戻り、母親がほぼ寝たきりの状態になってからである。彼は、一家が使用人として雇っている「伍長」というあだ名の現地人から、ダイアモンドを売ってほしいとの連絡を受け、バンガローへやってきた。そのときシュザンヌは、通りがかりの車に拾われることを夢見て橋のそばにたたずんでいた。シュザンヌはすでに、例の娼婦風の青いドレスを川に投げ捨てており、商品化を拒絶していた。そして彼女は、母親やカルメンが進めた方法ではなく、単純に誰かについていくことで払い下げ地から脱出しようとしていた。そのことは、アゴスティとの会話で明らかにされている。


「何を望んでいるんだい？」アゴスティが尋ねた。

「ここから出て行くことよ」

「誰とでもいいのかい？」

「ええ、誰とでもいいの。考えるのは、そのあと」


この二人は一年前に酒場で軽いキスを交わしたことがあり、また身近にいる唯一の男性ということから、彼に欲望を覚える。彼がシュザンヌの母親に会いにバンガローに入った後、彼についての思いをめぐらせている。

シュザンヌは橋の下に横になり、彼が戻るのを待った。彼女は彼のことを情熱的なまでに考えた。彼の到着は他のあらゆる考え事を取り除いてしまって、彼女の心は彼のことでいっぱいになってしまった。望むだけで十分なのだ。彼は平原のこのあたりにいる唯一の男だ。そして彼もまた、ここから逃げだしたがっている。「ラモーナ」の旋律に合わせてキスをしてから一年たっていること、あの晩から自分がひとつ歳をとったことを彼は忘れてしまったのかもしれない。彼にそれを想い出させなければ。

ここでシュザンヌを駆り立てているのは、商取引としての情熱ではない。彼に改めて出会う前に「商売道具」に成り得たドレスを捨てているし、彼は貧しく、学問もない青年である。アゴスティー家も実直さゆえに耕作不能な土地を割り当てられ、唯一酒の闇取引と、バナナ栽培によって生計をたて、しかも全員がほぼ文盲という貧困に苦しむ人々なのだ。いわば商品化を目論んだ母親やカルメンからすると、最も不適当な相手である。(2) シュザンヌは、純粋な欲望、強制的異性愛を根拠にする商品化からは逸脱した欲望から、彼を欲しているのである。二人は森の中へ入り、木にもたれて腰をおろす。

森の中は、外とはうってかわって、ひんやりとした冷気がとても強く、水の中に入ったかと思われるほどだった。アゴスティが足をとめた木々の間の空き地はかなり狭く、濃密に生い茂る樹齢一二〇年以上の大木に囲まれた、一種の暗い緑の深い穴になっていた。

アゴスティが選んだ場所も、先に分析した森の生命力に溢れる様子、植物たちがからまり繁茂する様が伺えるところなのである。蔓と蘭の官能的な様相から喚起された性的イメージが、作者はあからさまに言及していないものの、後のシュザンヌとアゴスティの初めての性交渉の背景になっている。

(2) しかし、近代的な肥料を畑に使用するなど意欲的で、ジョゼフのように女の助けを借るのではなく、自分の力で達成したいと考えており、貧しくはあるが生きることに関しては前向きだということがわかる。

彼と性交渉を持ち、処女性という商品化の根拠を捨て去るとき、シュザンヌは目を閉じて、自分の裸体が男の視線に晒されるのはこれが初めてだと思いこもうとする。彼女はムッシュウ・ジョーを相手に浴室で裸体を晒し、引き替えに蓄音機を得た過去を封印しようとした。そうすることで、ドレスを捨てることだけではなし得なかった、商品化との決別を完璧にしたのである。そして彼女は、浴室で、ムッシュウ・ジョーの蓄音機の提案によって失敗した「世界」への移行を達成した。

それから先は、彼女［シュザンヌ］は彼［アゴスティ］の両手の中にいて、世界の流れに漂い、彼の望むまま、必然のなりゆきに身を任せていた。

そしてまた、彼が行為の後の気遣いを振り返り、彼との性交渉が「愛の行為」であり、そこにおいて人間同士の相異が消失してしまうことに驚きを隠せないでいる。以上のように、主人公は森において商品化から脱出し、「愛」と呼べる世界へ移行した。ここに母親の執念が表象化され商品化の舞台であった〈海と防波堤〉との対立が明らかになったのである。

一—三　『太平洋の防波堤』から『愛人』へ

『太平洋の防波堤』において、主人公がどのようにして商品化されたか、そしてそれがどのようにして棄却されたかを分析した。彼女自身は自分の「価値」に無関心であったにも関わらず、出会った男性から、またその男性をきっかけとして、周囲の女性たちから強制的に商品となることを望まれたことが明らかになったであろう。主人公を取り巻く女性らが、単に娼婦として労働させるのではなく、結婚という社会システムを利用したことは、彼女たちの間で異性愛ロマンス、ひいてはその基となる強制的異性愛(3)の概念に捕らわれていたことを示している。また主人公が脱商品化の相手に選び、その行為に「愛」を見出したことは、強制的異性愛からの脱出も意味する。

『太平洋の防波堤』と同じ、作者のインドシナ時代を描いた『愛人』も、一読すると、前者同様に商品化と脱商品化の物語という解釈が可能である。しかし、主人公の設定と登場する愛人、主人公が強い欲望を寄せる少女の存在から、まったく異なる道筋を経て強制的異性愛を超えた世界に没入していくことがわかる。

(3) 補論参照

二、『愛人』

二―一　商品価値の認識と欲望

一九五〇年に発表された『太平洋の防波堤』から三〇年余りを経て、デュラスは再び自らのインドシナ時代を作品化した。『愛人』以前にも、戯曲等（たとえば『アガタ』、一九八一）でその少女時代は言語化されてきたが、ここで彼女はヤン・アンドレアにタイプライターを預け、時には同じ言葉を反芻しつつ、口述筆記という形で文字通り改めて「物語って」いるのである。この口述筆記が及ぼすエクリチュールの特性、また彼女がなぜ自らの手で「執筆」せず「語る」という形式をとったのかということは、精神分析学的見地からみて興味深く、かつ彼女が多くの脚本や戯曲を著したこととも併せて、デュラス研究の中で大変大きな位置を占める問題だと考えられる。が、それらは他の研究書に任せ、本論では二つの作品に見られる主人公をめぐる、相異点に着目したい。

すでに、『太平洋の防波堤』における商品化のメカニズムを明らかにしたが、周囲が強制的異性愛にのっとって商品化を試みた際、主人公は自身の商品価値を理解していなかったことを確認しておきたい。母親やカルメンから女としてのアイデンティティを「娼婦」というモデルを通してしか与えられず、しかし彼女らの期待に沿うことも出来ずに葛藤し、最終的には処女性という商品の一部を消費して脱出する少女の姿が、そこで描かれていた。

一方、『愛人』においては、主人公があらかじめ自分の性的魅力、そしてそこから異性にむけて発信される商品価値について認識していることが、冒頭から明らかになっている。この主人公の服装についての説明は何度も繰り返され、途中に作者の別の思考を挟み込みつつ、発話され直すことで徐々に微細なものになっている。以下はメコン河を渡る船の中での、主人公の描写である。

あの映像の決定的な多義性、それはこの帽子の中に存在している。

どのようにしてその帽子がわたしのもとにやって来たか、それは忘れた。それをくれたかもしれない人を、わたしは思いつかない。それを買ってくれたのは母だと思う、しかもわたしが頼んで。唯一確かなのは、それがバーゲンセールの品物だったことだ。この買い物をどう説明したらいいのか。あの頃、あの植民地では、どんな女も、どんな娘も男物のフェルト帽をかぶったりしない。どんな現地人の女も。こういうことがあったに違いない、わたしがふざけてその帽子を試しにかぶって、こんなふうに、店の鏡に自分を映して、そして見たのだ—男物の帽子の下で、みっともなく痩せた姿、少女時代のあの欠点、それが違って見えた。みっともなく痩せた姿が、自然の、運命的で、野卑なものとして与えられた存在であることをやめてしまった。自然から押しつけられる選択ではなく、まったく正反対に、精神による選択の結果に。突然、あら、これが望みだったんだわ。突然、自分が違う女に見える、見られる女のようだ、外で、あらゆる男たちの意のままになる女、あらゆる男たちの眼差しの意のままになる女、街々やいくつもの道路、欲望の流通の中に置かれている女。わたしは帽子を手に入れる、もう別れられない、これがあるのよ、この帽子は、これだけでわたしをすっかりつくり直してくれる、わたしはもうこれが手放せない。

この前の箇所で、彼女が裸足でいるのをやめてから常に履いている金のラメがついたハイヒールの説明があるのだが、主人公を決定的に変えたのが、この帽子の存在なのだ。彼女が「手放せなく」なったこの帽子は、彼女を少女時代《enfance》から引き離し、「見られる」存在へと変容させた。しかもそれは、単に少女から成人女性へという年代的な変化ではなく、男性からの欲望の対象へ、さらに男性に服従する存在への変化なのである。

ここで最も重要なのは、その変化をまず認め、喜んで受け入れたのが彼女自身であるということだ。この点は、周囲から性的価値を認めさせられた『太平洋の防波堤』のシュザンヌ、そしてその価値もムッシュウ・ジョーの視線から母親が気づかされたという経緯とはまったく異なっている。シュザンヌは、この引用になぞらえると「自然の、運命的で野卑なものとして与えられた」少女であり、それが母親とカルメンらにより「見られる」女へと改変された。そこには母親とムッシュウ・ジョーとの何段階もにわたる駆け引きがあり、彼が提示した蓄音機による直接的な娼婦化、カルメンの貸した青いドレスなど、幾重にも主人公を取り囲む手順があった。が、『愛人』において、商品化はこの帽子単独によりあらかじめ達成されてしまっている。

また、帽子のように明確には述べられていないが、主人公はすでに化粧をし、他人から見られることを意識していることが伺える。補足すると、それを告白する《Quinze ans et demi. Déjà je suis fardée.》という文に用いられた farder という動詞は、『太平洋の防波堤』でも登場している。ムッシュウ・ジョーから贈られた化粧品で厚化粧し、兄から娼婦のようだとからかわれた際や、街で兄が連れていた娼婦の厚化粧を表すために使われていた。farder の第一の語義は「顔や肌に化粧品をつける」《mettre du fard à（qqn）, sur son visage, sa peau.》で、これは通常用いる「化粧」の意味だが、第二の「人をだます装いで、〈物〉の実際の性質を偽る」《Déguiser la véritable nature de（qqch.）sous un revêtement trompeur.》という語義は、単なるファッションとしての化粧ではなく、その本性《nature》を偽り隠すことを表している。

実際、主人公は男物の帽子を被ることで隠した「みっともなく痩せた姿」「自然の、運命的で、野卑なものとして与えられた存在」としての本性を、化粧によってよりいっそう偽っているのである。

『愛人』の主人公が顔にはたくパウダーは母親が総督府のパーティに行くときに使うものであり、熱帯の気候や紫外線・害虫から肌を守るという健康上の理由ではなく、明らかに美顔を目的とした品物だということがわかる。また、ここでdéjàと言われていることから、世間一般の基準では化粧する歳には早かったこと、少なくとも作者は早かったと回想していることが読み取れる。

以上、帽子と化粧についての描写から、主人公が「見られる」ことを意識していることと、自分が異性に対しどのような価値を演出するかを意識して積極的に行動していたことがわかる。これは、化粧についての描写のすぐあとに登場する「わたしは見られることにもう慣れてしまった」《J'ai déjà l'habitude qu'on me regarde.》という文章で裏打ちされている。

このように、主人公が当初から自らの商品価値を意識していたことで、母親も『太平洋の防波堤』とはかなり異なって描かれている。主人公に商品化を強い、ムッシュウ・ジョーに対して無謀な結婚の申し出をさせていた母親は、『愛人』では自分から「幼い娼婦の格好」で外出する娘に追従する形で、それを黙認しているのである。その黙認の裏には、『太平洋の防波堤』同様、貧困から抜け出すための経済効果の期待があるのだが、娘が積極的に娼婦的な存在であろうとするのをあくまで邪魔はしないという姿勢は、『太平洋の防波堤』と比較して商品化を進める主力でないことを示している。積極性の差において、母親は正反対であるといえる。また、母親以外で主人公に女性としてのロール・モデルを与えるカルメンのような人物も登場しない。

母親の娘に追従する態度は、中国人青年と娘が逢い引きを重ねるようになってからの具体的行動で描写されている。学校を欠席し、夜も寄宿舎に帰らないことが続き、舎監は母親を呼び出すが、母親はそのような娘の行動を咎めず自由にさせてくれるよう懇願するのだ。しかし、先に述べたように、この母親は娘の行動に積極的に同意したわけではない。一家にとって、娘だけが何らかの金銭をもたらす存在になりうるという期待と予感はあったものの、実際に中国人青年と性関係を持つようになってから、不安と怒りを爆発させる。

母の人生に突然現れた激しい不安。自分の娘がこのうえない危険を冒しつつある、決して結婚などしない、決して社会の中に身を落ち着けない、社会を前にして力を持たず、堕落した、孤独な存在でいるという危険を。発作を起こすと母はわたしに跳びかかる、部屋に閉じこめる、拳で殴りつける、平手で打つ、わたしの服を剥ぎ取る、わたしに近づく、わたしの身体と下着の匂いをかぐ、あの中国男の香水の匂いがすると言う、そればかりか、下着に何か疑わしいしみがないかじろじろ見て、それから街中に聞こえるほどわめく、うちの娘は娼婦だ、外に追い出してやる、娘がくたばっちまうのを見たいもんだ、誰もうちの娘を欲しくなんかないさ、きずものなんだ、雌犬のほうがまだましだよ。

この狂気じみた不安は何なのか。娘に金銭を期待し、娼婦然とした格好を認めてはいるが、現実に社会的に容認されない形で性交渉を持つことには抵抗している。それは母親の不安の細かい表現、「決して結婚しない」「堕落した」存在になるという言葉遣いに表れている。このような暴力を伴う母親の狂気的発作は、確かに『太平洋の防波堤』にも登場するが、そこに沸き起こっているのは『愛人』よりも「曖昧な」理由からくる狂気であり、自分に向かってくる者（＝シュザンヌ）に対する激しい暴力の欲求なのである。『愛人』のほうが、より不安の根拠が具体的であり、同じ母親の暴力性を描いていてもその背景は異なっていると言えるだろう。

母親に暴力を受ける際の主人公の状況においても、二作品には大きな隔たりがある。主人公は、すでに青年と性行為に及んでおり、しかもそこで「母親の知らない」悦楽を見出していたし、また最初の性体験以前に「欲望」が何であるか、それを差し向けることで他人との関係に何が起こるのか知っていたのである。

欲望を喚起する必要はなかった。欲望を激しく生じさせる女の中にそれがあるか、または存在しないかだった。最初に投げかける眼差しに欲望がすでにある、またはまったく存在しなかったかのどちらかだった。欲望とは、性的関係の即座に交わされる暗黙の了解、またはいかなる存在でもないかのどちらかだった。それを、同様に、わたしは経験以前に知った。

主人公は、渡し船の上でリムジンに乗った中国人青年と視線を交わし、それ以後彼と性的関係を結び続ける。青年が自宅以外の逢い引き用の部屋に行くことを提案されたとき、シュザンヌが浴室で見せたような逡巡も葛藤もせず、主人公がすぐに了承したのは、上の引用のように彼女の中にすでに欲望が存在し、かつ欲望が存在していることを完璧に理解していたからなのだ。シュザンヌは、ムッシュウ・ジョーに裸体を見せるかどうか一瞬迷い、その行為の意味をゆっくりと吟味し、彼の欲望と向き合うことで「世界」に対面可能なことに初めて気がついた。しかし、『愛人』では、主人公は欲望が自分と他人にもたらす関係について熟知しており、さらにそれをやすやすと実行してしまう。シュザンヌがアゴスティとのセックスで到達した段階へ、躊躇なく、しかも自分の性的価値さえも認識した上で飛び越えてしまっている。彼女は商品化と欲望を両立させているかのようだ。そのため、この作品では周囲から商品化を強いる状況は成立せず、母親は、娘の社会的立場を心配するいくぶん凡庸な存在になっているのである。

では、商品化が代表する強制的異性愛と、欲望が君臨する世界は相反することなく混在しうるのか。一見すると、この主人公は問題なく青年からの経済的援助と欲望を両立させているようである。しかし、彼女は青年以外にも同宿の少女にある種の欲望を持っているし、また性関係を結ぶ青年も『太平洋の防波堤』で登場するような男たちとは異なる要素を多く持っている。

二―二　恋人たち

二―二―一　中性的な愛人

『愛人』において、主人公の性交渉の相手となる青年には、『太平洋の防波堤』に登場するムッシュウ・ジョーや結婚相手を探し求めるバーナーらとは大きく異なる人物設定がなされている。

まず、誰の目にも明らかであり、かつこの作品をセンセーショナルに喧伝したのが、ムッシュウ・ジョーと同じく大富豪でありながら、この青年が中国人だという点である。人種が違うことで、当時の社会的状況から、二人が法律上結婚という関係を望んだとしてもほぼ不可能なことが予想され、母親の抱いた不安が現実に根拠を持つことになる。華僑社会においては慣習として親が選んだ女性と結婚することが周知の事実である。最低限、同じ中国人であることが条件であり、また逆に白人である主人公も、財産があるとはいえ異人種間の結婚には抵抗があったであろう。主人公と青年の関係が白人駐留地の人々に知れると、相手が中国人であることで、アバズレのように噂され、母親の躾に非難の目がむけられる。二人の生活階級はまったく違うレベルなので、もしお互いに「純真な」愛情を持っていても「身分違いの恋」となったことは簡単に予想される。

事実、青年は主人公との関係に溺れてゆく中で、父親に主人公との関係を続けることと結婚の許しを自発的に乞うのだが、「そんな息子なら死んだほうがましだ」と厳しく拒否されている。ただし、青年は、主人公の母親の言うように「社会の中で身を落ち着け」「堕落」を避けるため結婚を望んだのではなく、ただ主人公との関係を続けたいという欲望から望んだことに注意しなければならない。最初に自室で関係を持った際、彼は主人公に次のように語る。

彼はわたしに話す、彼はわたしに、河を渡ったとき、すぐにわかった、わたしが初めての男のあとでこうなることを、わたしが男と寝ることを好きになるだろうとわかったと言う、彼は言う、わたしが彼を裏切って、そして一緒になるすべての男を裏切るだろうと。

彼から主人公への評価は、バーナーが望んだような、社会的に安定した婚姻関係からは程遠い。勿論、彼は渡し船で河を渡ったときすでに彼女をそう見ていたと告白しているが、それが真実かどうかは不明である。なぜなら、連れ込み部屋に着いたとき、主人公は初めて性行為をする若い娘とは考えられないようなことを願い出ているからである。

彼女［主人公］は男に言う、あなたがわたしを愛してないほうがいいわ。たとえあなたがわたしを愛していたとしても、いつも他の女たちとやるようにしてほしいの。男はひどく驚いて彼女を見つめ、尋ねる、それがお望みなんですか？　彼女は、ええ、と言う。

彼女がこのような申し出をしなければ、彼は先のような評価を下さなかったかもしれない。しかし、彼女の中にはすでに欲望が内包され、そのために彼との関係が始まったのだから、そのような推察を試みることは無駄だろう。結局、彼は主人公との関係を公に維持したいと願い、決して結婚相手向きではないが、方便として結婚を利用しようとしたのである。

この青年の特徴として次に特筆すべきなのは、いわゆる男性らしさが著しく欠如した人物として描写されていることである。具体的には体毛の分布や濃さ、上から見て円柱形で薄っぺらではない、隆々と筋肉がついた身体などだ。それらの特徴は他者への性的アピールにもつながっている。個体差はあるが、一般的に白人と東洋人を比較すると、白人が持つ外見的な男性性は東洋人に希薄ではある。しかし、この中国人青年の描写は、たんに逞しさがないというだけでなく、彼自身の性的アイデンティティを疑うようなものなのだ。また、そのように男性的でない男に、主人公が欲望を維持しているのも常識的に考えると納得がいかない。男性的魅力に欠けるからこそ、さらに主人公は金銭が目当てで関係を持っていると噂されたとも考えられよう。彼はどのような身体的特徴を持つ男なのか。以下は初めて関係を持つときの、主人公から見た彼の身体である。

皮膚はぜいたくなまでに滑らかだ。身体。身体は痩せて、力強さはなく、筋肉もなく、まるで病気だったみたいで、治りかけかのようで、ひげはなく、性器以外に男の性的能力を感じさせるところはなく、とても貧弱で、ちょっとした侮辱にもなすがままで、気分を悪くするように見える。

ここに述べられているように、主人公にとって、彼が男性生殖器を持つことでしか性を特定出来ない存在であることが強調されている。それは同時に、服を脱いで裸の状態になったときにしか男性性を表すことができないことでもある。彼は性行為においてのみ、自分の性を示すことが出来るのだ。主人公が欲望の対象に選び、性行為という関係を結んだ相手がマッチョな白人男性ではなく、極めて中性的で、ペニス以外に男性性を見せない存在であったことは大変興味深い。主人公は、自分が「見られる存在」であることを自覚しており、性行為の相手は必ずしもこのような中性的な男性でなくとも可能ではなかったのか？　しかし、彼女が欲望の対象にしたのは彼であった。『太平洋の防波堤』に登場したような「一般的な」男性との関係はこの物語において成立していない。この中国人青年は、主人公一家がフランスに出発する期日が近づくと、性的に不能になってしまう。唯一残されていた彼の性的アイデンティティが失われてしまうのだ。いわば、彼は主人公によって去勢されてしまったのである。それでもなお、ペニスを失った彼は、性器の挿入以外の性行為で、彼女の欲望を満たそうと試みる。

まだ毎日彼の部屋に行っていた。彼のすることはいつもと同じだった、ある時間の間、彼のすることはいつもと同じだった、彼はわたしを甕の水で洗って、それからベッドに抱きかかえてゆく。彼はわたしの隣に来て、自分も横になる、だが、彼はまったく力をなくしてしまった、いかなる強さもなくしてしまった。（中略）彼は言った、ぼくはもうきみを抱くことは出来ないよ、自分ではまだ出来ると思っていたけど、もう出来ないんだ。彼は、自分は死んだ、と言うのだった。彼はとても優しい弁解の微笑みを浮かべ、もしかしたらもう二度とだめかもしれない、と言うのだった。わたしは彼に、こうなることを願っていたのかどうか尋ねた。彼はほとんど笑いそうになった、彼は言った、わからないよ、今はたぶん、そう願っていたと言えるね。彼の優しさがまるごと、彼の苦しみの中に残っていた。（中略）まるで彼はこの苦しみを愛しているようだった、わたしを愛したときのように、とても強く、死なんばかりに、それを愛しているようだった、そして今やわたしよりその苦しみのほうを愛しているかのようだった。何度も彼はわたしを愛撫したいといった、なぜならわたしがそれをとても欲しがっていることを知っているし、悦楽が生まれてくるときのわたしの姿を見守りたいからだと。彼はそうした、彼は同時にわたしを見守っていた、そして自分の子供であるかのようにわたしの名を呼んだ。

彼は性的不能を理由に、彼女との逢い引きを中止することも出来たはずである。しかし彼は不能に陥ったことを告白し、その上で愛撫による、ペニスという男性性を必要としない性行為に及ぶ。ここで、彼らはペニスとヴァギナを対とする異性愛的性関係から脱出し、「女（主人公）」と「女とも男とも同定しがたい存在（彼）」という関係を構築したのである。主人公は、男性と関係を持ちつつも、その異性愛的セックスに留まることなく、お互いの欲望を満たし、自分が奉仕し、相手が悦楽で満たされる姿を見ることで自らの悦楽も達成されるという、より複雑な関係に到達した。欲望の存在にいち早く自覚的であったため、『太平洋の防波堤』のシュザンヌよりも、強制的異性愛からはある程度距離を保つことが可能だったが、この中国人青年と最終的に築いた関係により、性行為の観点からも、強制的異性愛から脱出したことがわかるだろう。前節の最後で示した「商品化が代表する強制的異性愛と、欲望が君臨する世界は相反することなく混在しうるのだろうか」という問いへの答えは、ここで「否」となる。二人は欲望の世界へ登りつめてしまったからである。

彼女の性的脱出は、中国人青年との関係性以外からも予想されうる。それは、彼女が周囲の女性（少女）に対して抱く、異性愛を規範とする社会的通念から見れば「いびつな」思いから導き出される。そしてそれは、「中国人青年とのロマンス」という『愛人』のキャッチコピーとは反する一見レズビアン的世界を展開し、欲望と官能が異性愛以外にも存在しうることを明確にしている。

二―二―二　エレーヌ・ラゴネル

エレーヌ・ラゴネルは「過ちの法則から逃れて」「少女時代の中に居残っている」、主人公から見て永遠に少女のままの存在である。主人公が欲望に自覚的であり、進んで自分の身体で具現化しようとしたのに対し、彼女はいつまでも両親の庇護のもとから出る気がなく、学校にも行きたがらず、何も学ぼうとしない子供である。彼女は主人公と対極にある。

エレーヌ・ラゴネルは高校に行かない。行くことが出来ないのだ、エレーヌ・Lは。彼女は勉強しないし、覚えない。この寄宿舎の初等の授業によく出るが、何の役にも立たない。彼女はわたしの身体に寄りかかって泣くので、わたしは彼女の髪と両手を撫でて、彼女と一緒に寄宿舎にいると言う。彼女は、自分がとても美しいということを知らない、エレーヌ・Lは。彼女の両親はそんな彼女をどうしていいかわからず、早く彼女を結婚させようとしている。彼女は自分が望む婚約者をいくらでも見つけるだろう、エレーヌ・ラゴネルは、しかし彼女は婚約者など欲しくないのだ、結婚したくないのだ、母親と一緒に戻りたいのだ。彼女。エレーヌ・L。エレーヌ・ラゴネル。彼女は最後には母親の望むことをするだろう。彼女はわたしよりずっと美しい、あの道化の帽子をかぶり、ラメのついた靴をはいた娘よりずっと美しい、そんな娘より限りなく結婚にふさわしい、エレーヌ・ラゴネル、彼女なら、結婚させることが出来る、夫婦生活の中に落ち着かせることが出来る、怖がらせて、そして次に、恐ろしい気分にするが彼女にはわからないものを説明し、そこで待っているように命令出来るのだ。

エレーヌの子供じみた性格から、彼女は『太平洋の防波堤』においてバーナーが求めているような、夫の意図に忠実に従う未来の理想的花嫁になりうると考えられる。また自発的に何かを探し求める様子が見られない娘に対し、両親も結婚させることにしか娘が生きていく道はないと考えている。主人公が、母親から「社会の中に身を落ち着けない」であろうと心配されたのとは反対に、エレーヌは結婚向きの人物なのだ。しかし、状況的に自分と対極にあるエレーヌを主人公は性的に渇望する。『愛人』は口述筆記で作者が思い返したままを発話しているため、物語の筋や描写に異なる描写が挟み込まれることが多いのだが、エレーヌの身体についての描写は丹念かつ長く、途中に中断を入れつつも、まとまりのあるものになっている。

わたしは自分の隣に横たわっているエレーヌ・ラゴネルの身体の美しさのために、ぐったりしている。この身体はこの上もなく素晴らしい、服の下で自由にゆったりとしていて、わたしの手の届くところにある。乳房はわたしが今まで見たことがないほどだ。わたしはそれに触れたことはない。彼女は淫らだ、エレーヌ・ラゴネル、彼女は自分でわかっていない、彼女は真っ裸で寮の寝室の中を歩き回る。神によって与えられたあらゆるもののうちで最も美しいもの、それはエレーヌ・ラゴネルのこの身体だ、比類のない、身長と、この身体が乳房を身体の外に、いうなれば分断されたものとして持つそのやり方との間のこの均衡。乳房の外へ突き出て丸々とした様子、手の方へ差し出された外在性以外に、他に類を見ないものはない。下の兄の使っている少年労働者の身体さえ、この壮麗さの前では消えてしまう。男たちの身体は出し惜しみをした、内在的な形態をしている。それらはエレーヌ・ラゴネルの身体の形態のようには痛められることはないのだが、決して長く続かず、もってせいぜい一夏で、それでおしまいだ。

ここで描写されるエレーヌ・ラゴネルの身体の美しさは、主人公の、男物の帽子で変容させられた貧弱な身体と対極にある。エレーヌ・ラゴネルの身体は、主人公が望んでも与えられることのない、また真似することも出来ない究極の身体なのだ。だからこそ、主人公のように帽子や金ラメのハイヒールの力を借りずとも、美しく淫らでありうるのである。そしてまた、その身体は男性のものと違って見る者に美しさを惜しみなく与え、豊満な美を放つギリシャの女神像であるかのようなのだ。しかし、このような完璧な身体を持っていても、前述のようにエレーヌ・Lの内面は母の下にいたがるような完璧な子供なのである。彼女には成熟した女性と子供が混在しているのだ。そしてもちろん欲望も知らない。

エレーヌ・ラゴネル、彼女、彼女はまだわたしが知っていることを知らない。

主人公の視点は、エレーヌの身体の美しさから、より密着した、より具体的な行為の夢想へと移行してゆく。

エレーヌ・ラゴネルの身体は重い、まだ無垢だ、彼女の肌の滑らかさは、ある種の果物のようだ、この皮膚の滑らかさは感じ取れるかどうかのぎりぎりのところにあり、少し人を欺くようで、過剰なものだ。エレーヌ・ラゴネルは、彼女を殺したくなる気にさせる、彼女は、彼女自身の手で彼女を殺したらどうだろうという素晴らしい夢想をかき立てる。小麦粉のようなこれらの形態、彼女はそれらを何も知らずに身につけている、彼女はこれらのものを差し出す、手でこねてくれ、口で食べてくれと差し出す、それらを手元に引き留めずに、それらが何であるか知らずに、それらの途方もない能力を知ることなく。わたしはエレーヌ・ラゴネルの乳房を食べたいのだ、わたしが毎晩神の知識を深めに行く中華街の部屋の中で、彼がわたしの乳房を食べるように。

エレーヌ・ラゴネルの美しさへの感動から、その美しさが彼女の外部に発散され、それが徐々に見る者へと積極的に与えられてゆく様子が、この「手でこねてくれ、口で食べてくれと差し出す」という箇所に表されている。また、彼女の美が口を通じた表現から、実際に主人公が「食べたい」と吐露していることは注目すべきである。一般的に、性行為はしばしば食べるという行為により表現される。ここから初めて、主人公が彼女に性的欲望を持ち始めることが描写される。主人公は、自分が中国人青年にされるようにエレーヌの乳房に唇をはわせたい、「食べたい」と望んでいるのだが、この夢想を契機として、乳房を食べていたという愛撫のモデルとしてだけではなく、実際に彼をエレーヌとの性的行為に介入させたいと思い始める。その状況だけを考えると、社会的には性的逸脱行為であろう。が、主人公が抱くエレーヌの美への圧倒的な賛辞、そしてエレーヌの美が外部に惜しみなくさらけ出されていることに意識的であることなどから、社会通念的に断罪することは無意味だ。


わたしはエレーヌ・ラゴネルへの欲望でぐったりしている。

欲望でぐったりしている。

わたしはエレーヌ・ラゴネルを一緒に連れて行きたい、あそこ、毎晩、目を閉じて、叫び声をあげさせられるほどの悦楽を与えてもらうあそこに。わたしは、エレーヌ・ラゴネルをわたしの上であれをするあの男に与えたいのだ。今度は彼女の上であれをさせるために。これをわたしがいるところで、わたしの望むままに彼女があれをするのだ、わたしが身を任せているあそこで彼女が身を任せるのだ。そうすれば、エレーヌ・ラゴネルの身体という回り道をして、彼女の身体を横切って、彼からわたしに悦楽がやってくるだろう、そのとき決定的な悦楽が。

死んでしまうほどに。

エレーヌ・ラゴネルの身体の描写から始まり、自らその身体を愛撫したいと願った主人公の告白は、ここであの男に彼女を与えたいという欲望で完結する。主人公のこの欲望は、女性に向けられているがためにレズビアン的だとも考えられうる。が、彼女にはレズビアンであるという自覚や、性的嗜好としてそれを選び取り、レズビアンとして自己を形成していこうという決意は見られない。また同様に、彼とエレーヌを目の前で性交させたいとは望んでいても、覗き趣味があるとかバイセクシャルであるという宣言もない。異性愛を社会構成の基盤としている中で、彼女は同性愛の傾向があるのだと判断されてしまう危険性があるが、それは短絡的すぎる判断であろう。同性と性的関係にあるか、もしくは性的欲望を抱いたからといって、当人がゲイやレズビアンであるとは言えないからである。実際、自身が同性愛者ではなく異性愛者だと断言していても、同性と性行為に及んでいるという例は社会に多く見られている。(1)

彼女の性的指向を同性愛的、もしくは性的逸脱と捉えるのではなく、同じ逸脱でも社会が

（1）現在、社会学やセクシャリティに関する分野だけでなく、一般的にも、ゲイとMSM（Men who have sex with men 男性とセックスする男性）やレズビアンとWSW（Women who have sex with women 女性とセックスする女性）という分類を行い、各々に沿った医学的な情報や精神的ケアが提供されている。

規定している異性愛からの逸脱と考え、相手の性別に関係なく欲望に忠実であり、エロス的関係を結んでいるとは捉えられないだろうか。それは、アドリエンヌ・リッチが提唱したレズビアン連続体(2)への加入であり、エレーヌもそこへ誘い込んでいると考えられる。

『愛人』の主人公は、自らの性的価値に意識的であることで、物語の当初から強制的異性愛から脱出していた。彼女は、圧倒的な美を持つ少女に欲望を抱くことで、さらに強制的異性愛からは抜け落ちた官能性が支配する世界に到達したのである。それは、『太平洋の防波堤』のシュザンヌがアゴスティと交わることで辛うじて達した段階から、それより先の段階に入り得たことを意味している。中国人の中性的な恋人は、エレーヌ・ラゴネルへの布石であり、エレーヌへの欲望をより読者に自然に読みとらせるための前段階でもあったのだ。ここに、『太平洋の防波堤』との大きな相異が明らかになった。

＊

『太平洋の防波堤』において、主人公シュザンヌは本人の意図とは無関係に、母親とその

（2）補論参照

知人の女性カルメンによって、経済的価値を持つ「物」として商品化された。主人公は、女性としての自己同一性を、モデルとなるべき、もしくはモデルを教唆しうる彼女たちから商品＝娼婦としてのみ与えられる。その商品化の発端には、ムッシュウ・ジョーという男性のシュザンヌへ性的欲望の眼差しがあり、この点から彼女の商品化には、アドリエンヌ・リッチの指摘する強制的異性愛が隠されていると言える。女性らによってだけではなく、ムッシュウ・ジョー本人によっても、裸体の観賞と引き替えという形で直接経済的取引が提案され、シュザンヌは欲望とは何かという問いを考察する暇を与えられず、商品としての存在になることを引き受けざるをえない。

しかし彼女は、カルメンとムッシュウ・ジョーによって強いられた娼婦化に耐えられず、内面的にもまた外見的にもそれを拒絶する。そして、その拒絶の後、欲望を自覚し、強制的異性愛を基盤とする商品化の象徴である海や防波堤と対極の場である森の中で、経済的に何ら利点のない男性と性行為に及び、処女性を捨て、完全に強制的異性愛から脱出する。

モチーフを同じくする『愛人』においては、主人公は当初から自分の性的価値について自覚的であり、かつ自分の中に内在している欲望についても十分理解している。彼女は『太平洋の防波堤』のシュザンヌと違い、商品化の世界と、それを超越した世界の両方に身を置いている。彼女は自らの商品価値を利用しつつ、欲望の眼差しにより愛人を得るが、その愛人は『太平洋の防波堤』の男性らと著しく異なる人物である。彼女が選んだ中国人男性は、およそ男性性から程遠い極めて中性的な特徴を持ち、しかも彼女との別離を意識したときに性的不能に陥り、去勢され、唯一持っていたペニスという男性性を喪失してしまう。そして互いの快楽のため、性器の挿入を伴わない性行為に至る。この中性的な愛人とのエピソードは、偶然の設定とは考えにくい。なぜなら、主人公は同じ寮の少女エレーヌ・ラゴネルにも強い性的欲望を感じており、作者が異性愛・同性愛という区分を超えた多様な欲望のあり方を描くためにこのような人物を配したとも言えるからである。また、中国人青年との関係とエレーヌ・ラゴネルとの関係に関連性がないとすれば、この少女への欲望は単なるレズビアン的逸脱であり、この作品において、主人公の奔放さを裏付ける挿話と結論づけられる危険性がある。しかし、そのような短絡的区分は無意味である。この主人公の行動は、リッチが強制的異性愛の次に提唱したレズビアン連続体という概念に適合し、異性愛から脱出し、欲望が産み出す世界へ移行する行為なのである。

このように、『愛人』の主人公には、『太平洋の防波堤』とは異なった方法で、強制的異性愛から抜け出し、さらに高次の段階に入ったことが認められる。

補論――非・異性愛をめぐって

はじめに、本稿の目的が、セクシャリティやジェンダー、ゲイ・カルチャーの社会学的な考察ではないことを確認しておきたい。本稿の主眼はあくまでデュラス作品の文学的分析である。しかし、レズビアン小説もしくはレズビアン性が認められるとされていないが、作品内で展開する女性の商品化と、女性の異性愛志向から逸れる描写を分析するために、女性性や社会的状況を論じたテキストを用いるのは決して有害ではないだろう。より開かれたデュラス研究のために以下に述べるフェミニズム批評とレズビアン批評を援用し、この補論で説明することをここで断っておく。

また、本章に冠した《非・異性愛》というタームであるが、これは既に社会学やセクソロジーによって定義されたものではなく、「異性愛ではない」というより広い意味で用いるものである。

i、アドリエンヌ・リッチによる考察

女性間の深い交流を考察するにあたり、重要かつ基盤となる、「強制的異性愛」と「レズビアン存在・レズビアン連続体」という概念をここで説明したい。これはアメリカのゲイ・

ムーブメントを誕生の源としており、フランスの作家であるデュラスの作品分析に用いるのは、いささか乱暴だという向きもあるかもしれない。フランスのゲイ・レズビアン運動から生まれた思想を吟味すべきだという意見もあろう。が、リッチのこの概念は半ば古典化しており、またフランスにおける男性同性愛者に関するテキスト等は入手しやすいが、レズビアンに関してはそうではないこと、フェミニズムがエクリチュール・フェミニンの方向に開花したことなどを考慮すると、このリッチの概念を援用することは不適当ではないと考えられる。

i—1　強制的異性愛

アドリエンヌ・リッチは現代アメリカを代表する詩人であり、フェミニスト批評家である。六〇年代から公民権運動をはじめとする人権運動に積極的に参加し、次第にその批評の場を女性問題に拡げていった。彼女のフェミニズム理論はときにラディカルと呼ばれ、様々な批判はあるものの、現在にいたっては古典化している。

この強制的異性愛という概念は、一九七八年に書かれ一九八〇年に『サインズ』誌に発表された「強制的異性愛とレズビアン存在」というエッセイに登場する。(1)

(1)『血、パン、詩。』晶文社、一九八九、p.53-119

このエッセイ執筆の主な動機は以下の三点である。

第一に、フェミニズム思想にとって、レズビアニズムをあつかった特定のテキストが存在するだけでは十分ではない。

第二に、リッチによれば彼女以前に誰からも発せられなかったのだが、「男女が平等であったなら女性は異性との性的結合と結婚を選んだだろうか？」という疑問が存在するはずだ。この「誰からも発せられなかった」という状況の裏には、異性愛が「ほとんどの女性」の「性的好み」であるという《仮定》が隠れている。換言すると、女性は自発的に男性を愛し、かつ男性からの愛を受け入れているという《仮定》である。この《仮定》は社会から暗黙の内に強いられており、そのためこの《強制的》異性愛は全く吟味されず、「好み」という捉え方は間接的にすら問い直されていない。

第三に、第二の動機であげた社会的状況を踏まえて、異性愛は母性と同じように[2]ひとつの政治的制度として認識し研究する必要性がある。

---

(2) ここでリッチは、ナンシー・チョドロウの『母親業の再生産—性差別の心理・社会的基盤』を取り上げている。チョドロウは異性愛が女性にとって不毛と苦痛をのみもたらすことを暗に指摘してはいるが、女性同士の関係について深く言及しないため、女性が男性に惹かれることが必然であると認識されかねず、結果として男性がつくった強制的異性愛という制度を擁護しているとリッチは批判している。

リッチが執筆した七〇年代後期は、レズビアンが社会から市民権を得る過渡期の最終段階にあった。二〇世紀初頭、女性同士の深い交流は「未婚女性のロマンティックな友情」と社会から寛容に受け入れられていた。(3)また米東部では、高等教育を身につけ、男性と同等の収入を得ることに成功し、結婚からも解放された女子大出身者を中心に、女性二人が同棲するボストン・マリッジなるものまで流行したが、これらは教育を享受できる中産階級の女性に限られていた。教育が、専門的で好条件の職業につくことを可能にし、男性との関係から解放し、女性同士愛情を維持することを後押ししたのである。

一方で教育を満足に受けられない労働者階級の女性は、生計を立てるのも難しい状況にあった。そこで男装によって性別を隠し、男性として就労することで生活していく者が現れた。また、女性であることによって受ける様々な制約を回避するために男性として社会的生活を送る女性も数多く誕生した。彼女たちは、中産階級出身で学歴のある女性たちが獲得した自由を、男装によって手に入れようとしたのである。そこには女性を愛情や性的欲求の対象にしたいというよりも、経済的・社会的に女性的役割から脱出したいという願いがあった。一九世紀後半から始まった性科学の研究者たちは、当初、労働者階級にある女性の男装につ

(3) リリアン・フェダマン『レズビアンの歴史』筑摩書房、一九九六、第一章

いて着眼し、それを「女性性倒錯者」と定義してしまった。[4] そして次第にそれを中産階級の女性にもあてはめるようになったのである。その後、彼女たちレズビアンの歴史は、倒錯者というレッテルをどのように払拭するか、偏見に耐えいかに自らのアイディンティティを確立するか—レズビアンであることを公言するか否か、ブッチ（男役）やフェム（女役）という男女関係を模倣した役割分担を選択するか否か、レズビアン・サブカルチャーに関わるか否か、女性への情熱が先天的なものか後天的選択なのかということも含め—の闘いであったと言える。

同性愛の概念を最初に取り挙げた性科学者のほとんどがドイツ人であった。ドイツでは性倒錯の概念がよく知られ、抑圧も強く、それに反発する同性愛者たち（主に男性同性愛者）は自分たちの人権を主張するため、一九世紀末から組織を形成し活動していた。そして同性愛者同士が連帯し、異性愛者に「第三の性」と認知されることを図った。組織には女性同性愛者も歓迎された。同時期のアメリカにそのような組織はなかったものの、一九五〇年代のマッカーシズムによる同性愛者の迫害を経験した後、権力者の意図に反して同性愛者の組織が誕生し、機関誌も創刊された。そして六九年、警察がニューヨークのストンウォール・イ

（4）フェダマン、前掲書、p.45

ンという会員制ゲイバー（レズビアンも利用していた）に、半ば見せしめの形で踏み込んだことで同性愛者の不満が爆発する。この「手入れ」は同市長選挙を睨んで、現職議員が有権者へのアピールとして指示したものであったが、一部の同性愛者らは警察を非難するため結集し、暴動を起こした。この、後に「ストンウォールの叛乱」と呼ばれる暴動を端緒として、さらに多くの同性愛者による出版物が生まれ、比較的同性愛者に寛容であった大都市を中心として、彼らに肯定的な風潮も出てきた。多くの一般の新聞や女性誌で「レズビアンという生き方」を好意的に取り上げるようになり、レズビアン女性の市民権を得る闘いは一旦終止符が打たれた。これ以降はフェミニズム運動内部でのレズビアンと非レズビアンの闘い[5]、また同性愛者のなかでのゲイとレズビアンの闘いが主な争点となっていく。

　アドリエンヌ・リッチは、七七年の「ニューヨーク・レズビアン・プライド・ラリー」（これは六〇—七〇年代のゲイ革命の端緒である「ストンウォールの叛乱」を風化させないために開かれていた「ゲイ・プライド・ラリー」のレズビアン版である）の演説で、レズ

（5）「レズビアン・フェミニストは、自分たちのことをゲイであるよりはフェミニストであるとみなしていたにもかかわらず、女性運動に携わっている他のフェミニストたちに心から歓迎されていたわけではなかった。女性運動の最大組織NOWの設立者であるベティ・フリーダンは、一九七三年に『ニューヨーク・タイムズ』誌で、CIAがフェミニズムの評判を落とそうとたくらんでレズビア《ママ》ンを女性運動に潜入させたのだ、とさえ言っている」（フェダマン、前掲書、p.255)

ビアン文化の悪しき点はゲイ男性からの影響だと非難した。彼女は異性愛制度の「男・女」「夫・妻」といった役割分担の模倣や、（彼女の主張によれば）暴力的なゲイ（男性）文化の影響から自由になり、女性が選択し決定する新たな文化の創造を願っていたのである。

セクシャリティの見地から非常に重要な問題ではあるが、強制的異性愛と女性の関係性を扱う本稿の主旨から離れるため、フェミストとレズビアン・フェミニストまたゲイとレズビアンの相克については割愛する。

次にリッチはキャスリーン・ゴフの「家族の起源」という論文から、性的指向に関わらず女性全般に向けられている性的不平等の八つの特徴をあげている。[6] この箇所は長く、一見すると文学的分析には無関係にも受け取られるが、女性に対していかなる社会的「前提」が課されているか、またリッチの強制的異性愛を理解するために避けられない事項のため、以下に抜粋する。括弧内の補足は、リッチ自身によるものである。これは女性がいかに男性の権力下に置かれているかを示している。

1. 女〔自身〕のセクシュアリティの否定―〔クリトリス切除や陰門封鎖手術の手段によっ

（6）リッチ、前掲書、p.68-71

て、あるいは貞操帯、姦通をした女性への死刑を含めた処罰、レズビアン的セクシュアリティへの死刑を含めた処罰、心理分析学によるクリトリスの否定、マスターベーションへの弾劾、母親期と閉経後の女のセクシュアリティの否定、不必要な子宮摘出手術、メディアや文学における歪められたレズビアン像、レズビアンの存在に関する記録文書庫の密閉と資料の抹殺などの手段によって〕

2. 女への〔男のセクシュアリティの〕強制――〔強姦（夫による妻の強姦も含めて）と妻への殴打虐待によって。あるいは父＝娘、兄弟＝姉妹の近親姦、男の性的「衝動」は権利であるとまで女に感じさせるようにする社会化、芸術、文学、メディア、広告などにおける異性愛ロマンスの美化、幼児結婚、本人以外の取りきめで強制する結婚、買春、後宮、不感症と膣オーガズムについての精神分析学の教義、性的暴力と屈辱に女がよろこんで応えているかのようなポルノグラフィー的描写（サディスティックな異性愛のほうが女同士のあいだのセクシュアリティより「正常」であるかのように潜在意識へ働きかけるメッセージ）によって〕

3. 女の生産物を管理するための、女の労働に対する命令あるいは搾取――〔無給の生産活動としての結婚および母性の制度によって。あるいは有給の雇用における低水準への女の押しこめ、例外的見本用の女性だけを上昇させるおとりの仕掛け、妊娠中絶や避妊や不妊化

や出産に対する男の管理、母親から娘をうばい、普遍化された女性蔑視に貢献している女嬰児殺しによって〕

4. 女の産む子供の管理あるいは強奪――〔父の権利と「合法的誘拐」によって。あるいは強制的不妊化、組織的な嬰児殺し、裁判によるレズビアンの母親からの子供の奪取、男性産科医の不当な医療、性器切除や娘を結婚向きに仕立てるための纏足（もしくは精神の拘束）において、母親を「名目的加虐者」に仕立てることによって〕

5. 女の物理的監禁と運動の妨害――〔テロリズムとしての強姦によって。あるいは女を街に出させず、隔離しておくことによって。纏足によって。女のスポーツ能力を萎縮させ、ハイ・ヒールや「女らしい」服装をファッションで定めることによって。ヴェール、街なかでの性的いやがらせ、雇用における女性差別、家庭での「フルタイム」母親業の規定、妻に強いられる経済的依存性によって〕

6. 男の取引行為の対象物としての女の利用――〔女を「贈答品」とすることによって。あるいは婚資、買春斡旋、男の取りきめによる結婚、男の取引を円滑にさせるエンターティナーとしての女性の利用によって――すなわち妻＝ホステス、男の性的関心をそそる服装を要求されるカクテル・ウェイトレス、芸者、妓生、秘書など〕

7. 女の創造性の締めつけ――〔産婆や女治療師への反対運動、および自立的な「同化されない」女性に対する迫害としての魔女処刑。どの文化のなかでも男の仕事のほうが女のそれより価値が高いと定義され、その結果、文化的諸価値は男の主観性の具現となっていること。女の自己実現の道を結婚と母親業に限定すること。男性芸術家と教師による女の性的搾取。創造をめざす女の熱望を社会的・経済的に挫折させること。女の伝統の抹殺〕

8. 社会の知識と文化的達成の広大な領域に女を近づけないでおくこと―〔女に教育をさずけないことによって。歴史と文化における女性、とくにレズビアンの存在に関する「大いなる沈黙」によって。科学、テクノロジー、その他の「男性的」職業に女が向かうのを妨げる性役割別の教育編成、女を締めだしている男の社交的／職業的紐帯、職業における女性差別によって〕

リッチによる詳細な解説は、科学から法律、家庭における男女や親子関係に至るまで、女性が生存している場におけるあらゆる不利益を網羅している。またこの特徴2. 3. 6.の実例として、「白人奴隷制」とも呼ばれるおびただしい数の女性が性的な奴隷としてアメリカやパリで搾取されている点をあげている。(7)

(7) リッチ、前掲書、p.77-79

リッチによれば、これらの男性権力の特徴とそれが実体化した社会的現象は、「女性」という対抗勢力を、精神・肉体の両面から統制しようとする意思の集合体、さらには統制し続けなければならないことを暗示している集合体なのである。また彼女の補足によって明解になっているが、その集合体は、男性権力自らを維持するため、異性愛が必然だと女性に思いこませるという手法をとっている。リッチはその代表的なものとして「貞操帯、幼児結婚、芸術・文学・映画におけるレズビアン存在の消去（エキゾチックなものと倒錯的なものだけは除いて）[8]、異性愛ロマンスと結婚の美化」をあげている。多くのメディアによって繰り返し叩き込まれる異性愛ロマンスのイデオロギーは、女性に男性へ向かうことが当然だと無意識に信じさせることに成功しているのだ。その結果、異性愛という枠組みのなかでの男性との結合（結婚・買春など）に至る。

（8）リッチはいわゆるレズビアン・ポルノが、ポルノグラフィーの領域で、男性の覗き趣味や女性への性的欲求を満たすために、男性によって制作されてきたことを指摘している。
同様の作品は今も生産・消費されているが、「レズビアン映画」と呼ばれるものとは異なる。現在レズビアン映画とは、レズビアン作家が制作したもの、レズビアンが制作したレズビアンを扱ったもの、またその逆のもの、非レズビアンが制作したレズビアンを扱わないものなど広範囲にわたり、厳密な定義は無いようである。ゲイ映画とまとめてクィア・フィルムと呼ばれることもある。ポルノとしてレズビアンの性的欲求を満たす目的の作品もあるが、あくまで当事者の視点から作られており、従来の男性異性愛者が制作するのとはかけ離れていることを注意したい。

しかし、ここは非常に誤解を受けやすいのだが、リッチは女性が男性の犠牲者であるとか、異性愛が女性にとっての奴隷制であるということをヒステリックに主張しているのではない。彼女は女性が置かれている状況を創り出す異性愛というプログラムの存在を指摘し、そこへ視点を移すよう示唆しているのである。彼女にとって緊急の課題は、フェミニストも含め、万人が「女性は先天的に異性愛者だ」という刷り込まれた仮定を疑うことなのだ。そして異性愛の強制は、前述したように、レズビアン的存在を不可視にする手段ともなっている。異性愛という仮定を疑うには、女性に同性愛という可能性はないのかということを検討することが有益であろう。

i―2　レズビアン存在とレズビアン連続体

リッチは、女性同士の関係性を表現する言葉として、「レズビアン存在 lesbian existence」と「レズビアン連続体 lesbian continuum」という用語を用いている。彼女によれば、レズビアニズムという語は限定されたニュアンスをもち、彼女が打ち出すより広範な関係性を示すには不適当と考えられるのである。[9]

(9) ただしこれはリッチの受容のしかたであり、現在一般には次の意味で用いる。「レズビアニズム：女性間の同性愛。あるいはそれを女性の性に関する選択肢として認めることを主張する思想」大辞林第二版彼女による定義を引用する。

レズビアン存在というのは、レズビアンたちの歴史的存在という事実と、そういう存在の意味を私たちがたえずつくりつづけていくその創造との両方をさしている。レズビアン連続体という用語には、女への自己同定の経験の大きなひろがり―一人一人の女の生活をつうじ、歴史全体をつらぬくひろがりをふくみこむ意味がこめてあって、たんに女性が他の女性との生殖器的経験をもち、もしくは意識的にそういう欲望をいだくという事実だけをさしているのではない。[11]

「レズビアン存在」というのは、文中の「私たち」という呼びかけにも現れているが、前節で明らかになった異性愛を前提とする社会の中で常に無視され抹殺されてきたレズビアンの、連帯の基礎かつ尊厳の回復を願うものである。「タブーの侵犯と、強制された生き方の

(10) リッチ自身がレズビアンなのを受け、またこのエッセイを発表したのがセクシュアリティをテーマにしている雑誌のため、「私たち」と呼びかけるかたちを用いていると考えられる。
(11) リッチ、前掲書、p.87、傍点は著者による。

拒絶の両方をふくんでいる」[12]のだ。また、レズビアンにはレズビアンの固有の歴史と文化が存在するにも関わらず、同じ同性愛者、性的逸脱者というカテゴライズによって、男性同性愛者に「女性版」として包括され、異性愛社会と同性愛社会から二重に見えない存在とされてきたことへの批判がこめられている。[13]

一方の「レズビアン連続体」とは、女性に対して性的欲望を感じたか否か、また女性との性的関係の有無といったことに関わらず適用可能な、より緩やかに女性関係を指す語である。リッチは次のように述べている。

女同士のもっと多くのかたちの一次的な強い結びつきを包みこんで、ゆたかな内面生活の共有、男の専制に対抗する絆、実践的で政治的な支持の与えあいを包摂してみよう。（中略）そうすればおおかたが臨床医学的で限定されたレ、ズ、ビ、ア、ニ、ズ、ムの定義の

（12）リッチ、前掲書、p.88

（13）同性愛者として権利獲得のにおける運動の初期では、両者は協力関係にあったが、社会生活や性的生活のスタイルの違い、男性同性愛者はあくまでその性別が「男性」であり、性差別を受けることはないことなどから、政治的に両者が相容れないという現実がある。またリッチはレズビアンという経験は極めて女性特有のものであり、その点からも男性同性愛者と同一化されることに不快感を示している。

おかげで、把握できないところに置かれてきた女の歴史と心理の息づかいに、私たちは触れはじめるようになる。[14]

レズビアン連続体という概念は、それが包含しようとする範囲の広さから、他のレズビアン・フェミニズム批評家から様々な批判を受けていることも事実である。アメリカの文芸批評家であるボニー・ジマーマンは、女性のアイデンティティは男性世界や男性の文学伝統との関係にだけ限定されるのではなく、女性同士の絆が女性にとって重要な要素であること、また女性の性的・感情的嗜好が女性の意識や創造性に多大な影響を与えていることを、レズビアン批評の前提としている。[15] この点ではリッチの主張との相異は無い。

ジマーマンはレズビアン連続体という定義を、レズビアニズム[16]に重点を置かず、女性の団結の多様なありかたを示唆している点では評価している。が、逆にこの定義が包括的すぎるゆえに女性のレズビアン関係と非レズビアン的な友情との区別、またはレズビアン的アイ

(14) リッチ、前掲書、p.87、傍点は著者による。
(15) ボニー・ジマーマン「かつて存在しなかったもの——レズビアン・フェミニズム文学批評の概観——」『新フェミニズム批評』岩波書店、一九九〇、p.249-(この論文は一九七九年全米女性学協会第一回年次大会での発表に基づいている)
(16) ジマーマンはこの語を、リッチとは異なる立場から、女性が女性を愛するという一般的な意味で用いている。

デンティティと女中心的アイデンティティとの区別を曖昧にしてしまう危険が伴うと述べている。そしてこのような区別を否定する立場は、女性の創造性はすべてレズビアン的だというような還元主義に陥りやすく、結果としてこの還元主義がレズビアニズムを隠蔽してきたと非難している。

確かに、ジマーマンが述べるように、リッチのレズビアン連続体という概念のもつ包容力は、女性の新たな関係性を認める一方で、レズビアンというものを希釈してしまうような危うさをもっている。が、しかし、強制的異性愛の観点から脱出し、かつ明らかにレズビアン的と認められていないが、女性同士の絆が描かれている作品を分析するうえでは有用ではないだろうか。それまで異性愛が主題であると《認知》されてきた作品を、異なる視点から観察し、女性の関係性を解明するには十分ではないだろうかと考えられるのである。

（初出「デュラス作品における女性同士の関係性の研究」二〇〇四、三）

本文典拠

Marguerite DURAS, *Un barrage centre le Pacifique*, Folio plus, Gallimard, 1997
Marguerite DURAS, *L'amant*, Minuit, 1984,
デュラスによる他の作品
Marguerite DURAS, *La Vie Tranquille*, Folio, Gallimard, 1990
Marguerite DURAS, *Xavière GAUTHIER, Les Parleuses*, Minui, 1974

一般書

（A）デュラス関連
M・デュラス／田中倫郎訳『太平洋の防波堤』河出文庫、一九九二
M・デュラス／清水徹訳『愛人　ラマン』河出文庫、一九九二
Yann Andréa, *Cet amour-là*, Edition de Pauvert, 1999
アンドレア・ドウォーキン『インターコース　性的行為の政治学』青土社、一九九八
鈴村和成『愛について―プルースト、デュラスと』紀伊国屋書店、二〇〇一
（B）フェミニズム
Adrienne Rich, *Blood, Bread, and Poetry*: Selected Prose 1979-1985, New York, W.W. Norton & Company, 1986
アドリエンヌ・リッチ「強制的異性愛とレズビアン存在」『血、パン、詩。』晶文社、一九八九
エレイン・ショーウォーター編『新フェミニズム批評』岩波書店、一九九〇
ジュディス・バトラー『ジェンダー・トラブル　フェミニズムとアイデンティティの攪乱』青土社、一九九九
竹村和子『思考のフロンティア　フェミニズム』岩波書店、二〇〇〇

竹村和子『愛について—アイデンティティと欲望の政治学』岩波書店、二〇〇二
（C）セクシャリティ
＊＊＊（ルシェルシェ誌一二号より）『三〇億の倒錯者』インパクト出版会、一九九二
掛札悠子『「レズビアン」である、ということ』河出書房新社、一九九二
リリアン・フェダマン『レズビアンの歴史』積信堂、一九九六
小倉千加子『セクシュアリティの心理学』有斐閣、二〇〇一
（雑誌）
「ユリイカ」（特集＊フランス小説の新しい流れ）青土社、一九九〇、一
「ユリイカ」（特集＊ゲイ・カルチュア）青土社、一九九三、五
「ユリイカ」『特集＊クィア・リーディング』青土社、一九九六、一一
「現代思想」（フェミニズム批判）青土社、一九九二、一
「現代思想」（ジュディス・バトラー　ジェンダー・トラブル以降）青土社、二〇〇〇、一二
「文学」（ヘテロセクシズム）岩波書店、二〇〇二、一、二
「銀星倶楽部17」（クィア・フィルム）ペヨトル工房、一九九三、八

『静かな生活』

I　家族の崩壊

この物語は（デュラスの作品にはめずらしく、récit〝話〟とも、roman〝物語〟とも銘打たれていないのだが）、八月の夜明けに起きた、主人公フランシーヌの叔父ジェロームと、弟ニコラの壮絶な喧嘩、そして弟の殴打が原因で死に至る叔父の描写によって始まる。

主人公であるフランシーヌが長女として所属するヴェイルナット一家は、金銭トラブルにより上流もしくは権力を持つ階級としての暮らしを捨て、フランスはペリグーの田舎、ピュグという農村に流れ着き、二〇年近くほぼ自給自足で生活をしている。フランシーヌの父親は、かつてベルギーの小都市の市長であった。だが、妻の弟であるジェロームが株の売買に彼を巻き込み、株の損失を補填するため、市長を務める市役所の金に手をつけてしまう。そしてフランスに逃れる事態になったのである。ジェロームは、一家にとって災厄をもたらす種、何かとトラブルを生み出しては他の親族に事態の収拾を任せる、迷惑な存在として描かれている。彼がもたらした災厄は一家のフランス移住という点だけでなく、散財による貧困といった、長きにわたる陰として一家を覆いつくしていた。フランシーヌは、父親が五〇歳近く、母親が四〇歳で授かった子供であり、父親が名士としてベルギーにいた時代、充分学校に通う年齢ではなかった。彼女は弟とともに、田舎で畑仕事をし、教育をほとんど受けずに育つことを余儀なくされたのであり、その原因も元を辿ればジェロームに行き着く。

彼女と弟のニコラは、教育も財産も持たなかったためにピュグから離れることができず、フランシーヌは二六歳になり、当時の年齢としては結婚適齢期を逃しているし、弟はまわりに女友達もいなかったため、姉の乳姉妹に手を出し、妊娠させ、結局結婚し、そのまま同居している。この一家は、年老いた両親と独身の娘と息子夫婦とその子供、そして叔父という家族構成で数年間経過していた。

物語冒頭の弟ニコラと叔父ジェロームの闘いは、ジェロームが新たにまいた争い、ニコラの妻であるクレマンスとジェロームが性的関係を持っていたことだった。これが喧嘩の契機であるが、ニコラを死に至らしめるまでの殴打を叔父に与えたのは、二〇数年前から一家に絡みつき、幸福を吸い取り続けてきた叔父への復讐でもあった。ニコラは妻に対してそれほど熱心に関心を持っていたわけではなく、結婚以前はリュースいう近隣の女性と親しい関係にあり、どちらかといえば自分の所有権が脅かされること、そしてそれが一家にまで及び続けていたことが根本にあり、それが爆発した形で殴打に至ったのである。

ジェロームは内臓が壊れるほどニコラに殴られ、死の淵を数日間さまよう。しかし一家は彼が馬に蹴られたことにしておき、死が訪れるギリギリになってから、アリバイを作るように医者を呼んだのだった。

　この一家には、血縁者の他に、ニコラの知人であるティエーヌという若者が農作業を手伝う形で春から同居している。彼は、その素性を描写されることもなく、物語の全体を通して、謎の多い人物である。一家に身を寄せて以来、フランシーヌと恋愛感情と肉体関係を分かち合っており、後に主人公が自己を再発見する際に重要になる。

　ジェロームは、彼を不良債権のように感じてきた一家の暗黙の了解により、馬に蹴られたための事故死として処理される。彼の死に対して、一家は埋葬の際にまで冷淡さと無関心を貫くのだった。それは埋葬のための棺を持ってきた男らに促されても、故人への祝福をしないという行為に、端的に表されている。

　叔父を祝福するということは、叔父が死ぬのを見ていたあの無関心さをあまりにも偽ることになるだろう。それは、六〇歳を過ぎたというのに、最も自然でさえあるあの嘘を認めることであった。もし彼ら［フランシーヌの両親］がそうしていたとしたら、これからは今までと同じような平穏さとともに生きることがまったくもって不可能だっただろう。彼らはそれをわかっていた。だからその場に立ちすくんでいたのだ。

私も同じだった。

そしてニコラの妻であり、彼との間にノエルという息子をもうけた母でもあるクレマンスは、自分の居場所を失い、実家に逃げてしまう。ニコラは、妻がいなくなったことで、再び美しいリュースと接近するが、昔のようにこのヴェイルナット一家に通い始めた彼女はティエーヌに関心を持ち始め、失意に陥ったニコラは自殺し、轢死体となって発見される。

このようにして、貧しい一家は立て続けに死者を二人うむことになり、一家に取り憑いていたジェロームの死によって取り戻されると期待された平和な日常生活―ジェロームが働きもせずに、家を蝕んだりはしないという―は実現されず、さらにニコラの死により、かろうじて保たれていた家族形態はついに崩壊に至る。

Ⅱ　死者への無関心と混乱

主人公フランシーヌは、一連の死により自分のアイデンティティーが揺らぐ。なぜなら、ニコラがジェロームと決闘するよう仕向けたのは彼女自身であったし、ニコラは容赦しないだろうということが、ニコラと最近知り合ったティエーヌにすら予測可能なことであったからである。次の問いは、恋愛感情からフランシーヌをもっと知りたいと願う、ティエーヌから、ジェロームの死後発せられたものである。

「君はジェロームを挑発するようニコラをそそのかしたのだから、二人が喧嘩することは分かっていた訳だ。ジェロームとクレマンスのことを告げ口したときに、二人がそうなることを望んでいた理由を、君自身よくわかっていた訳だ。僕は、その意図が、ニコラとジェロームを互いに争うにまかせようと決めたあとずっと、君の中ではっきりと残っていたのかどうか知りたいんだ。」

この問いかけは、フランシーヌを糾弾するものではなく、あくまで穏やかに発せられる。が、しかし、他の家族の誰もが口にしないフランシーヌの責任をはっきりと指摘している。ニコラに事実を伝えることがどのような結果を生むか彼女が認識していたかどうかを確かめようとする彼の意図が読み取れる。

事実、自分の密告がどのような形態をひき起こすかは、後の内的独白に何度も出てくるように、フランシーヌははっきりと意識していたし、願っていたことでもあるのだ。彼女はジェロームの死に関して、それに加担したのみならず、その死の責任や罪悪感をほとんど感じることなく過ごしている。

彼女のこのような態度は、ニコラの死後、精神的混乱を休めるため独りで訪れたTという海岸町でも再び繰り返される（作品第二章）。ある男性が遊泳中に溺れてしまったのを、そのまま放置しておくという〝事件〟を起こすのだ。Tでの事件は、宿の女主人や滞在客、住人らにより、極めて常識的に非難され、宿を追い出される。この主人公の、他者への死の加担と無責任・無関心は、評論家ジャン・ピエロにより、カミュ『異邦人』のムルソー的だと指摘される点である。同様の示唆はデュラスの原稿審査員であったレイモン・クノーも提示していた[1]。彼女の他人の死への無関心さについて、前出のジャン・ピエロは次のように述べている。

この第二章により、クノーはこれを当然のこととして見抜いていたが、『静かな生活』は、我々に、二年前に出版されていたカミュの『異邦人』を思わせる。ムルソーのように、フランシーヌは自分が引き起こした死への責任を感じるには至っていないし、（カミュの主人公よりは直接的でないのは確かだが）、いずれにせよ良心の呵責に身をゆだねることを拒否する。またカミュの主人公のように、彼女は現実の偶然性を見いだすのだが、我々とおなじくする時間軸の瞬間瞬間を利用するべき緊急事態をも見だしている。（中略）カミュの主人公のように、最終的に彼女は、この無関心な態度のために、冷淡さを非難されるだろう。ジェロームの埋葬の話は、『異邦人』の出だしと比較検討されるべきものである。溺死者の挿話の後に避暑客らの間でフランシーヌが呼び起こす茫然自失と嫌悪感は、ムルソーの裁判時の人々の反応に、こだまのように呼応しているのだ。(2)

この物語ではジェローム、ニコラ、T海岸での溺死者という、合計三人の死者が彼女の周りで生産されるが、ニコラ以外には彼女の態度はいっかんして無関心のようである。ニコラの死だけが他と弁別されるのは、彼女自身が彼の死を予期していなかったためである。ジェロームの死には間接的に加担しているし、溺死者については、彼が沈んだのを目撃したにもかかわらず放置していたことで、またも間接的に関わっている。ニコラの場合は、彼が三日間姿を見せなくても（リュースのところに居るのだろうと）疑いもしていなかった。彼が自殺を考えているとは想定外だったのだ。

フランシーヌがジェロームの死に加担したのは、一家のためでもあったが、特にニコラの未来のためという理由が大きかった。ニコラがジェロームから自由になることで、彼女自身の心の平安が訪れると感じていたのである。ニコラがリュース・バラグとともにピュグから出て行くことを予想し期待していたが、実際にはジェロームの死後起こったリュースの心変わりにより、弟ニコラがまさに鳥が翼を広げるような格好で、轢死体で発見された。それは意図するどころか、自分の行き過ぎた行為への処罰に近いものであったろう。

三日目の朝になってはじめてクレマンが、鉄道の線路の上で、ニコラの潰れた死体を見つけた。彼は両腕を前の方に伸ばして、両足を大きく開いていた。彼は死んだ鳥に似ていた。

ニコラは確実に死を迎えるため、あえて両手両足を伸ばした姿勢をとったのか。それとも死をもってようやく鳥のように解放されることを信じたのか。ジェロームの緩慢に進む死の描写が豊富だったのと比較して、突然起こったニコラの死は、上記の引用以外には描写されていない。フランシーヌの目によって彼の死体は「死んだ鳥」のようだったと述べられるのに留まる。が、一見冷静にみえる彼女の叙述も、その無口さから逆に彼女の動揺を示しているといえよう。弟の死体が「鳥に似ていた」のも、ピュグから解放されて出立する彼を望んでいたからこそ、鳥と死体が重なったのではないだろうか。もしくは死んでもなお、彼が自由になったと頑強に信ずることで、彼の死に直面した瞬間は、辛うじて自身の理性を保とうとしたのではないだろうか。

いずれにせよ、フランシーヌは企図せず弟を死に至らしめたことで混乱に陥り、ティエーヌの助言でTの海岸町へと出発する。

Ⅲ　自己の再構築と身体の発見

フランシーヌは自身の加担した叔父の死が、最終的に弟の死を引き寄せたことに衝撃を受けた。最も願っていたのは弟自身の自己実現、すなわちピュグの田舎から解放されることであり、それは彼女自身の自己実現ともなっていた。彼女が叔父ジェロームの死に関して、自分が利益を受けることはほぼなかったといってもよい。その自己実現の主軸である弟ニコラが自殺することで、彼女はその手段を永久に失ってしまう。それは

（……中断）

結論

この論考において、デュラスの最初期作品『静かな生活』で展開される家族の崩壊と、その渦中にあった主人公の、肉親の死への責任からくる自己喪失の危機、そして自己を再構築する過程を明らかにした。また主人公は家族そのものに依拠することなく自己の再構築に成

功し、その後も従来の家族形態を破壊するのではなく、それを引き継いだ上で、自己のアイデンティティーを保持していく。この点も、今後の女性作品に関する関連する諸研究（ジェンダー批評、フェミニズム批評）において、注目に値する。デュラスの初期の作品の新たな読解を試みることで、デュラス研究と助成にまつわる諸研究に寄与するものと考える。

Marguerite Duras, *La vie tranquille*, folio, Gallimard, 1972
（マルグリット・デュラス『静かな生活』白井浩司訳、講談社、一九七〇）

（1）「審査報告を作成する時には、作家の特質を強調しなければならないが、と同時に（事をいささか簡単に片づけるために）座標軸を設ける傾きがある。『静かな生活』の場合、レフェランスは『異邦人』であり、当時妙な傾向としてあった――もっともデュラスはこれを乱用はしなかったが。既に述べたように、これらは単なる座標軸でしかなかったのだが、我々には既にマルグリット・デュラスがいっぱしの作家であることはわかっていた。」（「マルグリット・デュラスの原稿審査員」レイモン・クノー／文月葉子訳、『ユリイカ』一九八五年七月号、p.72。/Un Lecteur de Marguerite Duras,Cahier Renaud Barrault 52,Décembre 1965, Gallimard）
（2）Jean Pierro, *Marguerite Duras*, José Corti, 1986

（「マルグリット・デュラス『静かな生活』における家族と自己の諸問題」二〇〇五、一一）

Ⅲ　十九歳

1996～2001

映画の時空、文学の時空
――ヴィム・ヴェンダース『ベルリン・天使の詩』

映画には可能であるが、文学には不可能な要素として第一にあげられるのは、色彩だ。画面の色調を変化させることによって、映し出されているものよりも多くのことを語ることができる。人間の心理を表現するにあたって色の比喩が多用されるように、色彩と人間は不可分であり、だからこそ、映像表現のなかで色彩が用いられるときには、そこに何らかの重要な意味を持たされているのだ。

その顕著な例は、色彩を用いると、空間をとばすのが容易だということである。ある世界から別の世界へ移る際に、観客からすると、その二つの世界に全く違いが無さそうに見えても、前後の色調を変えるだけで、世界の移行がスムーズに理解される。この効果は、『ベルリン・天使の詩』（ヴィム・ヴェンダース、八七年）で発揮されていた。

この作品では、人間が知覚できない天使の世界はモノクロで、逆に、天使が関与できない人間の世界は鮮やかに、カラーで撮られている。天使は天使でいる限り、「色彩」を知覚することができない。主人公の天使がサーカスの女性のもとを訪れるシーンで、天使の存在が明らかにわかる間はモノクロなのだが、天使が画面から消えてしばらくすると、いきなりカラーになる。画面に色を与えることで、人間の世界に移行したこと、つまりすでに画面の外に追い出されていた天使が、今度は天使の世界へ去ったということを表現しようとしているのだ。また、天使が人間に転身すると、完全に人間の世界に入り込んだことを表現するため画面はすべてカラーになる。舞台や道具は全く同じであっても、色彩によって新しい空間へ、観客ともども移されてしまう。また、元天使の吐く息が白いだけで、夜から朝へと時間がとんだことをも表現できる。

この表現は、文学には不可能である。文学は活字を媒体としているから、描写で物語の進行を述べていくしかない。そこが天使の世界なら、天使の世界だとわかるような描写をしなければ、読者は世界の区別がつかなくなってしまう。映画のように、天使と人間との世界が厳格に分けられているのではなく、天使と人間が混在する世界として読まれてしまう危険性がある。天使が、いつでも人間に転身でき、直接手を差し伸べることはできなくとも、常に人間のそばに寄り添い、精神的なバックアップを行える存在として描かれ、そのための舞台や道具が全く同じだからこそ、読者に二つの世界の区別はつかなくなるのだ。

一方で共通点もある。映画が、わざわざ登場人物の所作にフィルムを割いているとき、その表現方法は文学と全く同じである。この作品のなかで、前で述べた、天使が人間に転身することの表現として画面がカラーになることの他に、人間化している天使に、本来あるはずのない足跡がつきはじめるというシーンと、完全に人間へと転身した元天使が初めて「色彩」を知って喜んでいるシーンがある。これらは、活字によって表現が可能である。主人公である元天使の足跡や、初めて触れる鮮やかな色の世界への喜びと興奮の様子を描写することによって、読者は、〈天使は人間に生まれ変わった。〉という記述なしに、天使が人間に転身したことの読み取りが可能になる。

1996.6.13

「藪の中」――テクスト論的に

「テクスト」とは、既存の諸テクストの引用を基礎に成立している織物である。しかし、このインターテクスチュアリティの概念において、引用されている前時代あるいは同時代のテクストは、必ずしも文学テクストとは限らず非言語テクストにまで及んでいる。例えば文学の枠からは外れてしまう他の出版物、また、文字を表現媒体としない絵画・写真、果ては地図に至るまでが織り込まれてゆく。つまり、ある文学「テクスト」は文化のテクストをも引用の対象としている。

芥川龍之介の「藪の中」にも、引用された文化のテクストを読み取ることができる。明治維新後、西洋文明の摂取が進む中で文学にも新しい形態が輸入された。ポーの「モルグ街の殺人」に始まる探偵小説である。それ以前の勧善懲悪・人情をテーマとした読み物に慣れきった日本人には新鮮であり、瞬く間に広まった。しかし、犯人や動機を追求する、主として読者の興味・好奇心を満足させることに目的を置いたこの文学テクストを、芥川は「藪の中」で批判したのである。

「藪の中」は、裁判小説の形をとりつつも時代設定と登場人物を古テクストにとっている。

内容も純文学的といえる。先行テクストである探偵小説に批判を加えるため、それより前世代の埋もれた様式を利用しているのだ。「藪の中」は探偵小説批判の織物といえるだろう。

テクストの中の読者には三通りある。一つ目は理想の読者であるが、作者の意図を全て了解できる読者は架空の観念でしかない。二つ目は内在化された読者である。「藪の中」における内在化された読者は、検非違使・清水寺の僧侶・巫女に招霊を依頼した者の三人である。また、内在化された読者とはテクスト内の聞き手であるから、それぞれに語り手が存在している。アステリスクの入る前は、見出し語にあるように語り手は木樵りであり、旅法師であり、放免であり、嫗である。彼らは検非違使の事情聴取に応えて自らの知識を披露している。そこに直接、検非違使の発言は書かれていない。私たち「藪の中」の読み手が検非違使の存在を垣間見れるのは、それぞれの語り手が聞き手である検非違使の問いを反芻し確認していることによる。ただし例外が一か所ある。それは「検非違使に問はれたる嫗の物語」の末尾、「(跡《あと》は泣《な》き入《い》りて言葉《ことば》なし。)」という語り手の描写である。

ここは見出し語によって検非違使との関係が明示されている以上、検非違使による描写というほかないだろう。しかし、アステリスクの入った後、「多襄丸の白状」からは語り手と聞き手の関係が曖昧になってしまう。見出し語に語り手は登場するが、聞き手は明示されていない。ただ、「白状」「懺悔」「巫女の口を借りたる」という記述から聞き手を推測せざるをえないのだ。

それでは、アステリスクによって何が区切られているのか。語り手と聞き手の関係はどう変化しているのか。

もっとも端的にその関係がわかるのは、見出し語である。四人の語り手と各々の聞き手の状況は「検非違使に問はれたる……の物語」という記述で明らかにされている。しかし、後の三人の語り手と聞き手の状況は不確かだ。また、アステリスク前の四人の語りによって事件の場が再現されるが、「多襄丸の白状」以後の三人の語り手による語りは各々大きな食い違いをみせている。

ここから問題になるのは、内包された読者、つまり「藪の中」というテクストを読んでいる私たち読者自身である。内在化された読者と違い、内包された読者はアステリスク後の三人の語りを同時に聞くことが可能である。そこで、内包された読者は先に再現された事件の場の上に真実の再構成・再統合を試みる。芥川が裁判小説の形を用いているため、これは至極当然のことだ。読者は三人の語りが事実であり、パズルのように整合して真実が明らかになることを期待する。しかし、「巫女の口を借りたる死霊の物語」まで読みおわっても真実は何ひとつとして明らかにならない。三人の語りが大きく食い違いをみせているがために、読者の〈期待の地平〉は裏切られてしまう。芥川は、先行テクストである探偵小説へのアンチ・テーゼを読者に提示するため、それらのテクストによって常識化されたパターン＝〈期待の地平〉の破壊へと導いているのだ。〈期待の地平〉が裏切られることによりわれわれ内包された読者には、知覚の刷新・認識の刷新という異化作用が生じる。この異化作用により、芥川の意図が強烈に印象づけられる。

多襄丸・女・死霊は「藪の中」の構成要素でありながら、同時に「藪の中」を否定し覆す力を秘めた存在でもある。犯人や動機の追求に主眼をおき、読者の好奇心の充足に走る探偵小説という先行テクストと、芥川が新しく生み出そうとするテクストとの相互干渉の場に足を踏み入れることで、従来のテーマ的読み方とは違う新たな読み方が可能となる。

（1996.7.2）

マリー・ローランサン／オクタビオ・パス
——二〇世紀の詩と絵画

I　マリー・ローランサン

二〇世紀の文化・芸術を考える上で重要なキーワードは〝政治〟ではないだろうか。もし〝政治〟という語の語感がなじまないのなら、ずばり〝戦争〟といってもいい。前世紀からの、帝国主義がぶつかりあって二度の世界大戦をひきおこしたという事実。度重なる〝戦争〟によって祖国からたとえ一時的であったとしても引き離され、また留守にしている祖国の運命と自らの行く末を思って心に暗い影を落としていた画家は多数いたと思われる。

しかし、その影が必ずしも悪い方向に作用したとも限らない。幸か不幸か、精神が追いつめられることで、逆に別の新しい才能を開かせた例もある。マリー・ローランサンは、〝戦争〟の影響で内面を深化し、詩人としての才能を開かせた一例だと思う。

ギョーム・アポリネールの恋人だったマリー・ローランサンは、アポリネールと別れた後、ドイツ人貴族と結婚したが、第一次世界大戦の勃発でフランスにいられなくなりスペインに亡命してしまう。最愛の母や友人との別離、享楽的な夫とのすれ違いは、ローランサンの心に影をつくりだした。残念ながらスペイン時代の絵画作品を観る機会は無かったが、マドリッドからバルセロナへと転々としていた頃に書かれた彼女の詩がとても印象的だ。

「(前略)／捨てられた女より／もっと哀れなのは／よるべない女です。／よるべない女より／もっと哀れなのは／追われた女です。／追われた女より／もっと哀れなのは／死んだ女です。／死んだ女より／もっと哀れなのは／忘れられた女です。」

（『鎮静剤』、堀口大学訳）

この詩を目にしたとき、叙情的で物悲しい詩だと感じた。しかし、その後何度も読むにつけて疑問が生まれてきた。

まず、このタイトル。一体彼女は何を鎮静しようとしていたのか。手元にフランス語の原詩がないので原題が分からないのだが、この詩を翻訳した堀口大学は、マドリッドで会った彼女から鎮静を必要としている心の叫びを感じとったのだろう。スペイン亡命での孤独感が、パリの生活のようなものを「鎮静剤」として求めていたのではないだろうか。

次に、詩の内容。パリ時代にピカソらキュビズムの画家と交遊していたにもかかわらず、しっかりと自分の世界を追究していった彼女が、極めて受動的で恋にうちひしがれた女をうたっていることに、私は違和感を持った。彼女の油絵同様に明るく華やかで、そして少し同性愛の匂いがする他の詩とは明らかに違う。「女」とぼかしているけれど、自分自身を多少自嘲ぎみにうたっているのは察しがつく。「捨てられた」「忘れられた」という表現から否応なしにパリの元恋人・アポリネールを思い出してしまう。「よるべない」から夫とうまくいかない彼女を、また「追われた」から亡命せざるをえなかった彼女を。

自分の世界に固執するお嬢さんというイメージの彼女が、スペイン亡命によって精神的に追いつめられ、「鎮静剤」を求め詩作する。マリー・ローランサンにとってこの時代は暗い日々だっただろうが、この暗い日々を経験したからこそ、後の独特な女性像の画風を確立できたとも考えられる。彼女が美しいと信じるものだけで包まれた、独特の世界をつくりあげていったのだ。

〝戦争〟という物理的障壁の影響とともに重大なのが、科学の発達によって頂点を極めた戦争被害の凄惨さである。目をおおうような〝戦争〟という現実は、自分の感じている世界を自分の個性というフィルターを通して再現（再表現）しようと試みる詩人・画家達を、人間の存在理由についての考察へ否応無しにひきずりこんだだろう。結果的に〝戦争〟への自己のスタンスを表明するかしないかは別としても。

戦争の被害に触発されて描かれた作品の代表は、ピカソの「ゲルニカ」だ。この絵を観るたびに、人が人に虐殺されることの悲惨さと悲しみで心が重くなる。また、タイトルこそ「ゲルニカ」と特定の地名がはいっているが、反ファシズムという、この絵が描かれた時代背景を越えて、普遍的な命題を感じ取ることができる。

勿論、ここにあげた二人の他にも〝戦争〟の影響を受けた詩人・画家は多数いるだろうし、〝政治〟によって弾圧を受け、またそれに抵抗した者はもっと多くいるだろう。帝国主義の膨張と消滅、それに対抗するようにして成長してきた民主主義の両方が存在する以上、二〇世紀の芸術は〝政治〟と無関係ではありえないのだ。

Ⅱ　オクタビオ・パス

オクタビオ・パスの詩を初めて目にしたとき、まずわき起こってきたのは悔しさだった。私はまだ詩人ではないし、作家でもない。ただ将来何かを表現する予定を持つ者にすぎない。だからおそらく、その悔しさというのは彼の表現への嫉妬などではなく、今まで生きてきたにもかかわらず彼の詩を知らなかったということへの悔しさだ。それ程までに彼の詩は私に刺激をあたえたし、これからも彼の詩を知ることが私の中で全く新しい言葉の地平を開拓していくだろう。

いくつか読んだ詩のなかで、最も強烈な印象を残したのは『夜明けMadrugada』と『落書

Garabato』である。この二つの詩に共通するのは、倒置法の多用と体言止めだ。原詩もそうなのかどうか私には分からないが、倒置法が続くために詩のなかに先へ先へと引き込まれ、いつのまにか詩の世界をさまよいだしてしまう。

『落書』を読むと、彼の詩のもつ読み手を引きずり込む力を最もよく感じる。最初の二行で「炭」「白墨」「赤鉛筆」と日常的な物を提示し、落書きの準備が完了する。何かの始まりとしてはゆっくりしている。タイトルから落書きが始まるのはわかるが、何を落書きするのか？　思わせぶりな出だしかもしれない。しかし、次の三行目から「落書」きが始まり、この詩は結末に向かってスピードを上げてゆく。「描く　きみの名前を／きみのくちびるの名前／きみの脚の記号を」。読み手は〝描く〟という行為が示されたので「何を？」と無意識に問いかける。その問いをもった瞬間が、詩に引き込まれ『落書』という詩の流れに乗せられてしまった瞬間だ。〝描く〟対象が三つ並べられた後、いったんは問いが完結したかのようだが、読み手の疑問はまだ続く。本来、落書きは書くべきでない意味のないものを書くとき、また意味はあっても書いてはいけない所に書くときに使う言葉である。この詩の主人公である〝ぼく〟にとって〝きみ〟は大切な存在だろうから、一体どうして「落書」きなのか、どこに描いているのか気になってしまう。そのまま流れに乗っていると六、七行目で描かれている所が明らかにされる。「誰もいない壁に／禁じられている扉に」。〝ぼく〟は壁と扉に

〝きみ〟を描く。九行目で「きみの肉体の名前を描く」と、三〜五行目をまとめ「落書」きという行為は終了する。詩の流れもここに来てゆるやかになる。

しかし、止まったかに見える流れも、また再び動きだす。「やがて」と詩は流れだし、「ぼくのナイフの刃は」と性的な匂いを漂わせ、「落書」きを終えた詩の流れが新しい空間を生み出してゆく。

彼の詩は行間も読ませる。『落書』の一一行目は少しスペースを空けて書いている。そのスペースが、落書きを終えてからまた動きだした詩の流れをゆったりとしたものにしていると思う。

言葉にしても、「ナイフ」「血」「絶叫」と重く鋭いものばかり並んでいるが、最終行の「塀が胸のように息づく」で安息の世界に導かれるのだ。

もうひとつ『落書』について言えるのは、色彩にあふれているということだ。「炭」「白墨」「赤鉛筆」はもちろん、「くちびる」でも赤色を思い浮かべるし、「血」によっても赤のイメージが作られる。赤い落書きとは血塗られたイメージなのか？

一方、『夜明け』は、『落書』のようなスピード感と場面展開には乏しいけれども、冒頭の「冷たい」という言葉の透明感が終わりまで支配し、私はその透明感に惹かれる。そして、ここでもスペースが生きている。五、七行の「まだ」という言葉。原詩では一つずつ違う語になっているので微妙にニュアンスが異なるのだろう。それは別としても、この「まだ」は次の行の動詞だけに掛かるのだろうか？　私は、それだけではないと感じた。わざと空けられた何文字分もの空白。空白を読ませてから「まだ」と語りかけることで、彼は何か別の世界を生み出したかったのではあるまいか。

彼の発する「まだ」は、私のなかで単なる詩の表現ではなく生への呼びかけに変化さえしている。「まだ」終わりじゃない、「まだ」続くのだよ、と。

彼の詩は、私にとってたんなる詩ではなく、言葉への認識を改めさせ言葉の持つ力を実感させるものなのだ。

（1996.8.7/8.23）

寺山修司が破壊したもの
――演劇実験室『天井桟敷』（ビデオ・アンソロジー）

私たちは、日々生活を営んでいる。人によってそれぞれの生活内容は違うけれども、生きている限りその人の日常生活は秒刻み、時間の切れ目もなくだらだらと生産されてゆく。確かに「日常生活」という言葉が指すものは、毎日繰り返されるルーティン・ワークだけでは無いかもしれない。毎日通う学校で喧嘩に巻き込まれ、顔にあざをつくることや、授業中に先生が倒れること。飲み会の帰りに記憶を飛ばして、気がついたら顔がポリバケツのなかだった、ということもあるかもしれない。これらは決して毎日繰り返される種類の出来事・事件ではない（もちろん私が経験したわけでもない）。しかし、たった今、文学部一年二組・学生番号〇五九六〇〇六二笠井美希、つまり八月の深夜にワープロでこの文章を打っている私が想像するものは、結局「日常生活」において想像可能なものに過ぎず、「日常生活」の範疇から何の逸脱もしてはいないのだ。

「日常生活」から脱出しようとして夢想するものが「日常生活」の構成要素の一つに過ぎないと気づいたとき、よかれと思って他人にしたことが裏目に出るように、ますます「日常生活」に埋没している自分を直視させられる。なぜなら、実際に物体を製造し消費することが「日常生活」内のことであると同時に、想像力を働かせ頭のなかで虚像を結ぶことも、人間にとっては「日常生活」の一部なのだから。

怠惰な「日常生活生産者」である私たちは新しい刺激を求め続けているのだが、先に述べたように、自分の想像力の及ぶことには何の刺激も感じられない。私たちが求めているのは、本来は「日常生活」をまったく新しく転換させてしまう力をもつような刺激である。想像によって得た（と勘違いしている）刺激は一時的なもので、「日常生活」には無力な妄想に近いのかもしれない。が、製造者が変われば製品も変わることを知っている私たちは、自分の想像が絶対に及ばないものを求めて、自分の力の影響外にある他人の想像力を借りて、さまざまな芸術・表現に触れようと試みる。そのために本を読み、音楽を聴き、画集を開き、劇場へ通い続ける。

他人の想像力を借りるとはどういうことか。極めてストーリー性の高いもの、例えば、小説や映画、もちろん演劇をみるとき、私たちは目の前の「語り」から情報を断片的に得、自分たちの頭のなかでストーリーを再構成する。情報の発信者である作り手は、それぞれの表現媒体の特徴を最大限に生かして「語って」ゆく。観客は活字による記述やＢＧＭから「語られる」内容の状況を推測していかねばならない。そのときの情報の取捨選択や再構成の仕方は「日常生活」で培われた価値観をベースにしているため、頭のなかで完成されたストーリーは個人々々の「日常生活」を色濃く反映している。ところが、日常生活を転倒させるような刺激を求める観客は、自己の推測が大きくはずれ、再構成したストーリーが作り手によって裏切られ、最終的には日常生活から生まれた価値観が覆されることを望んでいる。他人の想像力の翼の上に乗っかって、最後に振り落とされることがゆいいつの刺激なのだ。その無意識的な願望をかなえるべく、作り手は「日常生活生産者」の想像が不可能な刺激を制作し続けねばならない。

演劇実験室「天井桟敷」ビデオ・アンソロジーを観て、寺山修司の生み出す演劇は二つの点で異色だと感じた。

一つ目は、前述したような、観客の推測を大きく裏切るという点である。旗揚げ第一作の『青森県のせむし男』に始まり『大山デブコの犯罪』、最近、美輪明宏によって再演された『毛皮のマリー』など、タイトルだけでも、見てはいけないものを見てしまった気さえしてドキリとさせられる。役者に本物のデブを起用する「天井桟敷」旗揚げポスターの通り、見せ物小屋の雰囲気だ。普通ならば差別につながるため直視することができないフリークスをおおっぴらに募集し観客に見せるところが、すでに観客の推測を越え、日常生活の価値観を破壊している。寺山修司はこのビデオの冒頭で「俳優に訓練は必要だが演劇が芸能になるのではだめだ。だから、台本・戯曲・俳優・劇場といった演劇の装備を疑ってみる。」と語っている。公演のもとになるそれらの「装備」が観客の日常生活から逸脱している時点で、彼の演劇はすでに観客の推測を裏切っているのである。

二つ目は、彼の狙いが「日常生活生産者」である観客の気晴らしの役割に留まらなかった点だ。彼は、劇中のストーリーで観客の予測を裏切ると同時に、「観客が気晴らしとして演劇を求める」という日常すらも破壊しようとした。昔から上演されてきたシェイクスピアの古典劇や歌舞伎よりも刺激的で感動するものを模索して演劇実験室をつくり、従来とは異質なストーリーで観客のみならずそれ以外の人々にまで影響をあたえた。観客に受け身であることを許さず、舞台と舞台以外の空間との境界を取り払うことで、「演劇＝ストーリーを見せるもの／気晴らし」という価値観を崩し、演劇そのものについての問いを発し続けた。

一九七一年にオランダで公演された『人力飛行機ソロモン』は、先に挙げた初期の作品とは内容・形式ともに全く異なっている。この作品では舞台というものが無い。一メートル四方の空間（一メートル四方一時間国家）が街中の広場に作られ、それが次第に広がってゆく。その空間が拡大されるにつれて一般の人や車がその中に入ってゆき、演劇と現実の境目が曖昧になる。そしてその曖昧さは「日常生活」への告発となりうる。「舞台の外の現実で人を殺せば犯罪だが、舞台の上ならば劇中のひとこまになってしまう」という寺山修司の言葉通り、「一メートル四方一時間国家」という、舞台なのか現実なのかが曖昧な空間に入ってしまった車は、火を放たれ、現実内の出来事としては暴力的だが、舞台のなかの事にもなりうるので文明批評的な意味を読み取れてしまう。

このほかにも同時多発的に、街のあらゆる場所で公演が行われた。これによって、街をまるごと演劇舞台にしてしまうことと、もうひとつ、観客は同じ『人力飛行機ソロモン』を見ているにもかかわらず、内容的にはそれぞれ別のものしか見ていないということがおこるのである。同様な試みは三〇時間市街劇『ノック』でも行われた。

寺山は、「演劇」以外の、人間にとってより根本的な事柄へも問いを投げかけた。一九七四年の『盲人書簡＝人形編』では、視覚の概念に揺さぶりをかけようとする。この公演では、観客が入場し終わった時点で入口をふさぎ、真っ暗闇にする。そして、「闇をつくるひと」が少し残っている明かりを消してゆく。観客は各自三本だけマッチを配られ、見たいときにマッチを擦って少しのあいだ公演を見ることができるが、ストーリーは「闇をつくるひと」の会話から聞き取っていくしかないのである。観客へ能動的な鑑賞（闇が短時間破られるので、「干渉」ともいえる）を求めるだけでなく、視覚に頼ることは逆に大きなことを妨げているというコンセプト通り、見ることの意味を検証しなおしている。

寺山修司が生きていた時代は、現実と舞台の境界がまだはっきりとしていた。だから彼は境界を崩そうとしたのだ。しかし、九〇年代の日本ではSFまがいのことが日常的に起こるようになってしまった。車に火をつけるどころか、地下鉄のなかで毒ガスがまかれるといったように。犯罪の質も変化し、劇場型犯罪という言葉がワイドショーの電波に乗って一般家庭に届く時代になってしまった（劇場型犯罪。例えばロス疑惑などが代表的）。

私のスクラップブックには、青空の下、防毒マスクをつけた捜査官が手にカナリアの籠を持っている写真が貼られている。別に私が兵器マニアなわけではなく、ただそのシュールさに感動したからだ。メディアの多様化が進み、誰でも表現者として情報を発信できるようにもなった。寺山修司が目指した、「人間はみな俳優で演劇的だ」という境地からは程遠いかもしれないが。

現代でも若者に支持されてはいるけれども、残念ながら彼の出る幕はもうないかもしれない。けれども私は、天井桟敷の向こうから、曖昧な日本の現状をじっと見下ろして、短歌にでも詠んでくれればと願わずにはいられない。

……さて、そろそろ夜が白んできました。たった今まで、文学部一年二組・学生番号〇五九六〇〇六二笠井美希、つまり八月の深夜にワープロでこの文章を打っていた私が、「天井桟敷」のビデオに触発されて寺山修司という人物についてあれこれ書き連ねてまいりましたが、結局のところ私の想像範囲内のことですから日常生活を抜け出ることはできなかったのです。寺山修司の想像力に乗っかってふりおとされた感動を書き連ねても、所詮は日常生活の泥の中でのたうちまわっているだけだったのです。さっきから両足が重い気がしてなりません。……今見てみると、私の両足はなにか暗い色をした液体の中につかっていました。こうして、あと何分かすれば私の全身はこの液体の中に沈んでしまうでしょう。そして、ワープロの電源を切り、日常生活という名のこの液体の中に埋没するのです。……もう胸まで浸かってしまいました。日常生活がいままで書いたこの文章を台無しにしてしまうまえに、電源を切ってしまいましょう。また再び寺山修司に会えることを楽しみにして。

（1996.8.30）

クァジーモドとタブッキ

I　詩人は自身の詩に内包される

詩は、告白なのだろうか。表面上は理論的でないけれど、詩を生み出そうとしている者の内面を確実に表現し、暴露する。内面の感情、言葉による一定の形式をとらずに沈殿する〝何か〟を外へ引きずり出そうと、格闘する。そこには生み出す者対〝何か〟だけでなく、生み出す者対言葉という対立関係も存在している。生み出す者は一度に二つの怪物を相手にしなければならない。

そして〝何か〟が誕生した後。生んだだけで生み出す者の仕事が終わったわけではない。血なまぐさい格闘の末、言葉によって外界に引きずり出された〝何か〟が、生み出した者とそれ以外の人々との間に新しい関係を築こうとする。〈生む者〉と〈生み出された物〉という支配・服従の関係が変化する。それぞれが支配や服従といったある一つの役割に限定されるのではなく、ときには支配し支配され、また厳しい対立だけではなく、互いが対等な立場に立って影響しあう。生み出された詩が、つねに詩人の支配下にあるとは限らない。子供がいつまでも親の支配下にはいない（いられない）ように。

サルヴァトーレ・クァジーモド詩集『そしてすぐに日が暮れる』（河島英昭訳）を最後まで読み通して、これは彼の神への信仰告白ではないかと感じた。

私は、詩集といえばもっぱら日本のものしか手に取らないため、西洋、特にキリスト教の影響を多大に受けている詩にはなじみがない。なじみがない上に、そもそも宗教と作者の関係を上手く理解できない。これといった宗教の信者でもない私には、神を信じるということの重大さや信仰者の悩ましさを自分の経験に引きつけて感じ取ることができないのだ。クリスマス・大晦日・正月を宗教色抜きで、家族・血縁が憩うイベントへと改造してしまう日本（しかも、古いしきたりが皆無の札幌）に住んでいれば当然のことかもしれないが。

『そしてすぐに日が暮れる』のはじめの何篇かに目を通して、まず「あなた」への呼びかけが多いことに気がついた。なんて風変わりな詩なのだろう、と。詩のなかで「あなた」といえば実在する人物であるものしか読んでいない私は、恋愛をうたった詩であることへ期待を持ちつつも（なぜなら神よりも切実に実感できるのだから！）、一方で生じてくる疑問をだまらせるのに必死だった。けれども　クァジーモドの詩にあふれている神への告白を、陳腐（?）な叙情詩にすりかえることなどはなから無理だったのだ。

クァジーモドは決して手放しで神を讃えているのではない。また、厳格で貞淑な信者が読めば卒倒してしまう表現も無くはない。

例えば、詩集『水と土』に収められている「そしてあなたの衣装は白い」の第一連、「項《うな》垂《だ》れてぼくを覗きこむ、／そしてあなたの衣装は白い、／そして左の肩に解けたレースからは／乳房が花と開いている。」に、私は牧歌的だけれどもそこはかとなく性的な感触を受けた。また、「春三月の夜のこと、／そして目覚めればまたもや／ぼくらは見知らぬ者同士だった。」から、（言葉の意味そのままではあるが）〝娼婦とその客〟のような仮初めの恋愛関係を想像してしまった。そして、次の詩集『沈んだ木笛』の「恢復期」には、全体を通して観念的ではなく現実に蠢いているものとしての生命力を感じた。特に、第四連「もつれあう手と手、／指と指とを絡みあわせて、／広がってゆくあきらめ。」は、なんて官能的な描写なのだろう。この一節だけで、けだるい空気に包まれた恋人たちの情景を描くことができる。

もしこれらの詩だけを目にしたならば「あなた」が神だとはわからない。「あなた」は神なのだろうが、彼にとっての神は必ずしもキリストに限らない。他の詩に度々ギリシアに関する言葉が使われていることからも、クァジーモドにとっての「あなた」とは彼が賛美し畏怖している宇宙的なもの全てを指しているのではないだろうか。

彼が賛美し、畏怖するもの。それは神・キリストであり、ギリシア神話の神々（女神）であり、はたまた現実の女であったかもしれない。先にあげた「そしてあなたの衣装は白い」

「恢復期」から「あなた」＝「女」と早合点してしまうが、「あなた」はもっと多くのものを包み込んだ、言葉を媒体にして詩のなかに「あなた」を生み出したクァジーモド自身さえも飲み込んだひとつの世界を構成しているのだ。

Ⅱ　終りを越えて――ねじれた時空に終りはない

「思想」というほど大げさなものかどうかはわからないが、西洋と東洋では時間に対する感じ方やとらえ方が全く正反対だ。よく知られているところでは、インドの輪廻の思想があるし、中国人の、あまりにも大きな流れで物事をとらえる時間の観念には、同じ東洋人である日本人もついていけないほどだ。一説には、香港をイギリスに割譲した際、市場拡大という目先の利潤しか追究していなかったイギリス人は、九十九年後の返還を永遠の遙か先のことだと思い、何千年単位で物をみる中国人はちょっとのことだと考えていたらしい。返還の年を迎えて、中国人の見方が正しかったことが証明された。資本主義という家に出した里子が、肥え太って実の親のもとへ帰ってくるのだ。東洋思想の勝利である。

音楽でもその違いは歴然としている。規則正しくリズムを刻み、曲の中にいくつもの強弱を持ち、終末に向かってあらゆるものが一直線に突き進む西洋のクラシックに対し、東洋の（特に日本の雅楽などの）〝くらしっく〟は、西洋のようにはリズムが感じられないし、そもそもどこが始まりと終りだか分からない。どこで始まってもその曲の始まりのようだし、どこで終わっても終りのように思ってしまう。曲の始めと終りがくっついていて、それがぐるぐると回りつづけているようだ。そして、その曲調から読み取れる永遠性は、そのまま東洋の時間の観念をトレースしている。西洋の人が一度雅楽を耳にすると、永久に奏でられるかのような錯覚に襲われ、我慢がならないこともあるという。

アントニオ・タブッキの『ベアト・アンジェリコの翼あるもの』（古賀弘人訳）に収められている短編は、作者がイタリア人にも関わらず、東洋的な時間の観念に満ちている。

例えば、「合成された過去　三通の手紙　Ⅱ　カード占い師マドモアゼル・ルノルマンの手紙」の中の時間の流れは決して一方向ではない。時間と空間がねじれている。手紙の主、マドモアゼル・ルノルマンはナポレオン時代の人で、一方、手紙の受取人はスペイン内戦に生きていた女性である。二人の間には一三〇年ほどの時間の隔たりがある、はずだ。しかし、ルノルマンはまだ見ぬ（もとい、決して見ることのでき

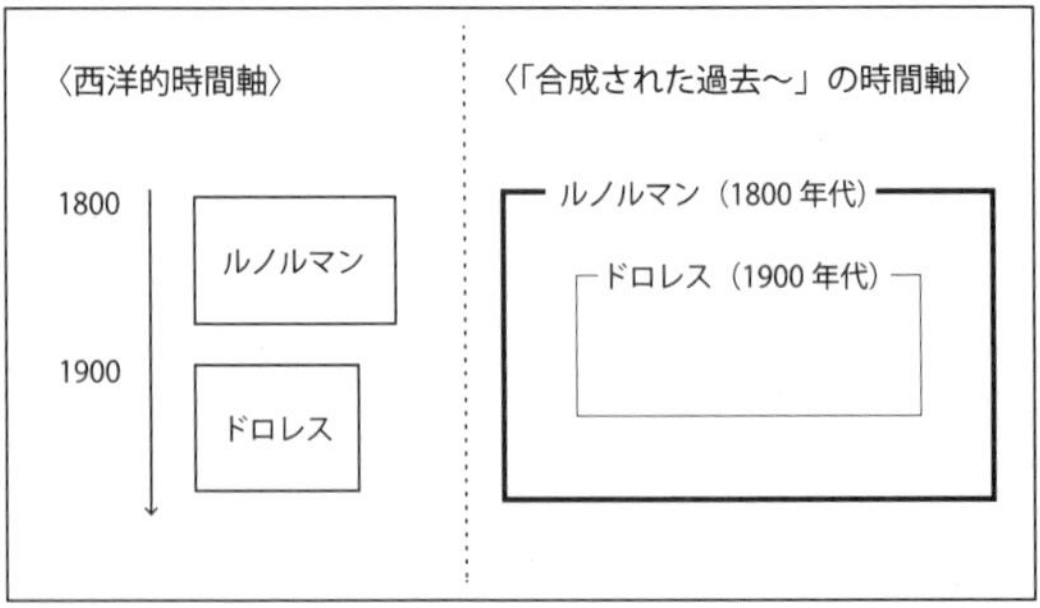

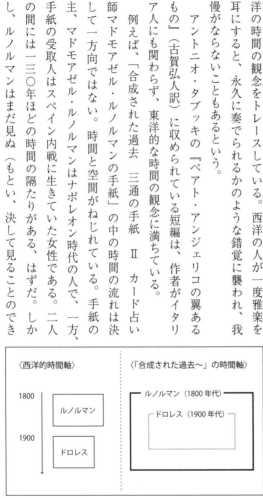

ない！）ドロレス・イバルリの生涯を〝見て〟、ドロレス本人へ物語っているのだ。〔前頁図参照〕

そして、この手紙をみつけたあなたは、もう年老いていて、原因と結果からなる人生を無に返すことが不条理だから、なにもできないと、永遠に同じようなことが彼女の人生におこるようなことを言う。しかも、最後の行では「わたしのカードは」「すでになったこと、変えることはできないのです。」と、まるで八百比丘尼のように、永遠に回る運命の輪は誰にも止められないのだと主張しているのである。

また、「今はない或る物語の物語」は「私」が不在の小説について語っているが、この短編も考えれば考えるほど複雑な構造をしている。まず、時代があやふやだ。不在の小説が書かれた正確な年も、それを発見した年も曖昧だし、とどめに「私」が物語っている時点がそれから何年たっているかさえぼやけている。次に、冒頭の一節「私はひとつの不在の小説をもっている。」は、「無という状態がある」と述べているため仏教的な匂いを漂わせている。「私」はタブッキなのか？　そうでないなら、不在の小説を物語る「私」の物語を物語っていることになる。マトリョーシカのように、三つの物語が、ややこしい入れ子になっていて、しかも核になっているはずの『終りを越えて』という作品が、そのタイトルで「この作品で入れ子が最後じゃないんです。だって『終りを越えて』いるんですから」と読者を笑っているような気さえする。だいいち、物語られた物語は元の物語と等しいだろうか？　またまた、ややこしい。

つまり、（a）という物語は何者かによって語られた時点で既に（a）ではなく、（á）という別の物語に変化している。実際、「私」は現実と空想の入り乱れたところで物語っている。「私」がタブッキでないなら、「いまはない或る物語についての物語」もタブッキが書いた時点で「いまはない或る物語についての物語」についての物語になってしまうのではないか？　…そしてこの妄想は、タマネギの皮むきのように、永遠に続くのである。

表題作の他、「合成された過去　三通の手紙　I　ポルトガル国王～」「サン・ロマーノの合戦」「翻訳」などは、訳者あとがきに書かれているように絵画的といえるだろう。「合成された過去　三通の手紙　I」は、そのものずばり、画家ゴヤへの依頼状であるし（ちなみに私は美術サークルに所属しており、日々、美しくかつ衝撃的な作品の鑑賞と自分の中に溜まって、溜まって煮詰まりだした感情の表現に努めている次第でありますが、作品の依頼主というものはかように口うるさく注文をつけるものなのでしょうか?）、「翻訳」は、黄色・橋・印象派・プロヴァンスという語からゴッホの「アルルの跳ね橋」を想像できる。

ただ、「ベアト・アンジェリコ～」のように同じく絵画的だとはいっても、「翻訳」は少し性質が異なっているように思う。前者は、一枚の絵の中の登場人物が実際に動いている様を見るようであるが、後者は、それに加えて目の前にある一枚の絵画＝画家が見ている三次元の世界を、油絵具とキャンバスを用いて、平面に二次元で表現しているものを、言葉によってまた読者の心の中で三次元に〝翻訳〟しなおしているのである。〔下図参照〕

タブッキは、この一連の短編によって何をめざしたのか。彼は従来の時空観念を崩そうとしたのだ。また、絵画と小説という違うジャンルのものを、それぞれの表現手段である「映像」と「言葉」をミックスして、同時に表現しようとした。映像表現と言語表現のボーダーラインに、彼は立っている。

（1997.2.7/2.14）

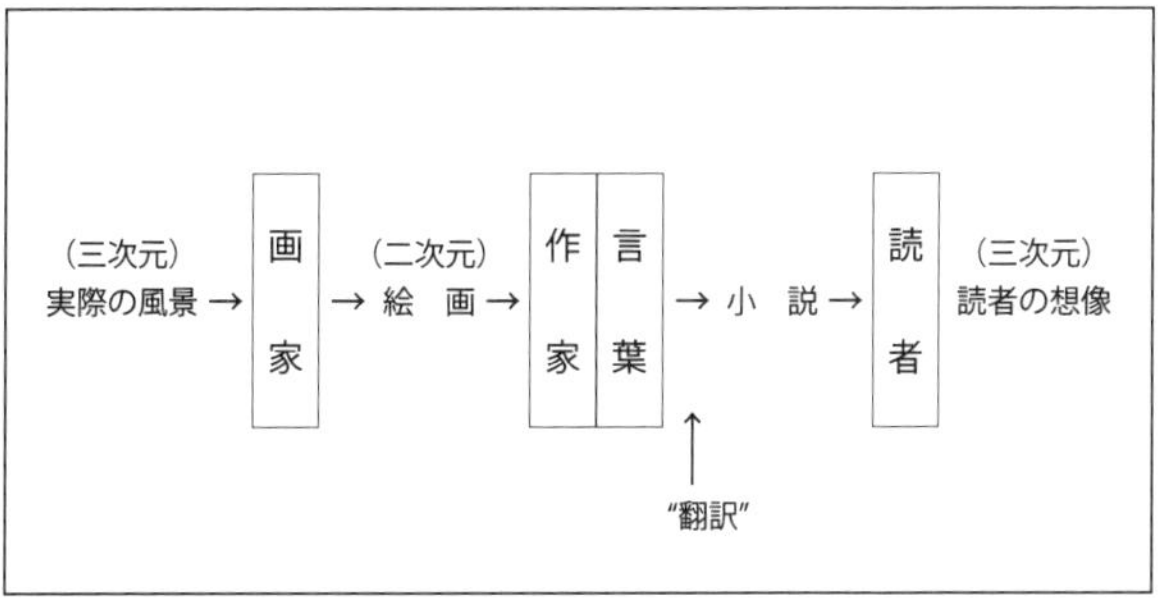

二十歳で死ぬのには、勇気がいる――エヴァリスト・ガロアの生涯

◇取り上げる伝記◇

P・デュピュイ／辻雄一訳『ガロア―その真実の生涯』一九七二、東京図書（一八九六年にエコール・ノルマル科学年報第三シリーズ・第一三巻に発表された『エヴァリスト・ガロアの生涯』の全訳）

L・インフェルト／市井三郎訳『ガロアの生涯―神々の愛でし人』一九五〇、日本評論社

A・ダルマス／辻雄一訳『青春のガロア―数学・革命・決闘』一九七三、東京図書（一九五六年、André Dalmas 著 *Evariste Galois, Révolutionnaire et géomètre* の全訳）

E・T・ベル／田中勇・銀林浩訳『数学をつくった人びと（下）天才と狂気　ガロア』一九七六年、東京図書（一九六二年刊の新装版）

寺山修司『さかさま世界史　英雄伝』一九七四、角川文庫

Ⅰ　各伝記の特徴

①デュピュイ

ガロアの生涯を追う上で避けて通れないのは、デュピュイの伝記だろう。これはガロアの

伝記のなかで最も古くに書かれ、どこででも引用されている。ガロアの死からたった六四年後に発表されているため、その当時の時代背景や空気を強く残しているように思われ、信憑性を感じてしまう。ダルマスは、「著者であるデュピュイ氏は非常に完璧な歴史研究の限界にまで導いた。」と評価しながらも、氏はガロアの同時代人たちや家族の証言を付け加えてはいるが「残念なことに、この私的な部分は熱が入らず、しかも非常に寛大に書かれていて、この本の弱点となっている。」と指摘している。結果的に、デュピュイの伝記はガロアを狂気に追いやった愚鈍な人々の名誉回復の書となってしまったのである。これには、ガロアが学長と対立し、とうとうエコール・ノルマルを放校処分になってしまったことと、デュピュイ自身エコール・ノルマルの歴史学教授であり、伝記の発表先がそのエコール・ノルマルの科学年報だったことが大いに関係しているだろう。ガロアの偉大さを讃えつつも、その死の責任の原因の一つの流れに自分が与していることに精神的呵責を感じ、私的な部分に関しては当たり障りのないものにしかならなかった。また、後に詳しく述べるが、ガロアの死には直後から何者かによる暗殺の匂いが漂っていた。彼が革命運動にのめり込んでいたことと二度の投獄という事実から、ガロアの決闘事件については筆を差し控えるか、逆にその件に関して政治的謀略が無かったと書くしかなく、従ってそれより逆上った生涯についてもソフトなものになってしまったのではないだろうか。

デュピュイが伝記を発表した一八九六年当時、フランスは第三共和制の下、軍部・カトリック・王党派などの保守派と共和派との対立が激しく、国内政治は極めて不安定であった。一八八九年には対独強硬派のブーランジェ将軍によるクーデタ計画が発覚、また、一八九四年にはドレフュス事件が起こった。そのようなナショナリズムの嵐が吹き荒れる状況下にあって、権力暗躍の影が見え隠れするガロアの生涯を正確に記そうという意図があったとは思えない。

②ダルマス

ダルマスが著作の「はじめに」において、デュピュイ氏の伝記について言及していることはすでに述べた。ダルマスの伝記『青春のガロア』は、第一部がガロアの伝記、第二部が科学の視点からガロアの業績をたどったもの、第三部が証拠文書という三部からなっていて、第二部の科学史の観点から生涯を眺めるという試みは、大変興味深い。ガロアに関する本は伝記か専門的な数学の本かに大別されていたが、著者が詩人のためか、科学の新しい秩序と科学者の関係が哲学的に解説されている。

しかし、「はじめに」でデュピュイの伝記よりも「新しい文献を得、一八三二年五月三〇日の決闘についてより詳しく知ることができた」と自信満々に書いているわりには、実際のところ大したことは書かれていない。デュピュイが、アレクサンドル・デュマの回想録の記述から決闘の相手はペシューだとしているのに対して、ダルマスは、ガロアが手紙のなかで「相手は愛国者だ」と書いていることを根拠に、決闘相手はペシューではなくガロアの同志デュシャトレであるとしている。この決闘相手については、回想録を唯一の手掛かりとするデュピュイよりは信用できるものの、ガロアの死直後の状況についてはほとんど書かれておらず、物足りない。

また、ダルマス自身が「第三部の証拠文書は大変重要だ」と述べているにもかかわらず、「大変重要」と思われる警視総監ジスケによるガロアの死についての見解を、原書には載せていなかった。訳者によってジスケの回想録の抜粋が付けられたのである。ダルマスはデュピュイの伝記を読んでいる。しかし、それでもジスケについて言及することを避け、証拠文書にも載せなかったのは片手落ちとしか思えない。

③L・インフェルト

『ガロアの生涯―神々の愛でし人』*"WHOM THE GODS LOVE"* というタイトルが示すように、この伝記はたんなる伝記というより小説的性質が強い。本文で、登場人物はいきいきと動いているかのごとく会話を楽しみ、人生を謳歌している。他の伝記には見られないほど会話文（「」を使用したもの）が用いられ、ガロアの人生を追体験できるようになっている。もし、この本が小説的伝記だけで成り立っているとすれば、それは大変史実性を欠いたものになっただろう。しかし、この本で最も評価できるのは、序文と追記において創作部分と史実に基づく部分の区別を明らかにしているところである。また、先にあげた二冊と異なり、証拠文書は独立した章として付されておらず、本文中に、しかもかなりの創作的脚色をほどこされて登場するだけであるが、追記におけるガロアの死の直前からその死の謎にせまる部分の分析はかなり綿密で事実に基づいている。訳者あとがきに書かれているように、L・インフェルトはポーランド生まれのユダヤ人理論物理学者で、創作と史実を明確に分け、なおかつ偏見や冒涜と闘おうという意志が感じられる。第二次大戦直後にこの本が書かれたことを考えると（原著は一九四八年に出版されている）、ナチスによるユダヤ人狩りや強制収容所などの生々しい体験が、彼をガロアの生涯の新しい記述へと向かわせたのだろう。

④E・T・ベル

彼の文体はすごい。この伝記がもっとも短いにもかかわらず、周囲の無能な人間、ガロアを愚行に追いやった「ばかものども」を罵倒するのに力を注いでいる。訳者の判断にもよるだろうが、ここまで原著の主観的表現が読み取れる伝記も珍しい。特に冒頭はあまりにも筆がすべっているようでもあり、読んでいて痛快である。

アーベルが死に追いやられたのは貧乏のためであったが、ガロアが死に追いやられたのは愚行のためである。学術史上、奔放な天才がむこうみずの愚行に身を任せた例としては、エヴァリスト・ガロアのつかの間の生涯に匹敵するものはないだろう。その不運の連続の生涯は、自己満足した教育者、図々しい政治家、うぬぼれた学者たちに対する警鐘たりうるだろう。ガロアは、《失意の天使》ではなかった。ばかげたことの連続に圧倒されて、すばらしい能力も十分に発揮できず、つぎつぎとばかものどもと闘ううち弓折れ矢つきたのであった。(P.61)

しかし、冒頭でガロアの生涯を綴る気力を使い果たしたのか、後半、特に最も人々の関心をあつめるはずの決闘事件に関しては、なんら新しい考察を寄せていない。それどころか、大まかに言ってデュピュイよりも事実を明らかにしていない。決闘相手についての名も載せず、ジスケの回想録やガロアの死に関する疑惑にすらも言及していない。これが伝記と言えるかどうかわからないが、これは数学者たちの短い伝記をあつめた本のなかの一章にすぎないため仕方がないことかもしれない。たかだか三〇〇ページで一三人の数学者の人生を辿ろうという試み自体、物理的にも、一人の人間の生涯を語るには無謀といえるだろう。

⑤寺山修司

正確に言うと伝記ではない。寺山のユーモアで偉人・聖人と讃えられている歴史上の人物を滑稽なピエロに仕立て上げようとした、どちらかといえばエッセイに近いものである。

しかし、ガロアの生涯を追体験できるような創作などせず、あくまで事実に基づいて考えを巡らせている点に好感がもてる。

寺山の抱くガロアの生涯への好奇心は、ガロアの死という一点に向かっている。「ガロアは殺されたのだ。ガロアは殺されたのだ。ガロアは、一九七〇年代とよく似た状況の下でルイ・フィリップの政治権力に葬られたのだ。」と熱をこめて書いている。寺山のこの本は一九七四年に刊行された。六〇年代から七〇年代にかけて、日本では学生運動が各地で沸き上がり、その当時を生きた人々に多大な影響をあたえた。その傾向は今も続いていて、日本の文学や思想を語る上で避けて通れない。寺山はガロアの、学問に対すると同じくらい熱く政治活動に身を投じ、弾圧された経歴に、学生運動に燃える若者たちの姿を重ねていたのだろう。

ぼくは、信念としては、暴力を否定するが、心の中では肯定している。そして、ぼくは苦しみを受けたら、しかえしをせずにはいられないのだ。ぼくが研究にたちもどることはなかろうと、むごい予言をしているが、ぼくはそれに疑問をさしはさみたい。しかし、ぼく自身も、もう研究にはもどれないのではないかと思うこともある。それはつらいことだ。科学者になるためには、科学以外のことをやってはならないのだが、今のぼくにはそれができないのだ。

と、一八三一年に逮捕されたガロアの、獄中から友人にあてた手紙を引用したあとで、

この手紙は、東大闘争で逮捕された山本義隆の獄中手記にあまりにもよく似ていることに驚かされる。歴史上の権力は変わらない。変わるのは年号だけだ、と言ってしまえば事は簡単だが、闘いだけは日々、新たになっていると運動家のKは言っている。むろん、それは短剣が火炎瓶に、ピストルが角材に、というだけの変わり方ではないだろう。

と、学問と政治の相剋という点からコメントしている。

Ⅱ　各伝記の記述の比較（寺山修司を除く）

【次ページ図】

1831 年の投獄と裁判(国民軍砲兵たちが裁判で無罪になったことを祝う宴会で、ガロアがルイ・フィリップの命を狙うような発言をしため、翌日逮捕された。)	・国民軍の砲兵隊解散と再組織に抗議して、もはや着用する権利のない砲兵隊の征服を着用。 ・1739 年革命・モンタニュアール派・ロベスピエールのための乾杯が行われた。 ・ガロアは自分が逮捕されたことに対し、驚いた。が、保身のために周囲のものがうそをつくことを薦めると、彼は苦しんだ ⇨この「うそ」はほかの伝記では事実になっている。 ・法廷での態度は挑戦的で皮肉たっぷり。 ・「若さ故」の情状酌量判決。	・「そこ(祝宴)に集まった人々は、パリにあって誰よりもあの男(王のこと)を憎悪していた。」 ・自由主義を讃える演説がなされる(他の人々によって)。 ・警察は細大もらさず全てつかんでいた。 ⇨スパイ? ・法廷では、保身のためうその証言をせねばならなかったが、ガロアは冷静だった。 ・冷静ではあったが政治的には危険な発言をする。 ・裁判官の「反逆精神は処罰によらずして」→陪審員説得。	・警察の挑発を避けるため、あらかじめ乾杯の言葉が用意されていた。 ・ガロアの突然の発言に宴会の主催者たちは仰天した。 ・法廷でのガロアは生き生きとし、高潔でさえある。燃えるような口調のなかに、ときおり皮肉が混じっていた。 ・政治の場では政治上の議論しかせず、数学者としての才能を隠した。 ⇨才気にあふれ、高潔な魂の持ち主として書かれている。	・宴会の雰囲気は最初から最後まで革命的で挑戦的だった。 ・ガロアの発言を王の生命への脅しと気づいた仲間たちは歓声を上げた。 ・法廷でのガロアの態度は法廷と告発者に対する軽蔑に満ちていた。彼はあらゆる政治的不正勢力に激しい攻撃を加えた。 ・裁判官はガロアに沈黙を命じた。 ・無罪判決後、証拠品のナイフを受け取り、無言で出ていった ⇨後先を考えない、小賢しい若者。
1832年サント・ペラジー刑務所から療養所に移送される	・コレラが猛威をふるい、ガロアは健康不良を理由に好意的処置をとられた。療養所では逃亡しないことを宣誓させられる。	・ガロアの健康状態から、刑期の残りを療養所ですごすよう命令される。	・病気のため。が、この療養所は警察に監視されており、患者を見張ることが目的。	・当時コレラが蔓延しており、王の生命を脅かす程の《重大政治犯》を疫病にさらすわけにはいかなかった。
決闘事件とガロアの死後	・決闘相手はペシュー。 ・「警察の干渉、不正な決闘、暗殺という考えはしりぞけなければならない。」 ・ジスケによる回想録の引用はないが、彼が騒乱を恐れ、多数を逮捕した。	・決闘相手はペシュー。[追記のなかで]警視総監ジスケが最も早く、ガロアの決闘死についてのコメントを出したが、スパイでも潜ませずに、どうして「決闘」による死とわかるのか?	・決闘相手は同志デュシャトレ ・「ガロアの最後の態度ほど高貴なものはない。」 ・二つの論文を決闘前夜に訂正 ・警視総監ジスケは彼の死が騒乱の原因となることを恐れた。	・決闘相手はわかっていない。 ・友人への手紙をかく前に二つの論文を書きとばす。「おそろしくぞんざいな筆跡で」。 ・死後発表されたいろいろな人々のコメントには言及せず。

(1997.2.14)

伝記名 / 事柄	P・デュピュイ『ガロア—その真実の生涯』	L・インフェルト『ガロアの生涯 神々の愛でし人』	A・ダルマス『青春のガロア— 数学・革命・決闘』	E・T・ベル『天才と狂気ガロア』
ルイ・グラン高等中学校入学と学校生活	・彼の性格に決定的影響を与える。生涯における最初の危機。 ・『ガロアの魂は十分に準備されていたので、（中略）ただちにすぐれたものを捉えることができた。』 ・牢獄のような外観に自由主義や革命・帝政への思いがうずまいていた。(P.15) ⇨学校について厳しい表現をしつつも、当たり障りのない程度 。ガロアが純真無垢な生徒として書かれている。	・「彼は窓の方を眺めた。にくにくしい窓だった。非常に高いところにあるので誰もそこまで手が届かないのだ。光が射し込んできても煙突の先端や冬空のどんよりとした色彩しかみえないのが普通だった。」 ・「彼はこの壁を眺めては監獄を思いやった。監獄はこの寄宿舎のような所だろうか？ここよりはひどいにちがいないと。」 ・「ルイ・ルグランが気に入らないと両親に話した。」	・ルイ・ルグランの生徒たちはブルジョワ出身が多く、彼らは貴族階級と同様に民衆をも憎んでいた。だから、ガロアが孤立していたと考えるのは間違いである。 ・ガロアは良い生徒であったが、教師の意に反して修辞学級に入った。校長は彼の判断力が成熟するのを待つ必要があると考えた。 ⇨ガロアが数学にめざめるまでのごたごたを省略している。	・学校には陰気くさい恐怖の空気がたちこめていた。まるで監獄のようだった。実際監獄だった。 ・放校されていた方が彼のためだった。 ・生涯の危機。 ⇨ガロアの学校生活から受けた衝撃が憤怒に変わった。
エコール・ポリティック再受験と失敗	・いらだって試験官に黒板消しを投げつける。いらだちと絶望から。 ⇨少し幼児性が見られる描写。	[この伝記だけは再受験と失敗の件が父の死の後に書かれている]・無能な試験官に対する怒り。「この僕を試験する者がいる！」 ⇨耐えられない思い。	・この失敗以降彼の真剣な態度は誰の目からも明らかに。 ・一番妥当な解釈はこの失敗を彼の気質のせいにすること。 ⇨プライドの高さを示す。	・試験官に侮辱されたのに我慢できず、また、正式に落とされていることを悟り、怒りと絶望にとらわれ、黒板消しを投げつける。 ⇨ガロアの誇り高さ。
父の死	・葬式に起きた騒ぎと父を自殺に追いやった経緯から、不正義を憎むようになった。	・葬儀で気が高ぶり、倒れる。 ・その後、論文が紛失されていること、数学者アーベルの死などを社会のせいにする。	・受験失敗・父の死と苦痛が続いても真剣で忍耐強く、エコール・ノルマルに入学する決心をした。 ⇨真面目で純真な若者像	・葬式に起きた騒ぎと父を自殺に追いやった経緯から、何にでも不正を疑い何でも悪いほうにとるようになった。

読むこと――アンヌ・ガレタ『スフィンクス』

「Anne Garréta『*Sphinx*』を読んで」と銘打つと、かなり強い違和感がつきまとう。「読んで」。他の小説、例えばスタンダールやラクロの作品を読んだときと同じやり方で、この作品についても考えをめぐらせてよいのだろうか。そもそも、私はこれを「読んだ」のだろうか。一体いつ、どこで。

いちばん最初の出会いは、二年前まで遡る。当時、通っていた予備校と地下鉄駅の間にあった古本屋で、その装丁の美しさから手に取った。見る側が窮屈になるほど整然とした活字体が多い中で、一見素朴な、しかし、「いかにもつくりました」というわざとらしさを感じさせないセンスのよい字体。しかも、白地に黒色の素朴なアルファベットでタイトルと著者名を記した下に、白と黒という組み合わせの潔さを壊さぬよう、少しメタリックがかった薄紫色で日本語での著者・訳者名が付け加えられている。書体辞典を片手に毎日を過ごしていた時期があったためか、今でも私は字体にうるさいし、装丁にもこだわる。その上、表紙を外してみても、表紙と同じ字体・レイアウトで型押しが施されているのだから溜め息がもれてしまう。

そのときは受験勉強への熱意（？）から購入せず、大学に入学して、自宅の書棚で再会した。今回やっと読みおえたわけだが、これを手に取ったとき、私は、実はもうすでにこの作品を「読んで」しまっていたようだ。

物語を読むとき、読者は無意識のうちに登場人物の背景を設定していく。作者が何も意図せずに（意図しないことなどあり得ないことかもしれないが）書いた、たった一つの言葉からでも、独断と偏見によって性別・性格・容姿・財力・過去まで推測し、選択してしまう。作品がある程度長ければ、読み進めるにしたがって強制的に何度も軌道修正が図られ、読者の中で統一されていき、逆に作者による意図的な軌道修正が上手く機能しないときは、同じ作品を読んでいても読者たちの思い描く世界がそれぞれ全く異なるものになりうる。

また、登場人物について推測・選択する規準は、社会的常識や慣習が全てではない。特に小説のような架空の物語の場合は、読者自身のそれまでの経験・過去から得た価値観が極めて大きく関係する。

それでは、作者が初めから意図を捨て、強制的軌道修正を放棄するとどうなるのか。『*Sphinx*』（吉田晩子訳）には主人公「私」と「A」の悲劇的な恋愛が描かれているが、この主人公はつねに「私」という一人称でしか登場せず、最後まで名前も明かされない。それどころか、性別すら特定されていない。その恋人である「A」も同様だ。小説から評論、私信、果ては落書きにいたるまで、読む側にとって性別やセクシュアリティは重要な鍵を握っているのだから、この作者の試みは非常に実験的だ。まして、これは恋愛小説なのだから。

　この作品が発表された当時も今も、カップルの組み合わせは数限りなく存在している。たとえ「私」＝男としたところで、必ずしも「A」＝女とはならないだろう。ヘテロ、ホモ、トランス……。セクシュアリティの数だけ可能性がある。読者は、この作品を通読する便宜上、自らの手で、自らの物語に照らして、「私」と「A」の性別とセクシュアリティを選択しなければならないのである。

　もちろん、とくにその選択を首尾一貫させず、そのときどきのシーンごとに転換させ、主人公の「私」を、様々な性別やセクシュアリティをもつ人々の集合体ととらえることもできるだろう。恋に破れた人々のモザイクとして。

　この作品には不確定要素が多いため、もし読後に「主人公の性別はXで『A』はZ」などと言おうものなら、自分の内部を暴露することになってしまうかもしれない。

　同じ人物でも、時が過ぎれば経験が積み重なるし、思考も変わる。精神状態などは、分刻みで上下するだろう。変わらないのは名前だけで、中身もおなじままということは絶対にありえない。そのときどきで、その人の物語は更新を繰り返しているし、昔「読んだ」作品が今も同じ作品かというと、疑問がある。

これらのことから、作品を「読む」ということは、読者自身の中に存在している様々な物語を、作品の中の文章・言葉に触発されて繰り返し読みといていくことだということができるだろう。『*Sphinx*』を手にしてページをめくるとき、その始めの活字を目で追うときまでに私のなかで蓄積された数々の物語が、私にとっての『*Sphinx*』なのだ。

（1997.6.4）

ロラン・バルトの『明るい部屋』
——写真＝過去と未来をつらぬくもの

視覚、視覚、視覚…。現代社会においては視覚だけが肥大化し重要視される傾向にある。「メディア」という語を一般的な意味で用いるとき、そこでわれわれがばくぜんと思い浮かべる対象は、新聞・雑誌といった活字媒体だけでなく、広告など活字以外の表現手段を使用するものにまで及んでいる。そしてまた、活字以外の表現は写真・イラストレーション・コラージュなどの芸術分野への広がりを持っている。このような〝視覚肥大化社会〟において、「視覚＝見る（＝視線の存在）」ことの最も象徴的な表現手段（媒体）である「写真」について思考することは、社会の発達過程を見る上で重要ではないだろうか。

ロラン・バルトの『明るい部屋——写真についての覚書』は、近代に発明された機械（カメラ）の産物である「写真」を、鑑賞の域から救い出そうとけんめいに試み、ある種の文学作品的な写真論を展開している。『明るい部屋』は、執筆の二年ほど前に亡くなった母アンリエットへの強烈な〈愛〉を下敷きとし、さらにたまたま「カイユ・デュ・シネマ」誌からの依頼内容が、写真についてのエッセイをということであったためか、非常に断片的だ。

二部構成のうちの第一部は、「写真」を論じることの困難さを暴くことから始めている。バルト以前に存在していた写真論が、なぜ印画紙の上に浮かびあがる像そのものにしか焦点を合わせられなかったのか。それは「撮影者（オペラトール）」がとらえたい対象をカメラによって切り取った瞬間から、撮ること・撮られること・眺めることという三つの実践で成り立つはずの「写真」が、印画紙に写っているもの（指向対象）に覆い隠されてしまうからなのだ。バルトはこのことを「指向対象が密着している」と述べている。そしてまた彼自身もこの特異な密着から逃れられず、写真論を展開する上で個人的体験と普遍性の板挟みにあっている。

彼は、苦悩の末に個人的反応から始めて、「写真」の基本的特徴や普遍性を定式化することを決意したわけだが、第二部においてはこの決意が重要になる。第一部が有名写真家の作品を扱うのに対し、後述する「前言取り消し」後の第二部では、亡母という極めてプライベートな人物の写真を用いるからである。

自身の個人的反応から論じることを決意したバルトは、つぎつぎと有名写真家の作品を用いて〈芸術的写真〉論を展開する。そこから引き出されたものでもっとも「写真」の本質をえぐっているのは、ストゥディウムとプンクトゥムの登場だろう。

この聞き慣れない言葉は、写真が「観客（スペクタトール）」の注意を引くときに持つ二重性を、ラテン語でバルトなりに命名したものである。この二つの要素がただ共存することにより、観客の関心をそそると。

第一の要素・「ストゥディウム（studium）」は、一般的関心とも言い換えがなされているが、道徳的・政治的な教養文化が仲立ちとなって感動を喚起するものである。文化的であるがゆえに一種の教育であり、しつけの範疇にまで入るものだ。そのため、その写真をみるものは友好的に対処しなければならず、〔愛する〕というレベルまで感動を高めることができない。〔好き／嫌い〕のレベルにとどまることしか許されないのだ。このことは結局中途半端な欲望しか呼び起こさない。〔愛する〕という強烈な対象への志向の存在を許すなら、逆に〔憎む〕という教養文化にはあてはまらない志向の存在をも認めることになるからだ。

第二の要素・「プンクトゥム（punctum）」は先にのべた第一の要素を破壊するものである。これは、たまたまその写真を見た者を強烈にひきつける〈細部〉のことである。バルト自身、彼がひきつけられる〈細部〉について実際の作品を用いて例を挙げているが、このプンクトゥムは規則性に従うものではない。突然あらわれて見るものを（そのラテン語の原義通り）〈突き刺し〉、その存在を危うくさせるもの、〈補完物〉である。彼が断言できるのは、プンクトゥムは写真家によって意図的に写し出された（もしくは構図のなかに配置された）ものではないということだけだ。

プンクトゥムは写真家が撮影しようとした対象があった場に同時的・不可避的に存在するものであり、写真家の本質とは、彼によれば、「その場にいること」なのだ。

プンクトゥムによって突き刺されることで、その写真を見ている者はさまざまなことを推測し想像する。実際の写真に写し出されている指向対象を越える推測の余地が与えられる。この余地をバルトは「見えない場」と呼ぶ。ここでは、プンクトゥムに関する身近な例が示されている。ポルノ写真は一般的にセックスを写し、印画紙に焼き付け、写真の中に閉じ込めてしまう。鑑賞者はその写された指向対象＝セックスを見つめ、楽しみ、崇拝するだけである。一方、エロティックな写真は、セックスを指向対象の中心に持ってこないばかりか、最初からセックスを対象としていないこともある。プンクトゥムによって鑑賞者を写真の外へ、見えない場に連れ出すものがエロティックな写真なのだ。このように単なるポルノ写真とエロティックな写真では、鑑賞者の向かう場が正反対になっている。この例がストゥディウムとプンクトゥムの特徴を端的に示しているだろう。

以上が第一部の主な内容であるが、バルトは、第一部の最後で劇的な告白をしている。第一部では著名な写真家とその作品を用いて個人的反応から普遍的な写真論を展開させようとしていたのだが、あっさりと第一部の内容を取り消すのだ。何が彼をそうさせたのか。以後、第二部では著名な写真家の作品以上に彼を突き刺し、狂気にまで追いやる写真から「写真」

が語られる。

第二部はバルトが亡母を偲んで写真を眺めているという挿話で始められる。第一部の末尾で「前言取り消し」をした彼の写真論は、ここで母親への愛情を高らかにうたいあげ、自伝的・日記的性格を帯びるのである。

「前言取り消し」と言いつつも、自分で引きずり出したストゥディウムとプンクトゥムまでも否定しているわけではない。第一部で述べたプンクトゥムとはさらに違う種類のプンクトゥムを、亡母の写真から導き出す。その写真とは、母アンリエットが五歳のときに街の写真屋が撮った「温室の写真」である。バルトが実際に見ることは絶対になかった母親の表情である。しかし、彼はそこに亡母の実体の全ての要素を見いだし、また彼の悲しみともその写真が一致していることを発見する。この「温室の写真」に「写真」の本質の影を嗅ぎ出したため、バルトは第一部のような作品への快楽に根ざした個人的反応から論じることを止め、愛する母の死への個人的反応から再出発することを決めたのだ。

それでは彼を「温室の写真」に引きつけた、新たなプンクトゥムとは一体何か。

彼は「写真」についての考察を、愛する者の死から始めることにした。「温室の写真」には、老いて死を間近にしている女が写っているのではなく、まだ人生を始めてもいないような無垢な少女が微笑んでいるだけである。もう失われてしまった者の、まだ失われていないころを写したもの。ここで「過去」が「写真」の本質だと簡単に言い切ってはいけない。「写真」が過去を思い出してメランコリックになるための道具だというのでは、第一部で述べられているように、写真の志向対象にのみ注目していることになる。それは避けなければならない。

バルトを〈突き刺した〉プンクトゥムとは、母アリエットが〈そこにいた〉ということである。絵画や言説によって表現されるものは、実際に存在したものだけでなく空想されたものをも含む。しかし、「写真」の場合には志向対象が確実にカメラの前に存在しなければならない（そして写真家もその場に居合わせなければならない）。「写真」には、現実のものであり、かつそれが既に過去のものだという二重性を持った制約がつきまとっているのである。従って「写真」の本質／ノエマは、〈それは＝かつて＝あった〉ということになるのだ。

第一部のごくはじめの断章でバルトは、「写真」の本質は（もし存在するならば）「写真」によってもたらされた「新しさ」以外のなにものでもないと断言している。だが、「前言取り消し」後の「温室の写真」を経て、「写真」が対象そのものではなく時間に関連した事実確認性を持っていることを証明するに至ったのである。

バルトによる母への愛があまり実感出来ないものにとって、新しく付け加えられた「時間」のプンクトゥムを理解するのに十分な例は、死刑囚の写真（A・ガードナー撮影：ルイス・ペインの肖像）だろう。そこには、写っている青年が死ぬという未来とその青年が確かに存在していたという過去が等しく示されているからである。

バルトは「写真」がもつ狂気についても語っている。「写真」は観るものへ対象を一気にあたえる。そのため解釈の曖昧さなど存在しえず、ただ解釈自体の停止があるのみだ。他の表現・表象手段が何かを媒介としなければ事物の過去を再現できないのに対し、「写真」は直接的かつ絶対的に観るものを確信させる。このとき、「写真」は稀にみる奇妙な媒体となり、狂気を映像化したものになる。

社会は、「写真」に理性をあたえ、文化的コードに従わせることによってこの狂気を飼い馴らそうとする。新たなプンクトゥムを正視し、狂気におちいるかどうか。バルトは「温室の写真」によって狂気と深い感情の世界に到達した。バルトの時代よりさらに進んだ視覚肥大社会に生きるものは、どちらを選択するだろうか。

（1997.9.3）

ふたりの「『女の子』写真家」を解体する

I

「女の子」の写真好きが叫ばれるようになって久しい。特別なにかのイベントがあるわけでもなく、使い捨てカメラや高性能コンパクトカメラを持ち歩き、パシャパシャとシャッターを切る。学校帰りにゲームセンターへ行き、プリント倶楽部のレンズの前で精一杯の笑顔を作る。友達同志で手持ちのプリクラを交換しあう。たとえそこに自分の知り合いが一人も写っていなくても。彼女たちは嬉々として他人のそれを欲しがり、自分のものが貰われることを望む。「女の子」たちの手帳には、つれづれに生活を切り取った写真と何百人もの顔が印刷されたプリクラがひしめき合いつつ仲良く共存している。

ただ、私も「若い」女性の一人だが、このプリクラがびっしりと張られた手帳を見たときはなぜか恐怖感を覚えた。何百人もの視線と動きのない顔に、死を感じたほどだった。

彼女たちが写真に関心を持ちはじめたのとほぼ同時期に、女性の写真家が多くデビューするという現象が出てきた。もちろん、今まで日本に女性写真家がいなかったというわけではない。戦前から抽象的な作風で活動していた山沢栄子や、ドキュメンタリー写真を撮っていた常磐とよ子らがいたし、最近でも今道子や石内都などが精力的に作品を発表してきていた。だが最大の特徴は、ここ二、三年に登場してきた女性写真家たちが七〇年代生まれの若い世代だということだ。「女子高生」好きなマスコミがこぞって「『女の子』写真家の時代！」と括りたがってしまうほどに、若い写真家が現れてきたのである。

「九一年から始まった『写真新世紀』展では確かに女性の応募者が最初から多かったけれど、比率でいうと男性が三分の二で女性が三分の一ぐらいって感じだった。ただその頃から女性の写真家の入賞率が高くて、賞を決めるレヴェルで二対一という割合がひっくり返っちゃう。女性が三分の二の割合で入賞してて。しかも、大抵女性がグランプリを取ったりして、はじめから女の子の写真の力は凄かった。」（"STUDIO VOICE" 一九九七年五月号、vol.257、P.52、飯沢耕太郎〈ビッグミニと写真史〉）

その写真家たちの作品を鑑賞者側の若い世代は熱烈な共感をもって歓迎した。彼女たちの発表する作品に触発されて、表現手段としてカメラを手にする者が後を絶たないし、写真集に挟まれている読者カードはびっしりとメッセージで埋められ、かなりの率で出版社宛に返送されてくるそうである。

なぜ、ここまで「女の子」の世界に「写真」が侵入したのだろうか。また、次々と誕生する若い女性写真家たちを、「女の子」という記号でまとめ、メディアによって消費されるにまかせてよいのだろうか。

大勢いる若い女性写真家のなかから、その代表格に入っている二人の写真家（HIROMIXと蜷川実花）を取り上げ、さらに「女の子」と「写真」を取り巻く状況について考えてみたい。

Ⅱ　ふたりの「『女の子』写真家」

1　HIROMIX

HIROMIX（本名、利川裕美）は、一九七六年生まれの（今のところ）最も若い女性写真家だ。彼女は一九九五年三月の「第一一回写真新世紀」で荒木経惟によって優秀賞に選ばれ、また同年一二月に、その年の優秀賞受賞者全員のなかから選出されるグランプリも受賞し、一気にマスコミの注目を浴びた。その注目のされ方も、ただ単に彼女の年齢の低さにだけ向けられてはいない。確かに「普通の高校生が日常生活の記録でグランプリをとった」というシンデレラ・ストーリーだけを取り出して、彼女を「若者の教祖」に祭り上げようとしたマスコミも存在した。が、最も注目されたのは彼女の手法である。

彼女がはじめに優秀賞を受賞したときの作品は、一眼レフではなくコンパクトカメラを使用し、街の写真屋で現像した写真をカラーコピーしたものであった。もちろん日常生活を撮影対象にする写真家は彼女以前にもたくさん存在するし、また現在の写真家たちが彼らの影響を強烈に受けていることは明白である。飯沢耕太郎は、若い写真家たちの源流には荒木経惟とナン・ゴールディンがいる、と指摘する（「シャッター&ラブ」〔一九九六年・インファンス〕解説「声とカメラ」）。しかし、HIROMIXの画期的な点はそれにとどまらない。それは、現像作業にタッチせず、コンパクトカメラそのままの写真でいいということをはっきりと打ち出したことである。

一九九六年九月に発表した処女写真集『*girls blue*』（ロッキング・オン）は、そんな彼女の「写真」であふれかえっている。

この写真集で撮影されているのは、彼女の友人たちや彼女自身であったり、ふと目にとまったビル街や花壇の花、空や食事の光景などである。特別にどこかのスタジオで架空の世界を作り上げたというものではなく、ほとんど全てが彼女の日常のなかに納まっているものだ。煙草の灰をジュースの缶に落とすため横を向いた若い男〔1〕。喉の奥まで見せて笑う女の子〔2〕。これから遊びにいく夕方なのか夜遊び後の朝方なのかわからないが、薄闇（明かり）の空と画面の端に斜めに写った6：01を示す時計〔3〕。

おそらくＨＩＲＯＭＩＸが結成しているバンドのメンバーなのだろう、何度も同じ女の子たちが登場している。そこにはＨＩＲＯＭＩＸ以外の誰も撮ることができないノン・フィクションの空間が再現され、出来上がった写真には濃密な空気が流れている。

彼女の作品は、撮影者である自分が〈その場に存在していた〉という事実を確認するために生み出されている。セルフ・ポートレイトも何枚か載せているが〔4〕、どのような場にいるか分かるほど周囲がバックに写しこまれ、自分のイメージを表現しようというよりは、自分がそこにいたことを記録しているに過ぎない。

ロラン・バルトが「明るい部屋」で述べたような「写真」の本質（ノエマ）、《それは＝かつて＝あった》が彼女の「写真」にもあてはまるだろう。そしてまた、事実確認性を追求するには、重くてレンズを向けられた人が戸惑ってしまうような一眼レフも現像による画面調整も必要がなかった。彼女が〈その場に存在していた〉ことを表現するのに、どこに行っても邪魔にならないコンパクトカメラと写真屋による現像という手法を選んだことは必然だったのである。

2　蜷川美花

蜷川美花は、一眼レフを使用したセルフ・ポートレイトで、一九九六年五月に四度の入選を経ての「第七回写真一坪展」グランプリを受賞、また同年七月に「写真新世紀」優秀賞と飯沢耕太郎賞をダブル受賞したことで注目を集めた。一九七二年生まれと、ＨＩＲＯＭＩＸよりは年上である。

彼女の作品の特徴は、毒々しいまでの原色の色調と、作品の中心となるのが同一の室内で撮影されたセルフ・ポートレイトという点にある〔5、6〕。ＨＩＲＯＭＩＸが「若さ」ゆえのシンデレラ・ストーリーで取り上げられがちだったのと同様、マスコミの注目を集めたときは「セルフヌード」の方にばかり焦点が向けられた。しかし彼女にとってヌードとはたんに「服を着ていない」ことに過ぎない。一連のセルフ・ポートレイト群には着衣のものも含まれており、そのことから自写像を撮るための表現手段の一つということがわかる。

蜷川美花については、その作品のほとんどがセルフ・ポートレイトであるため、次章、ＨＩＲＯＭＩＸとの具体的な比較において詳しく分析したい。

Ⅲ　セルフ・ポートレイトと視線に関する考察

1　事実確認性と演劇性・遊戯性

若い女性写真家たちの多くが、それぞれ意匠を凝らしたセルフ・ポートレイトを発表している。露出過剰と思えるほどに、彼女たちは自分を作品のなかに登場させる。他の男性写真家ならばその顔はわからないのに、彼女たちの名前を聞けばすぐに顔が浮かぶ程だ。名前と肖像が完璧に一致してしまっている。

一九九三年に「パルコ・アーバナート展」でパルコ賞を受賞しデビューした長島有里枝が、若い女性のセルフ・ポートレイト熱の火付け役と言われている。確かに彼女の作品には異様なまでの迫力がある。が、たんに長島がいちばん始めにセルフ・ポートレイトで注目を浴びただけであって、他にも「火付け役」と呼ばれうる者は大勢いた。何かを祭り上げずにはいられないマスコミが（ＨＩＲＯＭＩＸと蜷川美花への反応同様）実際の作品についての論評を置き去りにして、長島を「セルフ・ポートレイトの教祖」にしただけではないだろうか。

なぜ彼女たちはセルフ・ポートレイトにこうもこだわるのか。彼女たちのセルフ・ポートレイトを一つにまとめてしまってよいのか。

セルフ・ポートレイト（Self-portrait）という語は通常「自画像」と訳される。画家が画材を使い手で描くのも、写真家がカメラのシャッターを切って撮るものも同じ「セルフ・ポートレイト＝自画像」とされている。しかし、絵画のセルフ・ポートレイトと写真のそれを等しく考えてはならない。絵画における「自画像」は、一瞬で完成するものではなく、じっとキャンバスや紙に向き合い、時間をかけて丹念に描写していくものだ。自分が思い描く「自己」を表出すべく、画家は「自画像」を描いている。画家は流動的な自己のイメージを突き詰め、求め、発見したそのイメージを画材によって現実の形にとどめようとする。

一方、写真による「自画像」はどうだろうか。写真の場合は二種類に分けることができるだろう。一つ目の「自画像」は、自分がその場にいたことやどんな状態でいたかを記録する、いわゆる日記や記念写真に近いものである。写真家は撮りたい場所で好きなときにシャッターを押す。このタイプの写真家には、「・・・日記」という写真集を多数発表している荒木経惟があてはまる。

もう一つの「自画像」は、前者に比べて絵画と多少似通ってはいるが、あくまで写される自分を演出するものである。写真作品の制作は（現像作業を除けば）一瞬の出来事であるし、印画紙には目で見るそのままの姿が再現される。撮る側でもあり、撮られる側でもある写真家は、その一瞬を楽しむために様々な小道具や衣装を用いて、まるで舞台に出演する役者のように望みのイメージを装うのである。ただし、自己イメージの表現といっても、ここには絵画における「自画像」のような、自己の内面を激しく追求する強迫的雰囲気はない。「仮装」と言っても良いようなフットワークの軽さ、軽やかさが漂っているのである。このように、写真を舞台空間にみたてたセルフ・ポートレイトの代表例として、シンディ・シャーマンのシリーズが挙げられるだろう。彼女は制作を開始したころから一貫してセルフ・ポートレイトにこだわっている。「どれそれの映画（ドラマ）のパロディだ」という断りが必要ないぐらい皆が知っている女優のイメージを借り、ある場面の登場人物に扮したり、近年では死体を演じたりしている。彼女に関して言えば、軽やかさという言葉はあてはまらないかもしれない。自己イメージとはそもそも何か、という問題にまでテーマが広がっているからである。

前章で取り上げた二人の写真家についてはどうだろう。ＨＩＲＯＭＩＸの写真が事実確認性を強く意識させることはすでに述べた。〔４〕に挙げた彼女のセルフ・ポートレイトを見ても、このことがよくわかる。〔４―１〕は背景に写っているのは普通のどこにでもある住宅街だ。撮影者でもある彼女は、自転車に乗りつつハンドルを握っていない左手でカメラを自分に向けている。一瞬振り返った自分を記録しようという意図が見える。〔資料４―２〕は、砂浜で水着を着た彼女が写っている。左手でお菓子をかじり、おそらく右手で写したのだろう（この資料だけは写真集の見開きそのままを載せた。このセルフ・ポートレイトは、彼女の恰好通り友人との海水浴という文脈のなかにあり、演出するというよりも自分の過去を確認しているということがよく表れていると思われるからだ）。同様に、〔４―３〕もどこかのパーティの一場面であるし（皿に料理が盛られている）、〔４―４〕も、着替えの途中といった具合だ。彼女にとってのセルフ・ポートレイトは、〈自分がかつてそこにいた〉ことを確信する手段なのである。

一方、蜷川美花は徹底して自己を演出している。〔5、6〕に見られるように、彼女の形式は、セルフ・ポートレイトと花や小物など何らかのイメージを呼び起こす物を見開きで組み合わせるというものだ。セルフ・ポートレイトにはヌードが多いのだが、組まれる静物写真も、口紅のついたスリムの煙草やカップ、手紙、枯れかけた花などイメージに広がりがある。彼女は自己を演出するとともに、周りにも小道具を配して「蜷川美花」という戯曲を上演している。

「まず、特に自分の写真の時は撮る前に『ここで撮ろう』とか思ったら『じゃあ、何色の布を置いて、何色の服を着て、何色の髪留めをして、何色の口紅にしたらきれいかなあ』って合わせるんですね、全部。」（GIRL'S CAMERA STYLE BOOK〔一九九七年・ネオファクトリー〕P.25）

「自分」という舞台を上演する。そこには彼女の発言に見られるような、無邪気とも言える遊び心が隠れているのである。

2　プリクラ　事実と虚構の中間物

1では二人の写真家に絞って「女の子」とセルフ・ポートレイトの関係を明らかにしてみたが、ここでは写真家とは呼ばれない一般の「女の子」について述べてみたい。

今では老若男女が列に並ぶプリクラであるが、世間に登場した頃は完璧に「女の子」のアイテムだった。彼女たちは少ない（？）おこずかいで夢中になっていた。

プリクラの画面の前で、季節ごとに新バージョンが登場する多種類のフレーム（飾り枠のような物）からお気に入りのものを一つ選び、余計なものが写らないように布が下げられた画面の前で好きな表情をつくる。大抵は日付も入らないし背景がないため写っている者の服装や髪形などでしか、それがいつ撮られたものか判別できない。したがって、出来上がったプリクラに見いだす過去は、極めて不確かで、現実から浮遊している。彼女たちはその「フレーム」というステージの上で、消えゆく〈今〉という芝居を上演し続けているのだ。プリクラは、ＨＩＲＯＭＩＸの事実確認性と蜷川美花の演劇性・遊戯性との中間の性質を持っている。

フレームに入るのは首から上だけで、動きはなく、出来上がり交換されたプリクラを見る者をじっと見つめている。このような過度の視線は、狂気を感じさせる。蜷川美花の作品も視線の強さが気になるが、プリクラを撮る側は自分を過度に演出しようとは考えていない。せいぜいアイドル気取りの表情をとってみるか、逆に変な顔をしてみる程度である。だからこそ、そこにあるのは無心かつ執拗にカメラをみつめる目だけなのである。

プリクラに並ぶ女の子たちは、それぞれの〈今〉を、不確かだとわかっていてもプリクラに焼き付けようとする。その真摯さには、自己の少女性を保存しようとする幾分かの狂気が含まれている。

Ⅳ 〈girly〉と〈mortality〉の交差点

以上、第Ⅱ章において二人の「女の子」写真家を比較し、その相違を引き出した。確かに、日常をつれづれに撮ればカッコイイ、とＨＩＲＯＭＩＸをそっくり真似ている者もいる。しかし、全ての若い女性写真家たちを「女の子」や「日常」というキーワードだけで一括し、作品そのものに向き合わないという姿勢は適切ではない。使用しているカメラに視点をとっても、コンパクト派と一眼レフ派とに二分できるし、現像を自分の手によらず街のＤ・Ｐ・Ｅで済ませる者と、カメラマンのアシスタントなどを経て本格的な技術を身につけようとする者に分けられる。彼女たちの作品の制作様式をつぶさに観察するだけでも、各々の違いが露になり、現在を生きる「女の子」たちの思考をとらえる手掛かりになるだろう。

また、「女の子」たちがなぜ写真にこだわるのかということも、事実確認と演劇・遊戯の観点から明らかになった。消えゆく、そして失われていく〈今〉。彼女たちは、いつの日か自分の〈今〉＝〈少女性〉が消失してしまうことを本能的に感じている。が、それがいつ来るのかはわからない。今日は守れても、明日になれば消えてしまうかもしれない。必然的に消失するが、それがいつか知るのは不可能なもの＝〈少女性（girly）〉を「写真」のなかへ必死に託そうとしているのである。それは失われるものへの、狂気のような愛しさの表現である。その姿には痛々しさや切なさのような深い感情まで感じられる。

彼女たち「女の子」の「写真」には、過去には確かに存在したが、未来において消失してしまうものが写っている。あらかじめ用意された破局が、見るものの心をうつ。

写真とは、私が日常感じていることや思ったりしたことすべてを表現する場所。子供にも大人にもわからない、私たちだけにわかる写真（もの）。だから、全ての人に理解を求めたりしない。わかってくれる人が少しでもいてくれれば、とてもうれしい。GIRLのBLUEな気持ちをいつまでも、忘れたくない。（「girls blue」）

〈死にゆくもの（mortality）〉と〈少女性（girly）〉の交差した地点から、今この瞬間も、彼女たちの「写真」とそれを体現する写真家たちが誕生しているのである。

〔1～4〕HIROMIX『girls blue』（一九九六年、ロッキング・オン）
〔5～6〕『GIRL'S CAMERA STYLE BOOK』（一九九七年、ネオファクトリー）
飯沢耕太郎『写真の力』（一九八九年、白水社）『シャッター&ラブ』（一九九六年、インファンス）
飯沢耕太郎・高橋周平・金子隆一他『わかりたいあなたのための現代写真入門』（一九八九年、JICC）
伊藤俊治『〈写真と絵画〉のアルケオロジー』（一九八七年、白水社）
伊藤俊治『東京身体映像』（一九九〇、平凡社）
ロラン・バルト『明るい部屋――写真についての覚書』（一九八五年、みすず書房）

（1997.9.7）

小説はなぜ過去形で語られるのか

〈物語られるもの〉の一形式である小説は、過去時制で書かれるのが一般的となっている。ただし例外的に時制を自在に用いるメタ小説が存在している。従来の形式を超える（疑う）小説＝メタ小説は〈小説〉そのものを問題視しているのであって、一人または複数の登場人物の生涯を追ったり、それに付随する感情の動きをつづることを主な目的にしていないことが多い。そのため、小説といえども時制は過去には限らず、現在形や未来形で書かれたりする。

メタ小説の例として、しばしば筒井康隆の『虚人たち』が取り上げられるが、この作品は登場人物が、自分の出ている小説の仕組みについて考え、疑っている。当然、時制も過去だけではない。

ミッシェル・ビュトール『心変わり』の影響を受けていると指摘される、倉橋由美子の『暗い旅』では、回想シーンが過去で語られるが、話の大筋は現在形と未来形で進められている。

このようなメタ小説は例外として、一般的な小説では、なぜ過去時制なのか。

始めの方でも述べたが、小説はある一定の期間内における登場人物の行動や感情の動きを語るものだ。何かしらの事件が起こり、そのことに関する人々の情動が述べられる。原因と結果の関係は逆転するときもあるが（ある感情が事件の発端となる場合）、大小に関わらずイベントと感情はセットになっている。この感情は各事件のクライマックスで突然わき起こり、その事件の結果となる。この感情は事件のクライマックスで瞬間的に誕生し、すぐに過去のものになってしまう。しかし、同時にその感情が次の事件の原因になり、話の筋を動かす原動力ともなりうる。つまりある事件を一本の線で表すなら、生み出された感情はその線の最後の点にすぎないが、同時にその点の下から新たな線が伸びていくのである。感情という終点は、前後の事件をつなぐと同時に分ける役割をもっている。小説は、登場人物の継起的な情動によって先へ進む。

詩はどうか。詩は小説と違い、たいていは現在形で書かれるし、時間の流れを感じさせないことが多い。詩もある情動を表現しているが、詩はそのクライマックスの瞬間から生み出され、かつその瞬間を語るものであって、事件が続くことはない。小説のように感情という終点が始点にもなりうるということがないのだ。

小説は次々と継起する感情と事件の連鎖によって成立している。小説のなかに始点・終点という時間の一定な流れが存在すれば、その流れがどれぐらいの流れで断ち切られるかどうかは別にして、おのずと時制の別が出てくる。小説で書かれている事件の時間的順序とは関係なく、相対的に時制が決定されるのである。

前で述べたように、感情は何かの事件から発生し、小説のなかに書かれて〈誕生〉する。誕生して（語られた）瞬間、その感情は過去のものとなる。もし、その感情の誕生を予期して未来形を使ったとしても、その結末は読者の想像に委ねられ、不確かである。未来形を用いるのは、部分的であるならば効果的だが、すべてに用いると、読者によって〈読まれる〉内容がまったく違うテクストということになってしまう。小説は過去時制で語られざるをえない。

（1997.9.23）

螺旋的構成——『天使の恥部』

現代における宇宙論、または科学と芸術の関連性を考える上で重要なのが非対称性と非平衡性であり、これの具体化した例として挙げられるのが螺旋形である。螺旋形には対称性が必ずしも備わっているわけではないが、無対称というわけでもなく、その無限に増殖・延長されてゆく様と生命科学におけるＤＮＡの二重螺旋モデルのイメージとが相まって、現代人の思考に意識的であれ無意識的であれ影響を及ぼしていると思われる。

村上春樹は『世界の終りとハードボイルド・ワンダーランド』、これに続く『ノルウェイの森』で螺旋状の物語構成を用いた。形式のみならず描かれる内容も現代の状況を反映している。前者では「無意識／意識の喪失」をめぐる近未来風冒険小説（「ハードボイルド・ワンダーランド」の章）であると同時に「影／僕（主人公）／街の人々」という三項を対照させせて、閉じた世界とどう対峙するかという問題に答えを出そうとしている（「世界の終り」の章）。また後者の作品では、内閉された世界というテーマを引き継いで、そこからどう回復するかということを、恋愛小説をベースにして問いかけている。

このような螺旋的構成と、それに見合う内容を持つ文学作品は、本当に同時代の科学概念や宇宙論と関連性を持って生み出されているのだろうか。これは特殊な例ではないのだろうか。具体的に言い換えるなら、村上春樹の作品以外にも作例はあるのだろうか。

アルゼンチンの作家で、現在はブラジルに亡命しているマヌエル・プイグは、ストーリーの錯綜した作品を多く書いている。彼の代表作に『蜘蛛女のキス』などがあるが、ここでは村上の作品と比較を試みるために、『天使の恥部』（安藤哲行訳）という小説を取り上げたい。この作品は明らかに螺旋形の構成がなされている。以下において、この作品の分析と村上の作品、主に『世界の終りとハードボイルド・ワンダーランド』（『世界の終り』と略す）、との比較検討を行い、両者の共通点と相違点を探してみたい。

この作品『天使の恥部』は、Ⅰ・Ⅱの二部構成だが、村上の二作品のような初めから終りまでいっかんして流れている大きなストーリーが無い。『世界の終り』と同じく断章形式を取りながら、作品の終末でそれらが明瞭には結合されない。一見すると各々のストーリーに連関は無いのだが、しかし注意深く読むと共通するモチーフが何回も繰り返されており、対応を発見できる。

軸をなすストーリーは三つあり、各パートに一人ずつ女性の主人公が与えられている。第一の軸は、ヘディ・ラマーという実在した女優と同じ半生を送る「世界一の美人」女優。ヘディ・ラマーは一九一四年にウィーンに生まれ、グスタフ・マハティ監督『春の調べ』（三二年）で全裸を見せて世界に登場したが、三三年にドイツの軍需産業王と結婚した。だが、夫は彼女を大邸宅に幽閉する。彼女は召使に変装して脱出、ハリウッドに渡り成功をおさめ、また華々しい男性遍歴を展開する。

プイグ自身この女優がお気に入りだったらしく、他の作品にも彼女らしき人物を何度も登場させている。この作品の主人公の一人である美人女優もこれと同じ道を辿っているのだが、ただひとつプイグによって添加されたのが、女優の出生の秘密によってスパイの謀略に巻き込まれるという設定である。その出生の秘密とは、女優が、人の思考を読む研究をしていた教授と彼に恋していた女中（乳母）とのたった一度の過ちによって生まれた子で、その子を愛せなかった女中に殺されかけたことがあるというものだ。しかも、三〇歳になると人の思考を読む能力が発現すると言われ、ナチや英国から追われてしまうのである。結局彼女はスパイと恋に落ち、ラマーの史実同様、夫から脱出、ハリウッドに渡り成功する。身籠もっていたスパイの子は産んだ後に手放してしまったため行方不明になる。

第二の軸は、一九七五年のメキシコシティで病気療養中の女性、アナである。アナは娘までもうけた夫フィトとの仲が冷え、娘を棄て離婚後交際しだしたポッシにも不満を抱き、仕事を通して知り合ったが最初から嫌悪感を持っていたアレハンドロに求婚をせまられてアルゼンチンを去り、メキシコで発病した。病状は決して良くはないが、「理想の男性との出会い」という少女のような、だが女性の永遠かつ共通の夢を思い描く。友人でフェミニストのベアトリスと、政治活動（革命を達成すること）が目的で会いにやって来たポッシとの会話、そしてアナ自身が内省的に様々なことを語りつづける日記で第二軸は動いていく。入院中、鎮痛剤で日に何時間かしか覚醒していないという設定のため、「女優」や次に取り上げる第三軸でのようなスパイ活劇は展開されない。人物の動作や物体の描写は一切無く、全てが会話と日記（独白）だけで進められる。

第三の軸は、地殻変動で大都市が海底に沈み氷河期を迎えた地球の或る国で、男性の欲望を処理する任務に就いている女性・Ｗ２１８の物語である。彼女は任務が終了すれば「理想の男性に出会う」のではないかと期待している。ある日ＬＫＪＳという彼女の理想を全て体現したような男と出会い、夢のような一夜を過ごすが男は突然去ってしまう。実は、彼は某国のスパイで、彼女に関する調査が目的だったのだが、知らない彼女は男の愛を信じつづける。悪夢にでてくる美しい女性に疑問を持ったことと、Ｗ２１８が「昔の女優と似ている」と言われたことから過去の記事を調べ、自分が「世界一の美人」女優とその乳母の子孫であることを知る。その後、男と再開を果たすが、次第に他人の思考が読めるようになっていたためその思惑を知り、ナイフで刺してしまう。Ｗ２１８は告訴され、僻地の病院で伝染病患者相手の性的奉仕活動に従事することになり、周囲の予想どおり感染する。彼女には死が約束されてしまう。

以上のように三つの軸で語られる。Ⅰ章では女優とアナの断章が交互に現れ、Ⅱ章の直前から女優の章が消え、代わりにW218が登場する。しかし、女優は完全に姿を消したのではなく、W218がうなされる悪夢の中の登場人物として、また女優の実母である乳母と小さい女の子のイメージという形をとって度々出現する。アナもベアトリスに「ヘディ・ラマーに似ている」と言われたことがある。実人生だけではなく、三人とも同じ「ヘディ・ラマー」の顔を与えられてもいる。

この三軸の流れを明らかにするため、作品の進行に従い図を作成した。〔図1〜3〕図1は三人が何ページに登場するかを書き出したもので、図2はそのページ数をもとに線分の長さで各断章の長さを表した。図3は図2を平面で表したものである。各断章の主人公だけを追うならば無視すべきなのだが、W218やアナの部分に現れる女優のイメージも取り上げた。

図3からわかるように、この作品は途中まで『世界の終り』同様のはっきりとした二重螺旋を、Ⅱ章以降は不完全ながらも三本の軸が絡まり合う螺旋形になるのである。この形は、どことなくDNAの複製過程に類似しているようにもみえないだろうか。

〔図1〕

第Ⅰ部	
（1）P.5	女優
（2）P.12	アナ
（3）P.21	アナ（日記）
（4）P.37	アナ
（5）P.44	女優
（6）P.53	アナ
（7）P.69	女優
（8）P.82	アナ（日記）
（9）P.85	女優
（10）P.93	アナ（日記）
（11）P.119	女優
（12）P.127	アナ
（13）P.140	女優
（14）P.155	アナ
（15）P.168	W218
第Ⅱ部	
（16）P.183	アナ
（17）P.203	W218
（18）P.214	アナ（日記）
（19）P.223	W218
（20）P.239	アナ
（21）P.252	アナ（日記）
（22）P.260	W218
（23）P.270	アナ
（24）P.282	W218
（25）P.294	W218
（26）P.301	アナ

注）番号は図２と対応。

図1-1

P.53～（6）

アナ	べとの会話。べはアナのすべてを知りたがる。具合の悪化したアは看護婦を呼ばなければ、と言う。

P.69～（7）

女優	夫（軍需産業王）と英国人の諜報部員の対話。妻（女優）の出生について問われる。女優は有罪。女中のテアは正体を彼女に明らかにする。謎の青年と同一人物。本名はテオ。ソヴィエトのスパイ。ソ当局は彼女が第三帝国の諜報部員ではないかと疑っている。テオと女優は脱走を図る。テオへの不信。

P.82～（8）

アナ	アの日記。べには母親みたいなものを感じる。

P.85～（9）

女優	テオと豪華客船にいる。テオへの不信がはっきりと現れる。彼の日記には彼女への弁解が書かれている。女優は彼を海に落として殺す。女優は30歳になると人の思考を読む力が発現する。彼はそれを恐れていた。その直後ハリウッドの映画人と出会う。テオの子を妊娠している。「女の子がお望みなんですね？」

P.93～（10）

アナ	日記。父親に語る。

P.119～（11）

女優	悪夢で目が覚める。小さな女の子の泣き声がきこえる気がしていた。撮影の日々。演技について忠告され、役柄と同じ経験つまり娘を失ったことを告白する。その後、母親の苦しみを演じきる。女優＝虚像としての存在に淋しさを感じる。性交は禁じられている。ロスの名と天使の関連性に苛立つ。

P.127～（12）

アナ	ポッシとの会話。彼の頼みを断る。

P.140～（13）

女優	また悪夢で目覚める。奇妙な悲鳴か女の子の泣き声で意識がはっきりするが、それは実際にはメキシコの鳥の鳴き声だった。欧州での戦争は沈静化。謎の若者に出会う。恋愛関係に。〈彼〉への不信がわきおこる。車にはねとばされ、追ってきた〈彼〉も轢かれる。彼の真実の愛をそのときになって知るが、彼は死ぬ。

図2-3

〔図2〕

第Ⅰ部

P.5 ～（1）

女優	女優の新婚初夜後の目覚め。下腹部の痛み。ベッドの背に天使の浮き彫り。天使に監視されているような感覚。唯一若い女中の名はテア。女優は夫によって束縛され自由が無い。

P.12 ～（2）

アナ	ベアトリスとの会話。医者への不信感。ポッシについて話す。べはフェミニスト。べはアナの母が手術のときに来なかったことを尋ねるがアは話したがらない。アナはいつか価値ある男性と出会うことを夢みている。べは、「強姦された女中」の裁判の件で女中を支援している。べはアに緊急事態だと呼ばれたが、肝心なことは話したがらない。そのくせ助言は求める。

P.21 ～（3）

アナ	「1975 年 10 月、メキシコ」アナの日記。日記を付ける気になったのは初めて、という独白。ア自身、語るような形式に疑問を持つ。「誰かに話しかけるような言い方をどうしてしたのかしら？」「わたしは二つに分裂しているのかな？」誰かと話したいという欲求を隠しているのでは、という疑問。しかしその相手が母なのではという仮定は否定される。アは自分が子供になって昔のようにお婆さんと話すのを望んでいるのか、と問う。自分について述べるとき複数形を使わなければと感じる。誰かとの接触を望む。アの娘は 15 歳で名はクラリータ。 日曜。べはアに「ヘディ・ラマーにそっくりね」と言う。

P.37 ～（4）

アナ	見舞いに来たポッシとの会話。

P.44 ～（5）

女優	夫への不信感つのる。悪夢の内容を話す。夫は解釈せず話をはぐらかす。女優の父親が人の思考を読み取るという実験をしていて、成功したことを教える。謎の青年とダンス。「女の子の天使はいないのかって」恐怖の高まり。 自分が 12 歳になったときの（悪夢の内容）。新聞を調べる。女優の乳母が女優を毒殺しようとしたことがわかる。女優は乳母の娘だった。女優は失神。

図 2-1

	ＬＫＪＳからの贈り物。過去の時代の豪華な衣装。夢のようなデート。秘密のキャバレーにはココ椰子が〔女優の章にも登場〕。 男は分析用プレートを使う。

P.214～（18）

アナ	日記。ポッシと寝たが、嫌悪感も悦びもなかった。他人の考えを変えることについて思いを巡らせる。「母さんの言うとおりね、あの人たちのいまの姿をそっくりそのまま受け入れなくちゃいけない、なにしろ完璧な人間なんていないんだから。」。アナは自分のエゴをすっかり口にする。母親から言われたことを思い返す。自分は自分の役を見つけていない。しかし、「人間は一つの役を演じるなんてことはしないで、いまのあるがままの自分であるほうが素敵なんじゃないかしら？」。でも現実はそうではないようだ。

P.223～（19）

W218	男が急遽帰国、悲嘆にくれている。最高政府は極変以前の芸術活動を禁じている。過去を想起させるものは全て有害。男への語りのなかで単純なセックスが好きと言うが、「単純っていう言葉は間違いね、」「無限っていうのは単純ではありえないから、」「一方が他方に映り、無限に増殖していく」〔 鏡合わせを連想させる〕。が、これらは実際には語らなかった。２人で逃げるための旅行許可が認可される。が、男への疑問が。なぜ男は相手の思いを読むということに固執したのか？ ＬＫＪＳの国に到着したが彼を知る者はいない。気を失う。目覚めるとホテルに運ばれていた。悪夢にぼんやりしている。「あの女の子の乳母は誰？」。ＬＫＪＳの家を捜し出し、彼に妻と子がいることがわかる。悲しみ。 ホテルの正面玄関に行く途中で中央図書館を見つける。職員の女性にＷ２１８が昔の女優に似ていると言われる。古い本を探し、以前みた紀行ドキュメンタリーに関連していることに寒けを覚える。女優は「わたしは思考を読む」という映画を断っていた。〔ここでＷ２１８ を『孤児』としている〕。そして乳母について調べ、過去の事件内容を知る。が、帰国命令が出され男に会えなくなる。男の愛を相変わらず信じている。

図2-4

P.155 ～（14）

アナ	ポッシとの会話。アは寝ていたらしい。

P.168 ～（15）

W218	患者との行為の描写。性的奉仕活動に従事している。奉仕活動が終了すれば「本物の男性」に巡り会えるはずと期待している。だが、その完璧な男性でもいつも見る悪夢のことは見抜けないかもしれないと考える。 いつも見捨てられたような女が夢に登場する。どの時代の女かわからない。自室のスクリーンで紀行ドキュメンタリーを観る。水中に没した旧世界都市（ニューヨーク）の映像。が、途中から夢の中の女の顔がダブりだす。絶世の美女の顔。Ｗ２１８は眠るが夢の中でその女優に会う。女優は何かを訴える。「弱点に触れられると、どうしようもなくなってしまう。」「腐った弱点」「股間の間にある」。車が彼女に襲いかかる。女優はＷ２１８に忘れないでと懇願する。

第Ⅱ部

P.183 ～（16）

アナ	ポッシとの会話。珍しくアから話したくて彼を呼び出した。ポッシは精神医学について語る。ア、ラカンの鏡像現象について尋ねる。ポッシはラカンの「無意識は一つの言語のように組織されている」がお気に入り。無意識には操作モデルがある。言語のように機能するが全体としてはとらえられないもの。自我は各自がコントロールする存在の一部、つまり意識。コントロールしない部分、つまり無意識は意識と別物になって周りの宇宙に溶け込む。これが他者。が他者・別個というものは君（アナ）自身であると同時に、君の宇宙観は無意識によってフィルターがかかっている。ゆえに別個なものとはいえ宇宙全体は君自身の投影になる。この理論では孤独にならない。一人の人間のなかで常に一つの対話があるから。意識する自我と他者＝宇宙の間に〔ポッシの説明〕。その後二人は愛し合う。

P.203 ～（17）

W218	理想の男性に出会う。その前夜、悪夢にうなされた。意味不明な幻影の夢。その晩、雪の公園で男に話しかけられる。男は彼女の所属機関の運営技術を習得に来た。２日後に会う約束。名はＬＫＪＳ。

図 2-3

		Ｗ２１８ は彼に許しの声をかける。 治療行為が始まる。最初の患者は沈黙の祈りの中で、彼女に理想の男性に出会うよう神に訴えるが、神がすでに誰も必要としないような要素を彼女に与えているだろうと考える。「どんな犠牲にも堪え、勇気をあらゆる形で示しうる人間、それはまさしくこの娘自身なのです、」
P.294～（25）		
W218		３ヵ月後に発症。同病の女性患者と同室に移される。小康状態の中年女性が語る。家と国を棄てた。 新しく入室した老婆が彼女に語りかける。脱走した患者の話をする。途中で主語が「わたし」に変わる。話の中でその女もその娘も「天使の恥部」をもつ。ゆえに娘は「どんな男にも屈伏しない女に」なる。 他の患者はその話を馬鹿にするが、Ｗ２１８は本当のような気がする。
P.301～（26）		
アナ		麻酔で半分寝ているような状態。ベアトリスの訪問。手術は成功。 ベアトリスに母親と娘を呼ぶように頼む。アナは二人と分かり合いたいと切望する。 【終】

図 2-6

P.239 ～ (20)

アナ	ポッシとの会話。彼は帰国するつもりでいるが、アは反対する。彼は自分が正義感で生きていることを認める。アナの病状について真実を言う。ポッシはアナの女性蔑視の傾向を指摘する。だから母親と娘を愛していないのでは、と。２人はそれが原因で喧嘩する。

P.252 ～ (21)

アナ	日記。ポッシが言った自分の病状と状況について考える。意識が日に何時間も覚醒しないので思考が困難。また理想の男性の出現を夢見る。ポッシやフィトら男性は世界を征服するために生まれてきたと信じている、と考える。それゆえ彼らは怖い、と。「けっきょく、女っていうのはそんな男と人生を共にしないといけないのかしら？」（・・・）だがその答えは知りようもない。 看護婦に注射された後、男についての思考が続く。「これまでいちばん怖かった男の人は」、大学の教授！〔女優の父親との関連〕。世界は男たちのもの。

P.260 ～ (22)

W218	ＬＫＪＳに会うことをあきらめて飛行機に乗っている。「彼女があの不運な女性たち、つまり、あの乳母と映画スターの子孫であることをすべてが示していた。」だから彼は相手の考えを読むことに固執していたのだ。人の心が読めるようになっている。明日には21歳、成年に達する。ＬＫＪＳが乗り込んでくるが彼女はときめかない。彼がコンタクトを入れ忘れたため違ってみえる。彼の心が送信不良の放送のように聞こえてきて、彼女は失神する。 夜。男が尋ねてくる。男の話を聞いているうちに12時の鐘が鳴り、21歳になる。雑音の入っていた「声」が明瞭になる。男の思考を全て読み、気絶させるための護身具に手をかける。

P.270 ～ (23)

アナ	ベアトリスの訪問。ポッシが死んだことにショックを受けている。母親はアナの元に来たがったがアナは拒絶した。話し声もとぎれとぎれ。

P.282 ～ (24)

W218	男を殺そうとしたことで告訴される。判決は終身刑。万年氷地区の病院での奉仕活動を希望する。自殺行為に近い。護送途中、囚人としてＬＫＪＳが居合わせ後悔に泣く。彼は彼女によって変わった。

図 2-5

この作品の主人公たちはマッチョな男性に騙され、棄てられており、プイグの作品が常に主要なテーマとしている「男性至上主義」対「フェミニズム礼賛」の対立で書かれていることがわかる。視点を変えて村上との比較という点で見てみると、意外に共通点が多い。

女優とＷ２１８のストーリーがあまりに現実の枠を超えていること。両者ともに男性（スパイ）に騙されているという類似点を考えると、この二人の物語は病気で意識が虚ろなアナの無意識が描く願望の世界という仮定もできる。実際、ポッシとの昔語りでラカンの鏡像現象や意識と無意識の理論が語られており、プイグが人間の無意識について話題を振っていることは間違いない。『世界の終り』において「ハードボイルド・ワンダーランド」の主人公の無意識の世界が「世界の終わり」であったことと非常に似ている。

〔図３〕

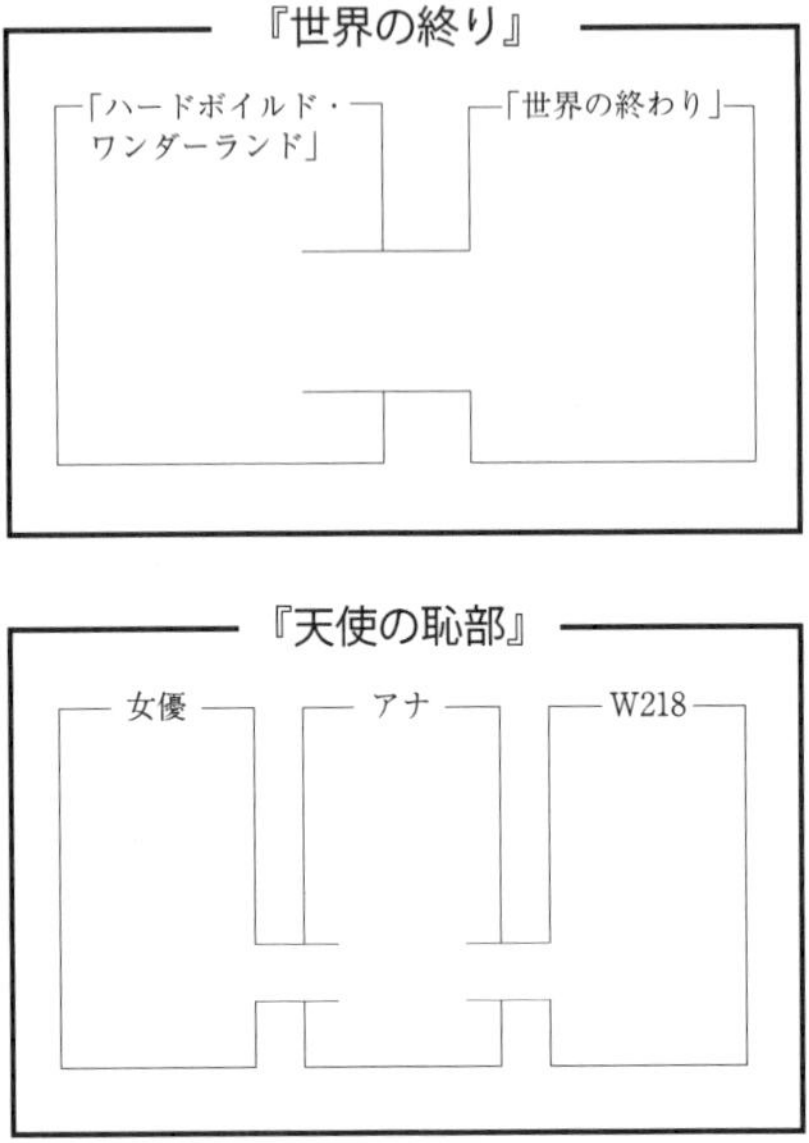

また、アナの物語では『世界の終り』で問題にされた〈影と僕〉と同様の対立がなされている。『世界の終り』では「今いる世界は間違っている。だからそこから脱出しなければならない」という影と「脱出する先など存在しない。その世界にとどまり、そこの人々で連帯するのが新しいモラルだ」という僕の意見が最終的に対立した。『天使の恥部』においては、「革命こそが人々を幸福にする」というポッシと、それに反対し「あるがままの自分であるほうが素敵なんじゃないかしら?」(P.221)と考えるアナの対立に表れている。一方は外から閉鎖された世界の打破を訴え、もう一方は自己による閉鎖、つまり内閉された世界での連帯を求めている。このような主題は現代に共通のようである。

以上で村上との比較は終わるが、最後に『天使の恥部』に描かれているテーマとしてひとつ取り上げる。

確かに登場する主人公たち、またわき役の女性のほとんどが男性に人生を踏みにじられ、そのモチーフが延々と反復されているが、初めから最後まで進行するテーマがひとつある。それは母性の獲得である。作品に出てくる女性を年代順に並べ、母性に関する箇所をまとめてみると、第一軸の主人公を産んだ乳母から最後のＷ２１８に至るまでが母性の獲得という方向に向いていたと読み取れる。

女優をたったいちどの過ちで産んだ乳母は、わが子を愛せないが故に毒殺を図る(母性の外からの強制と放棄）。女優はスパイとの愛に溺れ妊娠するが、女優生命を大切にするため、子を他人の手に渡してしまう（母性の放棄）。アナは離婚で子を捨てるが、最後の方で病院に呼び寄せ、話し合おうとする（母性の回避と回復）。最後のＷ２１８は、子供はいないが、伝染病患者はおろか自分を陥れた男にまで慈悲をかける。患者に「どんな犠牲にも堪え、勇気をあらゆる形で示しうる人間、それはまさしくこの娘自身なのです、」とまで語らせている（母性の獲得）。

〔図４〕

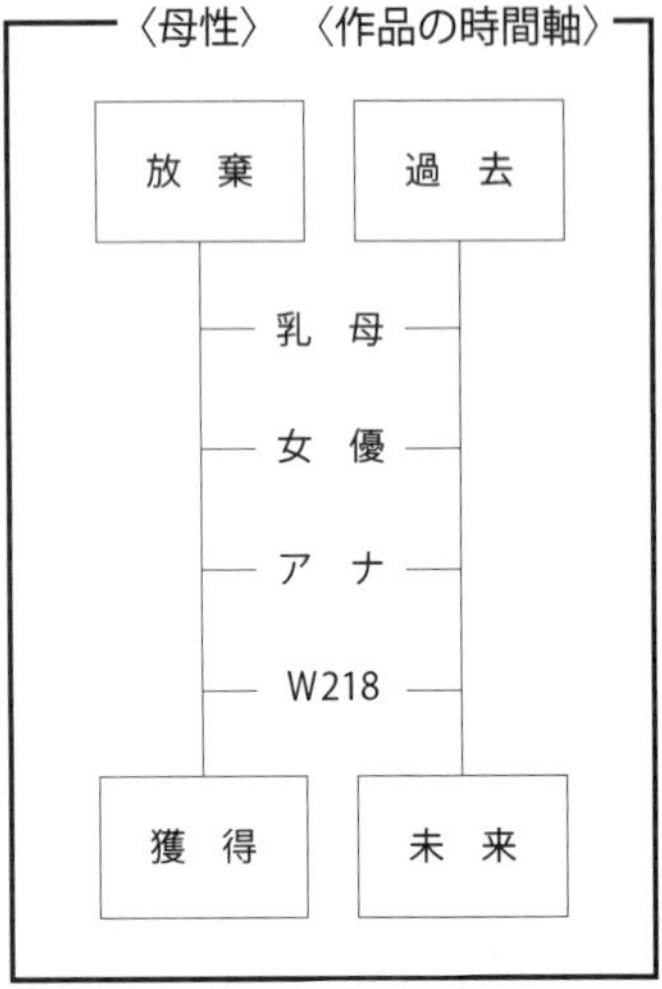

このように、『天使の恥部』には村上作品との共通点が多数存在する。構成を分析すると螺旋形が現れることもわかる。非対称性と非平衡性をもつ螺旋形が日本の作品からもアルゼンチンの作品からも発見されることから、現代宇宙論の標準理念が多様な領域と多国籍な規模で変容しつつ展開していることが認められるのである。

(1998.2.10)

『痴人の愛』――反復されるモチーフ

描写の過剰と視覚による表象の登場

1　描写の過剰化

明治四三年（一九一〇年）『刺青』・・・・・女の足の描写はわずか二行
大正　四年（一九一五年）　石川千代と結婚
　八年（一九一九年）『富美子の足』・・ヒロインの顔に三頁、足に四頁
　九年（一九二〇年）『鮫人』・・・・・登場人物の容貌に七頁割く
　一〇年（一九二一年）「小田原事件」
　一三年（一九二四年）『痴人の愛』・・・ヒロインの顔立ちを「メリー・ピクフォードに似ている」で済ます。

◆谷崎潤一郎の作品は、年々対象の描写が長大化する傾向にあった。また、谷崎は千代夫人と佐藤春夫をめぐる三角関係で疲弊していたと思われ、「小田原事件」後は、その三人の関

係を芸術に昇華しようとしたが、ことごとく失敗していた。⇩長期的なスランプ

（注）「小田原事件」：性格の不和から谷崎に冷遇されていた千代に、佐藤が同情、恋愛に発展。谷崎は一旦は千代を佐藤に譲ることを認めたがこれを覆したため、佐藤と絶交した事件。

◇描写の過剰のもたらすジレンマは？

①テクスト内の時間が停滞してしまう。

対象を長々と克明に描写していると、語り手の視線（＝読者の視線）がその一か所に留まらざるをえない。語り手の視線がある一点に注目しても、テクスト内の時間は（筋を前に進めるという意味で）流れているはずである。

②描写に使われた言葉が読み手に余計なイメージを喚起させてしまう。

（略）僕は其の美を高調するのに余り多くの文字を費やしましたが、最後に尚一と言附け加へさせて貰ひたいのです。それは今云つた美しい姉妹、彼女の二つの足を蔽うて居る肌の色です。どんなに形が整って居ても、皮膚の色つやが悪かったらとても斯うまで美しい筈はありません。思ふにお富美さんは、自分でも足の綺麗な事を誇りとし

て居て、お湯へ這入る時などに顔を大事にすると同じやうに足を大事にして居るのでないでせうか？　兎に角その肌の色は、年中怠らず研きをかけて居るに違ひない潤沢と光とを含んで、象牙のやうに白くすべすべとして居ました。いや、実を云ふと、象牙にしたつてこんな神秘な色は持つては居ないでせう。象牙の中に若い女の暖かい血を通はせたらば、或はいくらか此れに近い水々しさと神々しさとの打ち交つた、不思議な色が出るかもしれません。その足は、白いと云つてもただ白いのではなく、踵の周りや爪先の方がぽうと薔薇色に滲んで、薄紅い縁を取つて居るのです。それを見ると、僕は覆盆子《いちご》に牛乳をかけた夏の喰物を想ひ出すのでした。白い牛乳に覆盆子の汁が溶けかゝつた色、—あの色が、お富美さんの足の曲線に添うて流れて居るのでした。

（『富美子の足』　傍線は筆者による）

『富美子の足』の一節においても、作中の「僕」にとって自分の「生命」より「貴い」唯一無二の美的対象たるはずの彼女の「二本の足」は、「美しい姉妹」なる別物の介入を許し、その「肌の色」は、「覆盆子《いちご》に牛乳をかけた夏の喰物」に似てしまうのだ。（中略）幾多の余剰物を惹き寄せると同時に、それらに向かってあてどなく拡散しつくすのである。（渡部直己『谷崎潤一郎—擬態の誘惑』）

※谷崎の過剰な描写は、視線の先にある対象物を再現しようという懸命な試みだったと思われるが、それが執拗であればある程、ジレンマが生じたのではないだろうか。
この状況を克服するため、言葉による表象から、「映画（映像）」という全く新しい表象へ描写の手段が移ったと考えられる。

2　表象装置の登場――言葉の拒否

所謂ロマンティシズムの作家とは、空想の世界の可能性を信じ、それを現実の世界の上に置かうとする人々を云ふのではなからうか。芸術家の直観は、現象の世界を躍り超えて其の向う側にある永遠の世界を見るプラトン的観念に合致する。かう云ふ信仰に生きていかうとするのが、真の浪漫主義者ではないだらうか。

（「早春雑感」一九一九年）

大正九年（一九二〇年）大正活動写真株式会社　設立。以後、映画制作に参加。

◆大正二年ごろから、外国映画ファンの間で「純映画劇運動」が起きはじめ、劇作家や小説家と関わりつつも世間に広がっていた。その動きの中から谷崎が登場。

※言葉による描写が、過剰になればなるほど却って対象の「正確」な再現から離れていくことに気がついた谷崎は、映画によってえられる「女優」という表象を用いるようになった。『痴人の愛』のナオミへの比喩にそれが表れている。また、そのような手段に変えたからこそ大正のスランプ期から抜け出し、『痴人の愛』を代表作に押し上げることができたのではないだろうか。

P.35/14「ナオミよ、ナオミよ、私のメリー・ピクフォードよ、お前は何と云う釣合いの取れた、いい体つきをしているのだ。お前のそのしなやかな腕はどうだ。その真っ直ぐな、まるで男の子のようにすっきりとした脚はどうだ」と、私は思わず心の中で叫びました。そして映画でお馴染みの、あの活発なマックセンネットのベージング・ガールたちを思い出さずにはいられませんでした。
P.38/13　その時分私たちは、あの有名な水泳の達人ケラーマン嬢を主役にした、『水神の娘』とか云う人魚の映画を見たことがありましたので（略）

P.47/11　活動写真を見る時に彼女は余程女優の動作に注意を配っているらしく、ピクフォードはこう云う笑い方をするとか、ピナ・メニケリはこんな工合に眼を使うとか、ジェラルディン・ファーラーはいつも頭をこう云う風に束ねているとか、（略）

P.125/7　ナオミがメリー・ピクフォードで、ヤンキー・ガールであるとするなら

P.194/5　「だけれどメリー・ピクフォードは女団長にゃならないぜ」

「それじゃ誰だい？　プリシラ・ディーンかい？」

「うんそうだ、プリシラ・ディーンだ」

P.237/8　それから種々雑多な表情動作や活動女優の真似事の数々、メリー・ピクフォードの笑顔だの、グロリア・スワンソンの眸《ひとみ》だの、ポーラ・ネグリの猛《たけ》り狂ったところだの、ビーブ・ダニエルの乙《おつ》に気取ったところだの（略）

●『痴人の愛』において、ナオミは譲治と二人でしていた事を何度も繰り返そうとする傾向がある。その行動だけを追うと、彼女が「昔のような幸福」を再び得るため、無邪気に譲治にねだっているようである。しかし、二人の関係（主従関係）に注目すると、過去の反復を通じて徐々に関係が逆転していくのがわかる。

幸福期	
馬ごっこ	P.28/9　一度は私が馬になって彼女を背中に乗せたまま、部屋中を這《は》って歩いたことがありました。「ハイ、ハイ、ドウ、ドウ！」と云いながら、ナオミは手拭《てぬぐい》を手綱にして、私にそれを咬《くわ》えさせたりしたものです。
行水	P.40/14　あの歳の夏の、楽しかった思い出を書き記《しる》したら際限がありませんからこのくらいにして置きますが、最後に一つ書き洩《も》らしてはならないのは、その時分から私が彼女をお湯へ入れて、手だの足だの背中だのをゴムのスポンジで洗ってやる習慣がついたことです。（中略） P.41/2　それがだんだん癖になって、すずしい秋の季節が来ても行水は止《や》まず、（中略）ずっと冬中洗ってやるようになったのです。

（束の間の）和解期

P.170/16　又あの、四五年前の、純な楽しい生活が、二人の間に戻って来ました。私とナオミとは水入らずの二人きりで、毎晩のように浅草へ出かけ、活動小屋を覗《のぞ》いたり帰りには何処かの料理屋で晩飯をたべながら、「あの時分はこうだった」とか「ああだった」とか、互になつかしい昔のことを語りあって、思い出に耽《ふけ》る。（以下略）

P.172/8「じゃ、今でも譲治さんは馬になって、あたしを乗せる勇気がある？　来たての時分にはよくそんなことをやったじゃないの。ほら、あたしが背中へ跨《また》がって、手拭《てぬぐい》を手綱《たずな》にして、ハイハイドウドウって云いながら、部屋の中を廻ったりして、」（中略）

P.172/14　二人は冗談を云った末に、昔のように又馬ごっこをやったことがありました。

P.171/5「そう云えばパパさんは、この頃あたしをお湯に入れてくれないのね、あの時分にはあたしの体を始終洗ってくれたじゃないの」

「ああそうそう、そんな事もあったっけね」

「あったっけじゃないわ、もう洗ってくれないの？　こんなにあたしが大きくなっちゃ、洗うのは厭《いや》？」（中略）

P.171/12　私は再び、物置きの隅《すみ》に捨ててあった西洋風呂をアトリエに運び、彼女の体《からだ》を洗ってやるようになりました。

復縁期（関係逆転）	断　絶　期
P.308/11「ナオミ！　ナオミ！　もうからかうのは好い加減にしてくれ！　よ！　何でもお前の云うことは聴く！」 何を云ったか全く前後不覚でした。ただセッカチに、早口に、さながら熱に浮かされた如くしゃべりました。それをナオミは、黙って、まじまじと、棒のように突っ立ったまま、呆《あき》れ返ったと云う風に睨みつ	P.235/15　殊《こと》に私の忘れられないのは、彼女が十五六の娘の時分、毎晩私が西洋風呂へ入れてやって体を洗ってやったこと。それから私が馬になって彼女を背中へ乗せながら、「ハイハイ、ドウドウ」と部屋の中を這い廻って遊んだこと。どうしてそんな下《くだ》らない事がそんなにまでも懐《なつ》かしいのか、実に馬鹿げていましたけれど、若しも彼女がこの後もう一度私の所へ帰ってきてくれたら、私は何より真っ先にあの時の遊戯をやって見よう。再び彼女を背中の上へ跨《また》がらせて、この部屋の中を這《は》って見よう。それが出来たら己《おれ》はどんなに嬉しいか知れないと、まるでその事をこの上もない幸福のように空想したりするのでした。
P.303/8　ナオミはそう云って、何か別な事を考えている様子でしたが、 「譲治さん、もうヒステリーはほんとうに直って？」 と、ふいとそんなことを尋ねました。 「うん、直ったよ。なぜ？」 「直ったら譲治さんにお願いがあるの。――これから床屋へ出かけて行くのは大儀だか	

復縁期（関係逆転）
けているだけでした。 私は彼女の足元に身を投げ、跪《ひざまず》いて云いました。 「よ、なぜ黙っている！　何とか云ってくれ！　否《いや》なら己を殺してくれ！」 「気違い！」 「気違いで悪いか」 「誰がそんな気違いを、相手になんかしてやるもんか」 「じゃあ己を馬にしてくれ、いつかのように己の背中へ乗っかってくれ、どうしても否ならそれだけでもいい！」 私はそう云って、そこへ四つン這《ば》いになりました。
ら、あたしの顔を剃ってくれない？」 P.304/6　毎度してやられる手ではありながら、それが私には矢張抵抗し難いところの誘惑でした。 P.305/11　「床屋の職人と一緒にされちゃあ遣《や》り切《き》れないな」 「生意気云ってらあ、実は剃らして貰いたい癖に！　それがイヤなら、何も無理には頼まないわよ」 「イヤじゃあないよ。そう云わないで剃らしておくれよ、折角支度までしちゃったんだから」（中略） 「じゃ、条件通りにする？」 「うん、する」

●ナオミは譲治としたこと（馬ごっこ・行水・鎌倉旅行）を折にふれて模倣したがる。

彼女のこの模倣する性質は彼女自身の気質にも現れている。彼女は（譲治の影響もあろうが）女学生や女優の真似に熱心であったし、そもそも譲治との「お伽噺の家」生活も親子ごっこ・夫婦ごっこにすぎなかった。最終的には（P.277/15）ハイカラ譲治をして「一人の見慣れない若い西洋の婦人」と言わしめるまでになる。また内面においても、自ら望んで始めた英語も、文法はほとんど理解出来ないが「発音」と「リーディング」だけは達者という「鸚鵡と同じ」状態が続いていた。

（1998.6-7　演習用メモ）

「水槽の中の脳」についての疑問

ヒラリー・パトナムの「水槽の中の脳」という設定は、

(a)信号を操作すれば、体内にあるときと同じに感じるかもしれない。
(b)もしそうだとしたら、体内にあるのか水槽にあるのかわからない。
(c)つまり、①水槽の中にいる場合、②頭の中にいる場合。
どちらであるにしても、当人に区別がないならどちらかわからない。
(d)今、自分が教室にいると思っているかもしれないが、もしそれが真実なら、水槽の脳ではないことになる。
(e)だとすると自分が水槽の中の脳でないということを知ることが不可能である以上、自分が教室の中にいるということも知ることができないというものでなければならない。

というものであった。〔「認知科学」講義ノートより〕

もし自分が「水槽の中の脳」であるとしても、最先端の医療技術が施されていて、実際と同じように外の風景が変わり、風を感じたりするならば、つまり五官の働きが正常であれば、自分が水槽の中にいるということを考えもしないだろう。また、自分一人の体験や感覚だけでなく自分以外の人間なども登場し、その応答に不審な点がなければ同様に疑いもしないだろう。

「水槽の中の脳」だとしても、世界が構築されていれば問題はない。しかし私が疑問を持ったのは、本当に『水槽の中の脳』状態の人が自殺を試みたとき、一体どういう状況になるのかということである。

いくつかのケースを考えてみた。

1、自殺が成功する場合

当人は死ぬための手順を踏んでいるときに、つまり何らかの手段で自殺を試みているときに何ら自分自身の状態に疑問を持たずに死ぬことができる。

2、自殺が成功しない場合

2—1、「水槽」の外側から意図的に自殺を妨害されたことがわかる場合

「水槽の中の脳」の実験（?）自体が非常に重要で、被験者（脳の持ち主）を仮想世界の中でも死なすことができず、当人は自殺を妨害される。そして、

その妨害の主体、つまり「水槽」の外の世界の存在を知れば、被験者は自分が「水槽の中の脳」であることを知ってしまう。

2—2、「水槽」の外側から意図的に自殺を妨害されたことがわからない場合

途中までは前項と同じ。だが、「自殺が失敗したのはなぜ」という問いに対して、被験者自身が納得する答えを導いてしまう可能性がある。もし、何度も自殺を試み、その度に失敗しても、（失敗したのは）「単なる偶然」「運が悪かった」と結論づけてしまえば、「水槽」の外部から意図的に妨害されたことなど考えないだろう。また万が一、自分が「水槽の中の脳」なのではないかと疑ったとしても、最初に挙げた設定(a)～(e)と同じ結果に落ちつき、自分が『水槽の脳』であるかどうかわからない。

おそらく以上の推論は成立しない点ばかりだろうが、できるだけ考えた結果である。ちなみに、この「『水槽の中の脳』が自殺を試みたらどうなるか」という設定は、ある推理小説から触発されたものである。

岡島二人『クラインの壺』（新潮社）には、「常識を遙に超えた疑似体験ゲーム機『クラインの壺』」が登場し、そのテストモニターをしていた主人公が、自分が会社側に洗脳されて

いる（疑似空間の中に居つづけさせられている）と感じ、最終的には自殺を試みてしまう。その自殺の結末は書かれていないが、主人公が「もし自殺が成功すれば、今自分がいる世界が現実のものだったのだろうし、自殺が失敗すれば、自殺を試みたときの世界も疑似体験に過ぎないことがわかるだけだ」と自分の存在への疑問を語ったところでこの小説は終わる。設定も一九八九年の物とは思えないほど新しいし、推理小説としてもよくできている。

（1998.9.24）

『スワンの恋』——隠喩としての「病気」

マルセル・プルーストの『スワンの恋』（『失われた時を求めて』）には数多くの比喩が登場する。ここでは病気というメタファーについて論じてみたい。

スワンがオデットに抱いた関心は徐々に恋愛感情へと変わっていくのであるが、それはいつまでも幸福で穏やかな雰囲気をもっていたのではなかった。他の男の影をちらつかせるオデットの態度が、次第に彼の甘い恋愛を苦しみに満ちたものにしてしまった。

彼がいちばん最初にオデットへの恋を自覚したとき、彼自身の気持ちは「胸の苦痛の新しさ」（P.383/13）と表現される。が、これはまだ一般的な比喩、どこでも言われるような恋愛の始まりの表現にすぎない。世間でよく使われる「片思いの苦しみ」である。そして、この後何度も病気を用いた比喩表現は繰り返されるが、スワンのものにはなりきらずまたフォルシュヴィルとも交際を保ち続けるオデットへの嫉妬心のために、「病気」と恋が、またその恋の主体であるスワンと「病気」が一体化する。始めの部分においてほとんどのメタファーは、

彼はこの災難を彼女には話さなかったし、彼自身もそののち考えなくなった。しかし、

たまには、ふとしたはずみに思考が思いがけないこの回想に出会い、これにぶつかって、いっそう深くこれを意識の奥に追いこむことがあって、そんなとき、スワンは急激な、深い苦痛を感じたのであった。まるで肉体的な苦痛のように、スワンの思考はそれを鎮めることができなかった、(P.464/8　傍線引用者)

むろん彼は、オデットの日々のいろんな行状は、それ自身では熱情的な関心をさそうものでなく、また彼女がほかの男とむすんでいるかもしれない種々の関係は、一般的にいって、すべての考える人間にたいしては、もちろん自殺の衝動となるような病的な悲しみを発散するものではない、とときには考えた。すると、そうした関心や悲しみは、何かの病気のように彼だけにあるもので、その病気がなおり次第に、オデットのいろんな行状や、ほかの男にあたえたかもしれないくちづけは、他の多くの女たちの場合と同様に、やがて彼の心を苦しめなくなるだろう、ということがわかってきた。(P.470/3)

というように漠然とした意味においての「苦しみ」や「病気」である。が、それらはオデット本人の裏切りとヴェルデュラン夫人の策略でさらに深い苦しみに変わる。そして、また事

実、スワンの恋は、相当の程度まで進んだ病気で、ここまできてしまえば、

医者は——疾患によってはもっとも大胆な外科医でさえも——患者にその悪癖を禁じ、その苦痛を除くことがやはり正しいのか、はたしてそれが可能なのかとさえ考えるくらいに、ひどくなっていったのであった。（P.519/2）

彼はほとんどおどろきに似た気持ちでひとりつぶやくのだ、「これが彼女なのだ」、あたかも突然目のまえに、自分の病気の一つを、とりだして見せつけられ、それが自分の苦しんでいる病気とは似もつかないものだと知ったときのように。「彼女」それは一体何か、と彼は自分にたずねようと試みた、というのも、ある人間の現実がとらえられずに逃げさってゆくという懸念のなかで、その人間の神秘にたいするわれわれの疑問をさらに深めさせるのは、恋が死に似ているからであって、つねにくりかえしいわれるように、ほかの何かに漠然と似ているからではないのだ。そして、スワンの恋というこの病気は、無数にふえてひろがり、彼のあらゆる習慣に、彼のあらゆる行為に、彼の思考に、健康に、睡眠に、生活に、彼が死後のために望むものにまで、じつに緊密にまじりあい、彼とまったく一体になっていたので、彼はそのもののほとんど全部

を破壊しないかぎり、それを彼からひきはなすことはできなかったであろう、あたかも外科の用語でいうように、彼の恋は、もはや手術不可能なのであった。(P.519/17)

というように、恋のひとつの側面にすぎなかったはずの「苦しみ」「病気」が、恋のすべてを包み込んでその恋を楽しんでいたはずの恋の主体であるスワンも飲み込んでしまった。オデットへの「恋」はスワンに取り付き「手術不可能」なほど一体化した。

上の引用部分で示されている「スワンの恋という病気」のもつ「無数にふえてひろがり」「まじりあう」という性質は、単に「恋の病」のような苦しみの形容としての「病気」を超えて、生物の体内で増殖し侵食していくような病、現在のわれわれがすぐに連想するところの「癌」のような病気をイメージさせる。

「手術不可能」になったスワン本人は、愛が成就しない絶望に駆られて自ら命を絶つというより、自分では止めることのできない、苦しみに満ちたオデットへの努力を他者の力で断たってほしいという心情から、病によって滅ぼされることを望みはじめていた。

「こいつはどうかしている、ノイローゼになったぞ。」ついで、あすもまたオデットの行動を知るために努力しなければならない、彼女に会うために有力な人間をだきこまなくてはならないと考えて、ぐったりせずにはいられないのであった。そのように中休みもなく、変化もなく、好ましい結果をえられない行動の必要に駆りたてられるのは、彼にとってはたまらなく残酷なことであったので、ある日、腹の上におできを見つけたとき、これはたぶん命とりになるようなおそろしい腫瘍であろう、こうなればどんなことにもわずらわされなくてすむのだ、この病気はやがて近い最後の日まで自分を支配し翻弄するだろうと考えて、彼は心の底からよろこびを感じた。また実際に、この時期に、それと口には出さなかったが彼がしばしば死を望むにいたったのは、苦痛のはげしさからというよりも、むしろ努力の単調さから、のがれたいと思ったからであった。（P.534/3）

ここで登場した新しい隠喩、「おでき」は、ほかのものとは異なる興味深い性質をもっている。おできは「胸の苦痛」などのように体の内部に存在するものではなく、皮膚上に発症する。自己の外部にあるため、その患部と症状を日々眺め、触れ、観察することが可能である。自分の体にもかかわらず、その体におできという自己とは異質なもの（他者）がとりつき、皮膚を冒し、乗っ取ろうとしていく過程を詳細に見ることができるのである。またそのように増殖過程を毎日観察することで、皮膚の疾患が自己と対立する存在だという意識が強まり、かつそれが取りついた相手を侵食しつくそうという意思をもっているように感じられるだろう。もし、体内のみに存在し外部から直に観察できない病気であった場合、病そのものではなく、例えば風邪をひいたときの咳・鼻水のような、その病本体がもたらす副産物（症状）によってしか存在を感じることができないだろう。病気の宿主には病の「影」しか認められず、「見えない敵」と闘う自分という構図を思い浮かべることはあっても、見て触ることができないのだからそこに「他者の存在」を見いだすことも意思を感じることもありえないのだ。内部の病気においては「見えない敵に絶えず攻撃される自己」「卑怯な敵に苦しめられる自己」というような一種の被害者意識がクローズアップされるに終わるだろう。

また、疾患の位置の問題もある。皮膚病は、当然だが体の表面の「皮膚」に発症する。皮膚は人間の身体を包み込み、その形を保ち、外部から保護する役目をもっている。そこに広がる皮膚病というのは、内部と外部の境界線上に現れていて、内部と外部の両側にあり、またどちらにもないという極めて曖昧な存在なのである。その曖昧さはスワンとフォルシュヴィル（またその他の男女たち）の間で漂っているオデットに共通しているとも考えることができるだろう。

皮膚の疾患という観点だけからではなく、「おでき」という病名にも他の皮膚病とは異なる特徴がある。おでき以外の皮膚病としては「湿疹」が用いられる。

スワンは、湿気の多い気候のために彼の持病の湿疹が再発するのを注意していたように、オデットの行状を知らないために感じる苦しみを日々の生活のなかで注意に入れておくのが賢明であり、オデットがどのように日を送っているかという情報を入手するための——そうしないと彼はみじめな気持ちになるだろう——たいせつな予備金を予算のなかに見つもること、つまり彼が他の趣味のために、すくなくともこの恋愛以前には、コレクションや美食のたのしみを満たしうるものと期待して、予備金をとっておいたような、そんな方法をとることが賢明であると考えるのであった。(P.471/4)

普通一般に「湿疹」と聞いて思い浮かべるのは、面積や数の大小はあれ、皮膚に発疹がポツポツと広がる様子である。一方、「おでき」で想像するのは一つ(又は数個)の、ある程度ふくらんだ点が皮膚の上にあるような状態である。「湿疹」においては点が広い範囲にあって面をなし、点一個一個よりも「点の集団」という性質が強いが、「おでき」においてはそのひとつひとつが個別なものとして見るものの前に存在してくる。点在しているものよりー個の意思をもつものとして、自分に寄生する「他者」としてとらえることが「おでき」という隠喩にはより可能になってくる。

先に挙げた引用のように、スワンが「死を望むにいたったのは、苦痛のはげしさからというよりも、むしろ努力の単調さからのがれたいと思ったからであった」。スーザン・ソンタグが『隠喩としての病』において指摘しているように、病気は「意思決定をする義務を回避したまま、世界から身を引く方策」であり、スワンにとっても「医学的な病気」は逃避の口実であった。しかし、それは物質世界でのたんなる移動にすぎず、例えパリから田舎へと病気療養を理由に引きこもったとしても、彼の全てと一体化した恋という「病気」からは離れられない。スワンにとってオデットへの恋と嫉妬と苦しさは「手術不可能」なほどスワン本人と「まじりあって」いるのだから、その苦しみから、そしてその苦しみを和らげようとする徒労、ほとんど苦しみに食われ同一化したその努力から脱出するには、死しか残されていなかった。だからこそ彼は自分の体内で増殖し、いずれは自分をのっとり制御を奪い、確実に自分は死ねるだろうと思える病気の予兆として、しかも位置の曖昧さでオデットに似たものとして、「おでき」を「心の底からよろこんだ」。病気という隠喩によってスワン自身の心理が語られている。

（1998.2.10）

＊井上究一郎の訳文を借用した。

性差の倫理的問題
――セクシュアリティの観点から

近年、驚異的な科学技術の発達や社会風俗の変化に伴って、個々人の性の在り方が変容してきたと言われる。避妊や体外受精などの技術革新は快楽と生殖を分離可能にし、また厳格なキリスト教的性道徳、男性の「処女崇拝」や「婚姻外の性行為＝姦通」という図式が、最大限効力を発揮していたときに比べて威厳を失ったときに登場したのは（もしくは人々がそれを権威の座から引きずり下ろそうとしてときに出現したのは）、一九七〇年代に若者を中心に叫ばれた「自由なセックス」という新しい概念であった。このような変化を受けた個々人は、テクノロジーを利用し、古い家父長性から脱出し始めた。そして徐々に新しい性概念に自らの倫理を浸していき、「秘かに」けれど「確実に」、現実の生活の中で自分の身体を行使してきたのである。

もちろん、科学と社会と個人の三角関係は互いに影響し合っており、性の在り方の変容の原因をどれか一つに求めることはできない。個人の集合体が社会であり、社会の要請によって技術が開発されるとも（少々大雑把だが）言えるし、逆に社会が開発させて誕生した技術によって個人が変化を迫られるという場合も実際にある。社会と個人の関係について考察することは重要だが、本論とは関係しないのでここでは特に「社会」がどのようなものかは定義しない。定義しなくとも、三者が複雑に絡み合い、三者が三者それ自体の「原因」にも「結果」にもなりうることは言えるだろう。

ところで、純潔と禁欲を絶対のものとし性的快楽を憎むべき悪徳としたキリスト教や、快楽を「肉欲」と呼んでこれを避けるべしと唱えた仏教は、しかし、完全に性的快楽を封印したわけではなかった。西欧においても売春婦は存在していたし、仏教思想をベースとし、明治時代に一夫一婦制が制定された日本でも遊廓は栄え、妾を囲うのは成人男性（財産や地位があるならなおのこと）にとって不道徳どころか「甲斐性」の証でさえあった。今挙げた例も、厳密に考えれば片や性的欲求のはけ口、片や父系社会を存続するための手段で違うのだが、社会に性的快楽が存在していたことは確かめられる。しかも、男性だけに快楽が認められていたのであった。女性には、いくら性的欲求にかられてもそれを満たす所は無かったし、夫が次々と妾を作ったとしても、不平は言えなかった。それどころか、女性が性にまつわることを口に出すことも許されていなかった。今現在でも売春を合法化している国（フランスなど）があるのはなぜか？　太平洋戦争のとき日本政府が慰安所で朝鮮人女性を酷使したのはなぜなのか？　性に関する社会的・宗教的制約は、本質的には女性のみを縛りつけた。

それでは女性はどこに縛りつけられたのか？　彼女らは自らの性の中から快楽を分離させられ、没収され、生殖機能だけ持つことを許されたのである。没収された快楽を求めるセクシュアリティは、家庭を壊すものとして、ある種の女性（売春婦たち）に押しつけられた。生殖＝母性という原理が採用され、女性には「よき母」、つまり慈悲にあふれ、包容力があり、上手に家庭を切り盛りし、夫に従い、自己主張の無いことが価値付けされたのだった。

このように、女性だけに押しつけられた性的快楽の抑圧の歴史を踏まえた上で、現代において「解放された」（と言われる）性について考えてみたい。

利己的とも言える性的快楽の享受システムを作り上げた男性によって生殖につながるセクシュアリティしか認められなかった女性の、そもそも彼女らが所有していた、本来の「完全なる」セクシュアリティとは一体どのようなものだったのだろうか？

生理学的に見てみると、女性はその生殖を中心とする生理的機能のすべてがホルモンに左右される。時には（というよりも閉経前の女性ならば常に）心理状態も影響を受ける。個人差もあるが、最近では月経前の腹痛・腰痛のような身体的苦痛だけでなく、軽いうつ状態・いらいら・倦怠感などの精神的苦痛も、ホルモンバランスのくずれからくるもの（月経前困難症）として認知されつつある。逆に言うと、今まで「認知され」ていなかったのは月経による苦痛は我慢しなければならないという「暗黙の掟」が存在したからである。「子を産む女性」としてそれくらい耐えろという意味もあったかもしれないが、女性は先に述べた「母性原理」にしたがって不平を言わずに我慢することが望まれた。生殖器である女性には、生殖に関する不満は許されなかった。性に関することはタブーだったのだ。

そのように女性の行動を、身体面でも精神面でも拘束するホルモンは何のために存在するのか？　簡単だ。毎月卵子を「限定」生産し、性交によって受精させ、子宮で保護し、しかるべきときまで養育するためである。

①男性と違って、遺伝子を受け継ぐものを毎月たった一個しか作れない。
②男性という異種と交わらねばならない。
③その結果、体内に異種との交配物を一定期間宿さなければならない。

女性の生理的機能の特徴は、この三点に集約することが可能ではないだろうか。

①は、女性にとって生殖のチャンスが少ないことを印象づける。男性がそうであるように何億もの卵子を簡単に生産することができれば、女性にとっての生殖は安易なものになるだろう。ちょっとしたストレスによっても女性は排卵が行われず、従って生殖不可能になるからである。卵子は貴重という意識が無くなることは、もしかしたら人間が人間たる根拠を捨

てることかもしれない。サカナのように多量の卵子と精子を持つ人間は、自分の子にたいして人間という認識を持つのだろうか（想像するだけで気持ちが悪くなるが）。

ただし、昔から卵子の限定生産が知られていたかというと、だいたい卵子の存在自体見ることができないので、知ることすらできなかったと言うしかない。排卵も受精も女性の体内で行われ、ヒトに出来上がった状態で外に出てくるのだから。だから、①が女性から性的快楽を奪ったとか、または広くセクシュアリティ全般の問題に関わっているとは言えないだろう。卑近な例だが、「女性はどうして身持ちが固いか」という男性の疑問に対して、ある友人（これも男）は「女は子どもを作るためのもの（卵子）を毎月一個ずつしか作れないから、より優れたイイ男の子孫を得るために相手をよく吟味するのだ」と自説を披露した。それはもっともだと思ったが、性教育が行き届いていなくて生殖の構造を知らなくても身持ちの固い人は大勢いる。私は生物学に詳しくないから、もしかすると猿から人間に進化するに従って実際にその身持ちの固さが継承されたのかもしれないが、男性が中心となって快楽を享受する社会においては、そのような貞操観念を教会や家庭から要請されたと言う方が現実に近いだろう。それよりもこの友人の話には、女性のセクシュアリティをあくまで生殖の問題に引きつけようという男性の思想がかいま見えておもしろい。どうして「より上等な快楽を得たいから相手を品定めする」のだという発想がないのだろう？　性的に値踏みするのは良くても、値踏みされる側に回るのは男性にとって耐えがたい屈辱なのだろうか？

次に②の問題の周辺には、ボーボワールなど多くの思想家が取り上げるような、非常におもしろいテーマが点在している。自分の遺伝子を伝えるためには「自分以外の何者か」＝「他者」を体内奥深くに受け入れねばならず、しかもその他者が己と生理的に全く異なる機能を持つ男性であるということ。けれどもその男性は、自己の他者性を自分の体外で行使する、つまり生殖の受け皿にならざるをえない女性という異種の中に、「女性にとっての他者」という形で自己を「埋め込む」ということ。男性は受け入れるのではなく、受け入れさせるのである。異性間の性交において男性の中に他者が侵入することはない。彼らは「自分という他者」の侵攻を受ける他者（女性）をつくり出し、その状態を見ることができる。

男性が女性の中に埋め込んでゆく、性交時に男性全体を代表するペニスは、男性自身不確かにしかコントロールできない。四肢のように意識的に機能させることはできないし、かといって主体である男性の精神活動と全く切り離されているわけでもない。主体の影響がどれほどの範囲でおよぶのか、そのラインもはっきりしているわけでもない。生理的機能が医学的に解明されていないのとは違う意味で、男性にとっても全くのブラックボックスなのだ。自分にとっても未知のものを「自分」の象徴と言っていいのだろうか？　このことはボーボワールによって指摘されている。

「われわれはたとえば、一般にペニスに与えられている価値をも理解することができる。これは主体の《疎外〔他在化〕》への傾向という実存的事実から出発しないでは説明することは不可能である。自己の自由からくる不安から主体は事物の中に自分を求めるようになる。……泌尿作用、さらに後になっては勃起が、意志的行為と自発的作用との中間にあるということから、またそれが主観的に感じられる快楽の半ばよそよそしく気まぐれな源泉であるということから、ペニスは主体によって自分自身として、また自分ではないものとして考えられる。」（『第二の性』Ⅳ P.90-1、傍線は筆者）

この「自分自身として、また自分ではないものとして考えられる」ペニスの両義性は、しかし、性交という他者の存在から不可避な場面においては男性だけの問題ではないはずである。男性本人にとっても曖昧な存在を受け入れなければならない女性は、本当のところ体内に何を埋め込まれているのだろうか？

男性は、曖昧といえども自分の体には違いの無いペニスに自己を見いだし、それを突起として観察することができる。完全に自分の制御下にあるのではないが、とりあえず「所有」するものとして一応の定義ができる。ボーボワールはその一連の「自己移入」の過程を次のように書いている。

「陽物は分離しているから、男性は自己からはみ出す生命力を、自己の個性に収拾することができるわけだ。これで、ペニスの大きさや尿の噴出や勃起力や射精力が男性にとって彼自身の価値の尺度になるわけが理解できる。こういうわけで、陽物はつねに超越を肉体の形で表す。」(同上)

ボーボワールは、ペニスが自己の身体から形態的に突出していることを取り上げて、男性がそれを自己の超越を表現するものとしている。

だが、これは男性にとっての一応の定義であって、女性もその定義を共有するわけではない。女性にとってはあくまで他人が所有するものだから、「価値の尺度」という感覚は理解できない。彼女たちは、性交しようという男性の意志を、そしてそれを体現している器官としてのペニスを受け入れるのだ。性交における自己の表現器官(のひとつ)となるペニスは、それ自体が相手と交わりたいという希望を表現するものであるから、それを体内に受け入れることは彼らの意志を受け入れることと同じになるのである。彼女たちはただ肉の塊を埋め込まれるのではなく、彼らの意志を埋め込まれるのだ。

ただしこれは性交の状況（種類）よっても変化するだろう。もし女性の意図を無視したレイプのようなものだったら、男性の意志だけであろう。が、双方の合意のもとであれば、そのペニスは男性の侵入と女性の受諾という二つの意志を体現するだろう。ではその男性の意志とは何なのか？　女性という他者と性的に結びつこうという願望はどうしておこるのだろうか？

「男性」という一方の性に限定しないで、ひとまず「他者」と「自己」という二項対立で考えてみることにする。

性交の意志とは、他者への欲望の性的な在り方だ。その欲望はどのように喚起されるか。他者の仕種なり容貌なり、それらを統一した行為などに自己のセクシュアリティが刺激をうけるとき、触発されるときに生ずる。その他者の行為が性的もしくは性的な意味合いを含んでいなくとも、自己のセクシュアリティの喚起は起こりうる。逆に、相手が欲望を喚起しようともくろんでいても自己のセクシュアリティが反応しないのも当然だ。そしてまた、触発されるセクシュアリティとは自己が歩んできた時間の中で無意識的に培い、かつ社会によって教え込まれたものであるから、セクシュアリティの喚起とは個人の経験の喚起、想起とも言えるだろう。よって、自己の経験に無意識的に照合し発生した欲望は、経験に根拠を置いていると言うこともできる。

男性に話を戻すと、それが実際にある特定の対象に向けられたとき、実はそれは経験から予測され想像された相手を対象としているのであって、その欲望をのせたペニスという代表も、想像された女性像に対して直立しているのである。女性が男性をレイプするケースを除いて考えると、女性は、相手の男性が想像した非現実の女性の代用物として、その肉体を貸しているのだ。

ホルモンの作用が定めるところに従い、遺伝子を残そうとすれば、このような意味をもつ男性の欲望を受け入れる必要がある。このような他者との関係の結び方は、先に挙げた女性の機能の③、「その結果、体内に異種との交配物を一定期間宿さなければならない」に共通する。リュス・イリガライが述べるように、妊娠において母体は胎児を他者と認識したうえで、共存と発育を可能にする。胎児はペニスのように触知できないし、性交の相手のようにその個人のセクシュアリティや人格がわかるわけでもない。ペニスよりも未知の存在である。しかし、はじめから「新しい他者」として誕生することを約束されているために、自己移入もされず、他者として体内で受け入れるのである。あるがままに。このような女性の他者の受容の仕方は、男性との最大の相違点とすることができるのではないだろうか。

（1999.2.14）

日本の散文詩について　―安西冬衛『軍艦茉莉《マリ》』

安西冬衛第一詩集『軍艦茉莉《マリ》』の巻頭を飾っているのは、表題と同じ「軍艦茉莉」という散文詩である。この詩は漢数字によって四部に分けられ、第一部は二つの、他の部は各々一つのパラグラフを持ち、「てふてふが一匹韃靼海峡を渡つて行つた。」のように一行詩が大部を閉めるこの詩集の中で異色をはなっている。

まず、第一部の第一パラグラフでは「茉莉」と「讀まれた」軍艦が停泊している場所と時間、そしてそれが永続して行われていること（「今夜も」）が示されている。そこに「茉莉」の「ひつそりと白」い様子も加味され、夜の海の静寂さが表現されている。

第二パラグラフではすぐに「私」へと話題が移り、「私」の職業、身分、「麗はしく婦人のやう」な容姿、監禁され阿片に溺れている状況が描かれている。

第一部において、はじめに読者の視線は遠景から軍艦の様子をとらえ、次の「私」という語によって語り手と密着する。読者はそこで起こる語りと一体化し、かつ末尾の「私は監禁されてゐた。」という文により、冒頭の描写が実際に見た情景ではないことに気づかされる。なぜなら、軍艦が「岩盤のやうにひつそりと白く」停泊する様子は、実際に艦内からは見ることが出来ないからである。この軍艦の情景は、艦長室に監禁されている艦長の「私」による空想、これから「私」が現出させる「軍艦茉莉」という詩的世界の舞台設定である。

第二部で、視線はさらに「私」の内部へとはいりこむ。「私」はここで妹について回想している。ノルマンディ産まれの「機關長に夙うから犯されてゐた」妹に、監禁され「起居の自由」も無い艦長の兄は何もしてやれない。「私」は自身の無力さに苛まれるが、阿片の昏睡に落ちていくことができることの全てなのである。「私」が貪る眠りは一定時間だけ続く健康的な睡眠ではなく、薬物による一種の麻痺状態であり、永遠にこのまどろみが繰り返される。「私」が没入してゆくのは何ら変化のない「永遠性」である。

しかし、第三部ではそこに「事件」が起こる。頻繁に聞こえていたらしい水葬の滑車の音に「木函を幻覺し」、死体となった妹を「象《み》た」のである。そしてまた二部のように、起き上がることもできず「私は」昏倒してしまう。視線は二部と三部を通して「私」の内面を貫いている。この二つの部はともに五行で書かれており、視線と同様、そこにもこれらの相似性が読み取れる。

第四部はたった二行。しかも「私」は登場せず、冒頭と同じく「軍艦茉莉」の描写で終わっている。ここはこの詩において最も謎に満ちた箇所である。冒頭と同じように見えながら、第四部のみが独立しているのはなぜか？　これも「私」の、多少は正気なときの空想なのか？　それとも阿片による昏睡の中での幻覚なのか？

　ここでその答えはだすことはできない。だが、ひとつ指摘したいのは、軍艦茉莉が出航していくまさにその時を描いていることである。この詩と詩集のタイトルを思い出してほしい。二つのタイトルと一つの軍艦名により、入れ子構造になっている。読者は軍艦茉莉の出航とともに、詩「軍艦茉莉」の外に飛び出し、詩集『軍艦茉莉《マリ》』の中を曳航し始める。（左図参照）。

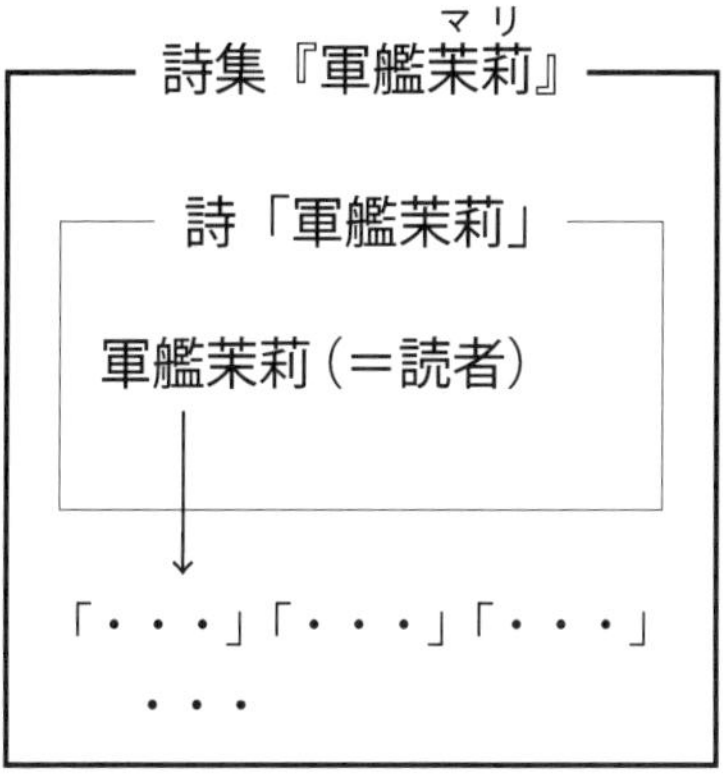

それは、監禁され自由を奪われて、眠りに落ちるか幻視することしかできない「私」の意識が、軍艦に乗って詩情に溢れた精神世界をさまよっているのだと言えるかもしれない。第四部の最後は読点を打たず余韻を残している。その余韻の中から次の詩が現れてくるのだ。

詩集『軍艦茉莉《マリ》』は五章約八〇編からなり、「私」とともに「妹」も度々登場する。列車の客室で「茉莉」と呼ばれている作中少女と遭遇する詩もある。この「軍艦茉莉」という詩は、たんに冒頭詩であるという以上に、様々な謎を読者に喚起している。

（2001.1.17）

Ⅳ　断片的草稿・他

断片的草稿（夢の記録・その他）

1996.6 ～ 1997.7

物陰に足拍子　1996.6.15

1　今日も私の部屋に夜がやって来た。私は夜が好き。夜とそれから雨が好き。夜と雨の中では人間の本当のすがたが見えるの。それに気づいてから私はもうだれにもだまされなくなった。遠くから聞こえてくるティキティキ。あの靴音はほんとうはずっと未来（さき）にいる私の靴音なのです。

こうして夜を数えていれば、あの軽やかなティキティキまで、私は行けるんです。だいじょうぶ。夜は少しずつあたたかくなっているし。今はいきをひそめて、夜に沈んであたしはじっとしているんです。

2　風に向かって歩くあたしがいた。あたしは「負けない」とずっと思いつづけていたが、「負けない」と思いつづけることに全てを使い果たしてしまって、まわりの景色も見えないのだった。

あたしの肌は荒れて乾き、表面がぼろぼろはがれ風のむこうに落ちていった。あたしの死んだ細胞はどこまで行くのでしょう。（はがれ落ちるものは、いらないもの。）あたしの顔にはもっとたくさんの、死んだ細胞がはりついていて、生きているふりをしている。顔をかきむしってやろう。かきむしりながら歩こう、とも思うけど、本当はそんなに深刻なことじゃないのかもしれません。

3　少しも傷つかずに生きていたいという人とあたしは一緒にいることができない。どんなめに遇ってもあたしのたましいは少し離れて足元にいます。歩くとずるずると音をたててついてくるそれを、いつか拾いあげて強く抱きしめてあげよう。きっとあたたかい水がたくさん出るだろう。

今夜も爪のような月が揺れてる。首筋をきしきし音がするまで噛んでください。そして私が声をあげたら、哀しい声なのか嬉しい声なのかを聞きわけて欲しい。

4　その言葉のうしろがわに手を入れさせて。血の通った塊にきっと指が触れる。それだけが欲しいのにさわらせてくれないのね。どうして?「きのうからかんがえていた。ふたりでしろいへびになってくらくてあたたかいみずのなかでからまりあっていたい。そのまま世界が閉じてしまって何も見えなくなればいいわ。」

そんなことを口に出して言えるけどそれができないあたしと、そんなことはとても言えないけどきっとできるあたし。どっちもあたしで、どっちもあたしじゃない。さよならが言えるまで、ほんの少しの我慢だから、あたしに血をわけていてください。少し痛いかもしれないけど、ほんとに短い間なはずだから。きっと、きっと、泣きたいくらいにあっという間のことだと思うから。

浮遊　1996.12.17

どうしてだろう。どこまでも浮遊していくわたし。ことばがでてこない。なにかをかたちにしたいのに、とりこむことしかできないの?そうしてとろとろとのみこんでいくの。けれどいちばんに欲しいものは手にはいらなかった。ずるりと腕から落ちていって、わたしは懸命に掴みあげようとしたけどそれはなにものこさずに消えていった。ちがう。それはうそ。それはわたしのなかに侵入したのだった。いまもなかに棲んでいる。のみこんだことをどうしてそんなにかくしたがるのかわからないけど、たぶんそれは両方なのだ。中にいて外にいるもの。外にいて中にいるもの。じゃあ中と外を区切るものはなんなの？　わたしのからだ？　皮膚が外気から内臓をまもっているように、それは皮膚の外側と内臓の中に息づいているの？　いつも見る夢は、自分の尾をくわえた蛇が頭まで飲み込んで裏返る夢。わたしのなかにも蛇がすんでいるのかもしれない。

∀∀　ユメノツヅキハオモイデナノカ
∀∀∀∀∀　ユメノツヅキハオモイデノハルカ
∀∀　ユメノツヅキハオモイデノカナタ。

7/11/1997/18-19:20 の夢（19:30-21:15 記述）

もうひとつの夏の日。

私達は2ＬＤＫのマンションに引っ越した。一番奥が父のベッド、その手前が母。私は、テレビとかがある台所の真ん前のベッド。まだ引っ越し直後なのか、ものが散乱している。というか雑然としている。そのマンションには階段を使う。うちは3階。でも、2階以上から部屋がはじまり、1階は設計か地形上の問題で無いようなものだったから、階段も苦にならない。その階段は非常階段みたいに粗末な鉄板でできていて（よくあるやつ！）、昇降の度にがんがんいう。もしかしたらほんとに非常階段で、エレベーターとか別にあったのかもしれない。とにかく私はその階段で出入りする。階段を3階まで上がるとドア（扉、という方が正しい雰囲気）があって、普通は閉じているみたいだけど、暑くて、風通しをよくするためにあけっぱなしになっていた。だから私は1度もそのドアに手を触れなかった。「あいててよかった」って思った。私は夜（夕闇がせまるころ）なのに外出する。

たぶん恋人と会っている（絶対！）。その相手の顔も体も見えない。ただ、歩いてるところがちょっとした飲み屋街らしく、夜なのになぜか電気のついていない飲み屋のネオンを見上げていた。

その相手と話したことなのかは、わからない。目の前にいきなりNASAとかが説明に使うようなCGでできた惑星・銀河系の映像がでてくる。そして、なにかの異変で5年に一度（たぶん彗星が）軌道がおかしくなる（…こういう表現ではなかった、「説明」では。ずれる、とか…）ので地球にぶつかる可能性がある、ということが説明された。そのCGでは地球に衝突するところも入っていたような気がする。

ぼんやりと、ああ、もし地球にぶつかったら、たとえ私達がいるところに落ちてきたのじゃなくても、どこに落ちるんでも、みんな死んじゃうんだ、と思った。・・・ぼんやりどころじゃなく、とても強く。

たぶんそのまま私は恋人の右側を歩いている。もしくは立ち尽くしている。グレーに暮れる夜空を見上げながら、もしみんな死んじゃうならどうしよう、と考える。それが観測データとかで事前にわかったら、ふたりで気が狂うほど抱き合おうと思った。決意に近かった。でも、地球がすごいことになるその日にそれじゃ、家族にたいしてあんまりだから、前の日にしようとも思った。無言で、真剣な思い詰めた顔で強くくっついている、もうなにがあっても剥がれない、アロンアルファでくっついたみたいにしがみつきあってるふたりの映像。

そして私は部屋に帰る。私は黒っぽい（たぶん水玉模様）結構ぴたっとした（たぶんノースリーブ。それかフレンチスリーブっていうの？ちょっと幅広のストラップ。袖を見た気がしないから。）ワンピース。なかに紺色でそれに白でこちゃこちゃとプリントの入ったビスチェを着ている。胸元からそのビスチェがのぞいてる。髪は今と同じか、少し長くてストレート。下ろしている。素足。足元は見えない。

母の顔はでてこない。父も。あ、母はでてきた。夜にふっと外出して怒られるかな、と思っていたら母の映像がでてきたけど、何も言われなかった。でも、きっと男に会いに行ってきたとはおもっているんだろうなと思った。

買ってきた自分のハブラシをパッケージから取り出した。母のはすごい小さくて、底の方にカビかなにか、点々がついている湯飲みみたいのに立てて入れてある。私のはどこにおいとこうかと思って、母のと一緒にしようかと思ったけれど、その湯飲みの隣に、ガラスのコップがあるのを見つけてそこに立てた。普通の大きさだった。母のハブラシは白くて赤いラインが入っている。私のはラインがブルー。偶然に色違いのおなじ種類だった。母の湯飲みの中に、普通のライオンの歯磨き粉もあった。私は異常に長い、でも前からうちで使っている歯磨き粉を手に困っていた。どこに置こうか。コップに立てておいても倒れてしまうので、結局横にして置いておくことにした。それらはピンクのカラーボックスの上にあった。二個並んでいる、カラーボックス。

私は母と洗濯物をたたんでいる。部屋の中に干すから、頭をふいに上げると洗濯物に頭と顔がぶつかる。紺地にユリの柄がはいったショーツがあった。お父さんがいちばん遅く帰ってきて寝るのにいちばん奥の部屋じゃ、テレビも観れないし、お母さんも目が覚めちゃうんじゃない？　とか思っている。言ったかもしれない。でも、私はテレビが観れるからいいな、と少しわくわくしている。

薄闇の映像。窓の外。網戸もなく全開の窓。

左上の方に洗濯物を干す（洗濯ばさみがたくさんついているやつ）ものの小さめのが、揺れてる。何もそれには干されていない。洗濯ばさみすらほんとに少ししかない。

7/12/1997 朝方

移動。逃避。目的地につかない？

とにかくひたすら移動していた。車だったり歩きだったり。なぜか澄川図書館に行かなきゃいけないらしくて、みんなで（誰かはわからない。キムタク？ 3～4人はいた）車で移している。こっちじゃない？あー、行き過ぎだよ、とかいいながら。私は場所を知っているのに、なかなか主導権をにぎれない。駅の方なのに、どんどん（西岡の方？）遠くなっていく。住宅街を低速で走っていると、もう1台がうろうろしてた。そしてけばけばしく着飾った太めのおかまみたいのが、私達の車を止めて無理矢理に乗り込もうとしてきた。私達は（わたしは助手席。運転していなかった）急発進させ、住宅街にもかかわらず猛スピードで逃げようとした。7/13/1997 朝方6時頃

さまよってさまよって、帰るとこは？

去年一緒のクラスだった人達で、おもちゃを買うことになった。Hくんが率先してて、Oもいる。

探し物は「黒ヒゲ」のゲーム。樽に剣を刺していって、「当たる」と黒ヒゲがぴょーんと飛び出してくるやつ。おもちゃ屋は、なんか暗いけど広くて、私達がいる棚の向こうにも品物がたくさんあって、なぜかテイセンホールを連想した。

すごく小さくてちゃちなのはあるんだけど、ちゃんとしっかり出来ているのがなくて、あると思ったら6万円もする。大きすぎるけど仕方

ないからそれにしようかとなったが、割り勘にすると1人1万ちょっとになる、とHくんが言うので諦めた。

外を歩いた。どんどん。暑かった。どこかの小学校か中学校の近くまできた。乾いたグラウンド。みずいろのフェンス。真っ赤な消火栓。黄色の消火栓。雲がとおくにかすんでいた。周りをぼうーっと眺めて、われにかえるとひとりだった。おいていかれたのかどうかよくわからないけど、別に何もおどろかなかった。さびしくもなかった。淡々としていた。

その学校の前の道路を渡ったところに公衆電話（ボックスじゃなくて、コンビニとかによくある緑で、白や透明の覆いがついてるの）があって、そこからA子のPHSにかけた。050―067―＊＊＊＊。A子はすぐにでた。いまどこにいるの？　と聞くと、Iのうち、と言われた。それを聞いたとたん、部屋の様子が断片的に頭のなか（目の前？）で光った（彼女の他にも、さっきまで一緒にいた人がいる）。すごく、たまらなくさびしかった。くやしかった。でも、気持ちのやり場がなかった。なんて答えたのだろう？　たぶん、ふうーんとしか。もしくはそれに似たような、無関心を装った（そしていちばん、聞く人に関心を示してしまう）返事をしたと思う。したような気がするけど、それを覚えておくことすらつらいのか、「わすれた」ことになっている。（現実のわたしには）。

Between The Dreams

最近タオルケットで寝ている。感触がいいから。昨日ぐらいから、いま使っているシーツのはだざわりに安心している。からだがふれると、すぐに眠くなる。もうそろそろこのシーツだと暑いのだけど、なにかおもいだせる気がするからかえる勇気がでない。

こんなに暑いとすぐに眠くなる。吉本ばななが眠ってばかりいるのは消極的な自殺、と言っていたけど自殺というよりも自愛に近いと思う。暴走する右脳をながめてたのしんでいるから。

7/13/1997/17:30

ふとん。

〔状況説明：あれだけ眠ったにも関わらず暑さのせいか眠りたくなった私は、布団をひき、枕をせずに折り畳んだままの掛け布団とタオルケットによりかかって眠った。しばらくして抱きつくものが欲しくなり、ミニーを左側に抱いて、寝た。17:30ごろに目を覚ましてミニーを手放したが、その時すでに、以下に述べる夢を見ていたというしっかりした意識があった。2度目の眠りでは夢を見なかった。〕

私の部屋に母がいる。夜。スライド式の本棚の前に、北から南の方向に布団がしかれている。本棚の上から白熱灯のクリップライトが布団を照らしている。が、何でできる影だろうか、布団は白熱灯でできる白と黒のコントラストではっきりと分けられていた。母いわく、「半分に分かれてしまうのはよくないねぇ。」

シーツはタオル地ではなく、硬めのぱりっとした木綿だった。光が当たっても、シーツ自体にはなにも模様がなかったから。

7/15/1997/ 朝方

(どれがはじまりか、わからない)

私はバス停に向かう。1条3丁目のバス停のすぐ近くに電話ボックスが置かれていた。手前にいるときには、喫茶店がある方に、スモークガラスの新しい電話ボックスがあるように見えていた。ちょうど、人がそのなかから出てきた。昔からある、ボックスじゃないので、そのスモークガラスに透けてみえる。

でも、実際にバス停のあたりにつくと、古い型の白い電話ボックスが2台並んでいる。私は、それの、道路から向かって右側のに入った。それまで季節はわからなかったけど、ボックスに入ったとき、吹雪だった。ベネトンのリュックのふたが開いていて、中にさらさらの粉雪がたくさん入り込んでいた。黄色い傘をもっている。折り畳み傘を急いでぐちゃぐちゃに畳むように、折り目とかがめちゃくちゃで、ふくらんでいた。が、もう一本を確信犯的においてきたことがわかってて、今いるボックスからもその置きざりにしたほうが見える。それも黄色いかさ。（昔持っていたのより渋い色）。

結局それを取りに行ったかどうかはよくわからない。私は教食みたいなところにきている。なぜか女タイガーマスクとよくわからない女、ふたりのタッグマッチをみている。その試合はぜんぜん激しくなくて、バック転とかも新体操や、体操の床運動に近かった。試合はタイガーマスクが勝った。

N子がいる。一緒に食べるから、私が荷物を置いている場所に案内した。誰か分からないけど男の人がそこにいた。荷物はあるけど、みんなごはんを買いにいっているのか、誰もいなかった。その男の人を除いては。そこの机は、中央食堂の二階の机がもっと長くなったようなの。その真ん中に私の席。男は私の向かい、向かって右側。となりに女の人（たぶんTさん）。

7/14/1997

Gくん登場！

私の家の台所で、トイレから一番近いドアの前に椅子をおいて、腰掛けている。かた焼きそば（または広東麺。うえに、あんがかかっているもの。）をレンジであっためようとしてる。

でも私は座っている。水道のところにGくんがいる。私はすわっているはずなのに、タッパーからその冷えて固まったプルプルしているアンをすくって取ろうとしている映像が重なる。彼が笑いながら私を見る。「なんだ、そんなことしようとしていたの？」みたいなことを笑いながら（微笑みながら）言う。でも、声は聞こえない。そして私が、今日これから（テンペストSHOW？）見に行くの、というと、えーっ？まだみていなかったのー？　とまたまた笑いながら言った。台所の蛍光灯に（顔の）左側から照らされた彼の顔、そのにこにこが、印象的だった。起きてからも幸せな気分だった。

7/16/1997/-AM8:00

山中牧場。

ソフトクリームを食べた。だれかが山中牧場のを食べると言うので、私も食べた。ホテルみたいなところにいて、旅行のチラシか何かを求めて玄関を出たり入ったりしている。煉瓦づくりの内装。

7/16/1997 AM8:20-11:00

血なまぐさい。

（8時に一旦起きる前に見ていた夢と関連があったか、もうおぼろげ）

池のある公園の入口に来ている。私の他にも何人か連れがいる。雰囲気的には中島公園という感じ。ただし、周りがすごい田舎で、田んぼや畑がある。左手側は山。私達の目の前には橋がある。目の前に来たときは、橋、というより土手の下を水が流れているというように、よくみないとわからない。正面向かって右側から向こうを見ると、木製の橋。

「橋」を渡ると、社みたいな古い小屋がある。私は連れの女の子（たぶん私と同じぐらいの歳）に、私とそれのつながりについて語っている。内容はよくわからないが（忘れた）、私の5代前の人が関わりあるという話だ。血なまぐさい内容。彼女に社の真ん前に立って、「私の…の・…が…。つまり5代前が…」と言ったのははっきり覚えている。心中？（どう説明するか悩んで、いろいろ言葉を探した結果、この言葉を選んだと思う）。そして、左側にある四角い舞台のような、城跡のような土が盛り上がって雑草がはえているのを指さして、あそこでも沢山死んだのよ、と教えた。すると、その舞台状のところに武士の切り落とされた首が並べられているのが見えた。その話をしたからかもかれないが、その映像はずっと消えない。まるで、戦国時代の、首が切られて並べられたときに居合わせたようだった。でも、周りは橋を渡るまえとなんの変わりもない。柳の木や下草がきれいな黄緑色をしていて、田んぼの黄色と相まってとても落ちつく、のどかな光景だ。そよそよと風が吹く。却って、社と首の存在が際立った。背筋がぞくぞくした。話をしているのは私で、私自身に関係あることで、いまさら怖がってもどうしようもない宿命みたいなものなのに、恐怖を感じている。武士の首は髪が結われず、ばっさりと下ろされたままだった。

7/20/1997/2:00AM

すべてわかった。

仏文のＩさんが私の前を歩いている。どこかの建物のなか。クリーム色の壁。通路のようなところ。Ｙさんもいる。Ｉさんの前を歩いている。Ｉさんが、昔の話を始める。

ある女の子と話していて、その子の顔に化粧用コットンの（ちぎった）切れ端がついていたんだ。それに気づいたときなんか特別なものを見たような気がした。その話は前にもしてくれた。Iさんが話を始めると、Yさんが何度もこちらを振り返る。あの不安げな心配そうな顔で。

どこかの部屋に入る。というか、目の前にあるものに私の視点がすごい速さで近づいた。もうIさんもYさんもいない。目の前には。でも誰かが私の後ろに続いてきている気がする。そしてそれは、たぶん〈去年の〉友人たちだと思う。確信している。目の前にいるのは、I。大きな学習机の前で、何かの台か椅子にすわり、机によりかかっているようだ。彼はポケットからベルをとりだす。でも呼出し音はなかった。Aが持っていたのと同じような、大きくて厚ぼったいの。私は、いつ買ったの？　私番号知らないよ？と叫んでベルをのぞきこんだ。彼はそんな私になんの反応もしない。画面には、8で始まる電話番号が表示されていた。8の次は1だった。その次も1だった気がする。私の家の番号とは違う。彼は目もくれずにベル（電話？ＰＨＳ？）に何か打ち込んでいる。私はすべてわかってしまう。だからベルの打ち方を教えてくれって言っていたのね。その途端ものすごい悲しさと嫉妬と悔しさと…いろんなものがごっちゃになって、泣きたくなった。

そしてその気分のまま、目が覚めた。たぶん5分もかかっていないと思う。眠ってから目が覚めるまで。夢の中の悲しさのせいで目覚めたから。もちろんすぐに泣きだしたかったけど、2日続けて泣くのは疲れるので、とりあえず夢を書き留めることで気を紛らわすことにした。今日Aと出掛けたこと、ついさっきベルをチェックしたこと、昨日からのかなしさといらいらの原因について答えが出てしまっておまけに解決策までわかってしまったこと、HPを作りなおそうかな、などと考えていることが、この夢の構成要素のようだ。

7/20/1997/ 午前

ユメノツヅキハオモイデナノカ。

　玄関の手紙が出てくるところを、手前から見つめている。とても静かで、音もなく、窓から柔らかくてきれいな光が筋になって差し込んでいる。天使とか神様が降りてくるような雰囲気の光だった。手紙は一度にではなく何通かづつぼたぼたと状差しから落ちてくる。全部私宛の手紙。私が床に落ちた何通かを拾うと、また何通か入れられてくる。K子やT美からも来ている。友達からのだ。玄関だけは現実のものと同じだが、私はワンルームマンションのような部屋にいる。玄関はその部屋の奥から見ていた。右手にもうひとつ部屋があるみたいだ。でも、バスルームかもしれない。

　ついたてのようなものを部屋の奥に置き、背もたれにした。そして、そのまえにふとんをしき、簡単なベッドを作った。友達にばかにされる。（でも音は一切しない。この前にみた夢を話していても声は聞こえない。私の夢に音があることはない）。

　そこでIみたいなひとと寝る。Iにそっくりだけど、違う人だ、にせものだとわかっている。だから悲しくなる。でも、寝る。ふとんのなかで私達は抱き合う。ほとんど服（パジャマ？）の前ははだけているし、そもそも着ていたかどうかわからない。むなしさをかんじながら、私は溜め息をもらす。私が上になって少し顔を離した位置から舌を絡ませる。（なぜかここだけは音を感じた。べちゃべちゃいう音。）相手の舌はなぜかとても長くって、私の口のなかに入ってくる。力をこめて細く固くなった舌が。私はそれを吸う。吸っているうちに、なんだか舌を吸っているような気がしなくなった。舌を吸い、目を細めてとてもいやらしい顔をしている自分の映像が相手のと重なる。口でしているような気分がした。

相手の体についている〈印〉を探さねばならない。相手はその場所を知っている。でも、ちらっと見ただけではわからない。相手が上に着ているものをはぐって、胸を探る。胸に口づけて、吸う。ナメラカデリュウキノナイジョウハンシン。探し物は首筋の、左耳の近くにあった。

非常階段　1997.9.10

顔に降りかかる雨は甘い味がする。

非常階段はむきだしのままだから、天気の悪い日は使うのをためらってしまう。地上ではそんなにひどくなくても、昇っているうちに強くなり、髪が下からあおられて視界が遮られるし、雨に濡れた手すりの砥石のような滑らかさと鉄粉のざらりとした感触が神経を逆撫でする。

非常階段を眺めることが気に入っていることに最近まで自分でも気がついていなかった。有事の際には無くてはならないが、平常時は誰の関心も引かず、使用を禁止され、存在すら忘れられてしまう可哀相な人工物。その骨格は無駄な装飾を一切はぶいたシンプルさを持つ。体重をしぼりこみ、禁欲的な生活を送る人間を思わせる。螺旋状の骨格は、見る角度によって姿を変える。

その非常階段の中に入ってみたいという欲望を抑えきれずにいた。そこに通じるドアが開いているわけはないだろうと思いつつ、軽い気持ちでノブを回したのだった。

人目についていては後々面倒だという保身がはじめに働いたのか、たまたま昼過ぎで誰もいなかったのか覚えていない。ただ、ノブが抵抗無く半回転し、そのままドアを押し開けたときの細く漏れる陽光が目に焼きついている。

真空パックのような無音の瞬間。

開いたドアから見える陽炎たつ外の景色と、侵入するたるんだ空気。真夏日が続いた八月の午後二時。夏の匂い。

　それから私が住む階と地上の間は、非常階段でつながれた。

　人目につくことを気にしていたわりには、それ以後の私は部屋の出入りに非常階段しか使わなくなってしまった。でも、それが自然なことにも思えた。普通の階段やエレベーター（私の部屋は三階にあるのでめったに使わなかったが）を使わないということは、正規の入口を通らないということであり、郵便受けもチェックしなくなるということを意味する。もともと、住所を知っているのは身近な人に限られていたし、彼らが手紙を書いてくることはほとんどなかった。連絡は電話・ＦＡＸ・ポケベル・e-mailで済んでいた。毎日の出入りの度に、管理人の視線にさらされながら郵便受けをのぞいて、ぐちゃぐちゃに詰め込まれたＡＶ宅配のビラにうんざりすることも無くなり、かえって快適だった。見かねた訪問人がついでに持ってきてくれたりもするが、そのつど自分が裏から出入りしていることを思い知らされた。私は非常階段を愛しちゃってるのね、などと。

Cinéma/ vol.1
（「映画日誌」 2001.7.10～2002.11.4）

10/07/2001（スガイ）
『A.I』《原案》スタンリー・キューブリック。《監督》スティーブン・スピルバーグ
途中からピノキオになってしまって、スピルバーグ風（いかにも）だった。随所に、キューブリックっぽい家具（居間の、ガラス製間仕切りetc）があったりして、努力（キューブリックっぽくしようとの）はわかるけど、多分キューブリックだったら、こういうものは使用しなかっただろう。
巨匠であれば、昔の焼き直しはしない。ディティールに至るまで。スピルバーグの父親探しが、ここでは（母）親探しになっていった。でも、冒頭から（「子供」とインプットされる前から）泣き通し。ジュード・ロウの『ジゴロ・ジョー』は最高。『スターリン・グラード』を見逃したのがくやしい。最後の“I am and I was”が、しかも何の悲しい表情も見せずに「回収」されていったのが、かっこよかった。

12/07/2001（東宝プラザ）ac. Ma mère
『みんなのいえ』《脚本・監督》三谷幸喜
黒沢清の『KAIRO』（『回路』）以来の日本映画。ないようは、〝まあまあ〟。脚本というか、ストーリー消化に精一杯ってかんじ。私の好みの映画ではない。まあ、おもしろいし、人物類型はよくできている。でもこれっていかにも東京っぽい…（?）

16/07/2001（蠍座）
『浮雲』一九五五年/124分。《監督》成瀬巳喜男《出演》高峰秀子/森雅之/岡田茉莉子
終戦直後の東京、焼け跡&廃墟をバックにた

たずむ高峰秀子が、まずかっこよい。ストーリーは、くっついたり（?）離れたり。男は口ばかりたって、女から女へずるずる。女の方が、一人で、しっかり立っている。Mは翌日、「大変勉強になりました（苦）」と言っていた（笑）。最後に、男についていって死ぬことで、やっと男に勝利したのだなと思った。

19/07/2001（東映パラス）

『マレーナ』

あの『ニュー・シネマ・パラダイス』では、ぼろぼろに泣いたが、今回は予想ほど感動しなかった。時間がもう少し長ければ、もっとじっくりマレーナの美しさ（＝モニカ・ベルッチの美しさ）を描けたのに。少年が〝大人〟になる過程が細かく（?）かかれていて、少し生々しい。男性が観たらどう感じるのか知りたい。

21/07/2001（蠍座）

『紅いコーリヤン』

公開（?）したときから、ずっと観たいと思い続け、でもなんだか逃しつづけてきた映画。全くストーリー etc. の予備知識がなくて、単にコン・リーが出てくるとしか知らなかった。セリフ廻しが少なくて、『花の影』なんかよりも、すごい「生きてる」ってかんじ。例えば、酒造りの人夫たちの屈強な体や、新酒を捧げる歌と祈り。コーリャン酒というものが存在するって初めて知った。その酒の紅、夕陽の赤さ、血の赤、etc…。赤は本来福を呼ぶ色だけど、それが悲しくもあって…。とにかく、良い映画だった。

『欲望の翼』

ウォン・カーウァイ嫌い（?）の私だけど、この一本は最高に良かった。“In the Mood for love”（『花様年華』）のようにムダに長すぎもせず、ほどよくわかりにくく（演出が不親切）、でもよくまとまっていた。強いて言えばフィリッピン以降は cut してもいーんじゃない？　って気もするが、ラストのトニー・レオンのシーンが命なのでゆるす。主人公が住んでたような、床のタイルむき出しのガラーンとしたへやに住みたい。窓とかべのつなぎ目の目地がぼろぼろはげ落ちてくるような…。ウォン・カーァイの作品で一番好きだ。

23/07/2001（キノ）
『BAISE-MOI』
……。二人の間の信頼感とか、キャッチコピーのような「無敵」ってフンイキはそんなに感じなかったけど、まあ、こういう二人だからそれでイーんだろうなぁ。北川歩さんの鋭いご指摘通り、「どうして、一週間で上映禁止になったか（内容からは）わからなかった」。これ、私もよくわからない。ほんとにマネする奴（レイプうんぬん）いるからかね。そんなにカゲキでもないけど。よくわからなかった。シールは携帯に貼りました。小さいの。

02/08/2001（キノ）
『セシル・B・ザ・シネマ・ウォーズ』
ビラとかで予想してたよりも、バカというか、バカというより、キレてる（?・）。過激なんだけど変にキで死んだ仲間をそのまま置いてとんずらしたり。もう「犬死結構!!」ってかんじ。おもしろいです。メラニー・グリフィスも、今の夫の気をとどめておくため整形&コラーゲン注入しまくりときいていたので、現実と役柄が混ざっておもしろかった。クランクアップしたとたんに、その場でやりだしたのには腰抜けた。撃たれるし。なにか、こーゆーのについているのかな？　近頃の私。**JACKASS**とか。

08/08/2001　高等教育AV（VHS）
『ラスト・タンゴ・イン・パリ』（一九七二）
仏伊合作、By.BERNARDO BERTOLUCCI With Maria Schneider, Marlon Brando, Jeani-Pierre LEAUDO
　テーマ：「名前」。Lastで、ようやく男が女に名前を尋ねるが答えないし、また女も男のを知らない。「狂人」として殺されて死ぬ。フィクションとして、アパートの一室ですごし、それをリアルにしようともちかけたが失敗。冒頭のベーコンの絵は何？　主な舞台はビルケナウの橋？　16区？

09/08/2001（三越名画劇場）
『王は踊る Le Roi danse』
　ブノワ・マジメルの、あの割れたアゴはルイ14世にうってつけ。あれで選ばれたのでは？とまで思ってしまう…。リュリのオペラをみてる王族たちはつまらなそーに、能面だったけど、あの後、リュリのオペラはウけたんであろうか、謎。よいえいがでした。ボカシ、はいってなくて、びびった（日本なのに）。

11/08/2001（スガイ札幌劇場）
『VENGO』
　場内には、いかにもフラメンコ踊ってます、というかんじの女性とか、スタジオで習い始めたOLっていう風なのかとかが、けっこう居た。勿論、スーフィの歌や踊りが観れて、他の音楽もいいしよかったけど、スペイン系独特の〝狂気〟っていうか、すごい強い空気が伝わってきて、個人的にはすごく苦手。Allocationの受付で会った、トルコ系のおばさんの、少しイッタかんじの笑い方を思い出した。現場にいないと思い出せない感覚を味わいました。

31/08/2001（キノ）（父からの招待券で観覧）

『夏至』

あれだけ女性誌に取り上げられてた理由がよくわかった。すごい〝キレイ〟なヴェトナム。「おっされ〜」ってかんじのインテリア、音楽。ヴェルヴェット・アンダーグラウンドがはまってました。三女の女優さん、「NHK週刊こどもニュース」のマヤに似てる大口美人。一人だけういてるし、絶対、学生とつきあうほど若い年齢設定には見えん、と思った。長女の人が、一番演技とか好きだな。フランスからみたヴェトナムってかんじ。（9/23記）

06/09/2001（スガイ札幌劇場）

『ポエトリー、セックス』

カウンセリング・クリニックに行く前にこーゆー映画はどうかと思いもしたけれど、おもしろそうなのでつい観てしまった。後から考えると、「女サスペンス」（?）モノとしては、「おいおい、初めからちゃんと証拠ビデオさいごまでみとけよ」と思わなくもないが、章立てになっている造りや映像のフンイキは、けっこうよかった。ゲイ映画（男の方）は、アルモドバル観たけど（帰国直前にパリで）、セックスシーン付きのレズビアン映画は初めてで、女優が二人とも、「おいおい、太くない?」というくらいゆるんだカラダで、逆にそれが良いと思った。男性は、「おばさんの体なんて観たくねー」と思うのかもしれないが、じゃあなんでラブシーンの男はたるんだ体でもゆるされてきたのか説明しろ！　といいたい。久々にパンフというものを購入しました。Poetryなシネマだったので。

23/09/2001（スガイ札幌劇場）

『ウォーター・ボーイズ』

「男子高校生」の腰骨拝みに観た。竹中直人こゆすぎ。全部持っていっちゃう。あの〝いつもつ〟演技で。いつも一緒じゃん。ストーリーは、思ってたよりは、ナチュラルな展開。無理矢理感はナシ。下品でもなく、さむいギャグや、うそくさい青春劇もあんまりなく、けっこうこの手の映画としてはcool（ほめてる）。妻夫木聡は、けっこーよかった。映画館の場内にはけっこう「その手」の人がいたっぽいです。きよ、いわく。

04/10/2001（ポーラースター）
『ロンドン・ドッグス』
ジゴロ・ジョーそのままといった風なジュード・ロウ（メイク（?）とリーゼントの髪型がだぶるから…。）。それにしても美しい顔立ちですな。ストーリーは、予想以上におバカで、下品（笑）。ギャングの一人のインポネタがけっこう長く出てきてうけた。かなり血みどろにエグイ抗争の場面もあったけど、笑いのオブラートにくるんであって、ひどくはない。残り20分弱で映写機がおかしくなり、おわびの招待券もらって出たのでラストはしらない。

12/10/2001（キノ）
『クレーヴの奥方』
キアラ・マストロヤンヌの影のある美しさ、喪服の似合う美しさは、すばらしかった。が、相手役のミュージシャン（現実にもミュージシャン）を知らないから、あまりおもしろくなかった。原作の筋（イト?）に沿うなら知らない方がいいかも知れないけれど、監督としては架空の人物を作らず現実の人を起用した訳だし…。タイトルは原題のまま、“La Lettre”の方が、ラスト（アフリカからの手紙）にあって、良いと思われた。

14/10/2001（キノ）（父からもらった招待券）
『焼け石に水』
フランソワ・オゾン、最高！　ドイツ語のへんなサンバも最高！　俳優も最高！　独白するときに、アパートの外から窓を撮る。人物がちょうど窓枠一つに入り、かせがはめられているようだった。アパートの一室だけでストーリーが進む。とにかく良かった。

15/10/2001（蠍座）
『スターリン・グラード』
ただかずの、おすすめの一本。3hoursがあっという間。ジュード・ロウがかっこ良すぎ。スナイパーの話だから、余計、一瞬も気が抜けない！　J＝J・アノーだけに（?.）、ラヴシーンはすごくよかった。短いけれども。あんなスリリングなベッド（?.）シーンはないですね。戦争の残酷さ、狂気は、『Apocalypse Now』の足元にも及びません。

25/10/2001（キノ）
『ロマンスX』
これ観た後に、ペレック・ゼミというのが最高にきつかった。"A' ma Sœur" ほど後味は悪くない、というか、逆にすっきりする。ロッコ＝シフレディは、名前（First name）だけ聞いていたが（Cité Uで）、すごい温かさのある良い俳優だと思った。ぬくもりを感じた。それにしても、モザイク、うざっっ!!　出産シーンでVaginaぼかさないなら、Penisもぼかすな!!　男が、低価値みたいで嫌だし、可哀そう。

01/11/2001（東宝プラザ）
『ブリジット・ジョーンズの日記』
ゼミのストレス発散に。レニー・ゼルフィガーのブスっぷりが良かった。むちむち。

ヒュー・グラントが哀れな男で良かった。二枚目俳優も、たまに貧乏クジひかないとあきる、むかつく。余談：予告でみた『ポワゾン』。すごかった。R-18。うーむ。独りでみにいくの、さみしいね。

03/11/2001（ポーラスター）

『恋する遺伝子』

キネマ旬報で、こっちの方が『B・Jの日記』より出来がいいって Article よんだけど、ほんとかなあ。いかにも〝N・Y〞ってかんじで、うーん、おもしろさではB・Jの方が上だし、どうしてジェーンとエディがラストでくっつくか、イマイチ釈然としない。あと、時節がら（2ヶ月たったけど）、〝W.T.C も見えるね！〞とかいうセリフは痛い。もう、こういうN・Yラヴストーリーは（しばらく）つくれないでしょうね。

15/01/2002（キノ）

『アメリ』

12/24 に来たら、Noël plus couple day（2人で 2000yen 也）で、長蛇の列であきらめた。女の子さそうには、うってつけだよねー。並ぶけど。大体、なんでキノでやるんだよ。狭いんだよ。スクリーンも。France（Stras の cinecité）で観たとき、narration の速さについていけなかったのでリベンジ。Stras & Paris をなつかしんで泣けるかもと思ったが、ぜーんぜん（笑）。ただ、初めてのときは気がつかなかったが、すごく作りこんだ〝パリ〞というかんじで、（例：犬のフンがない、ケータイ出てこない、ひとが少ない）そういうところは「都市」を舞台にしていても、やはりJ＝P・ジュネっぽいなと。ヒットするけど、そんなにおもしろくない。日本版キャッチコピー「幸せになる」。タイトルにストーリーを含まないと、説明的 copy が必要…？　全然あわねーー。内容と。

20/02/2002（シネスイッチ）
『マルホランド・ドライブ MULHOLLAND DRIVE』

『ストレィト・ストーリー』路線に行っちゃったのかと思われたデビッド・リンチ様、やはり古巣（？）にもどりましたね。印象：①『Twin PEAKS』＋②『LOST HIGHWAY』÷２＝『MULHOLLAND DRIVE』

①・Club Silevio の赤いカーテン・愛のうた（唄）・元踊る小人の Mr. ローク・美女（!!）・音楽（アンジェロ・バダラメンティ）・からみあう愛憎関係・伏線をはっておいて（？）中ぶらりん（Diner のうらのホームレス）・なぞの小箱・預言者（ルイーズ）

②・記憶喪失・２つのストーリー・同一人物がウラ・オモテで進行・架空、虚構化される→観客へのはぐらかし

【共通項】・ムダのないセリフ・唇（発言中）のドアップ

米・abc が制作拒否したということは、ＴＶ版パイロットもあったのだし、ドラマ化するつもりだったのかな。映画になると画的にも、うすいかんじかな。週一ペースで流して、まったりこってりと、じわじわ展開した方が、良さが出たと思う。そういう点は、Film としてパワーのある「LOST HIGHWAY」の方が、オススメ。あれはリンチ自身が狂ったかんじだから。「マルホランド…」は、冷静、ひねりなし、手慣れたかんじ。

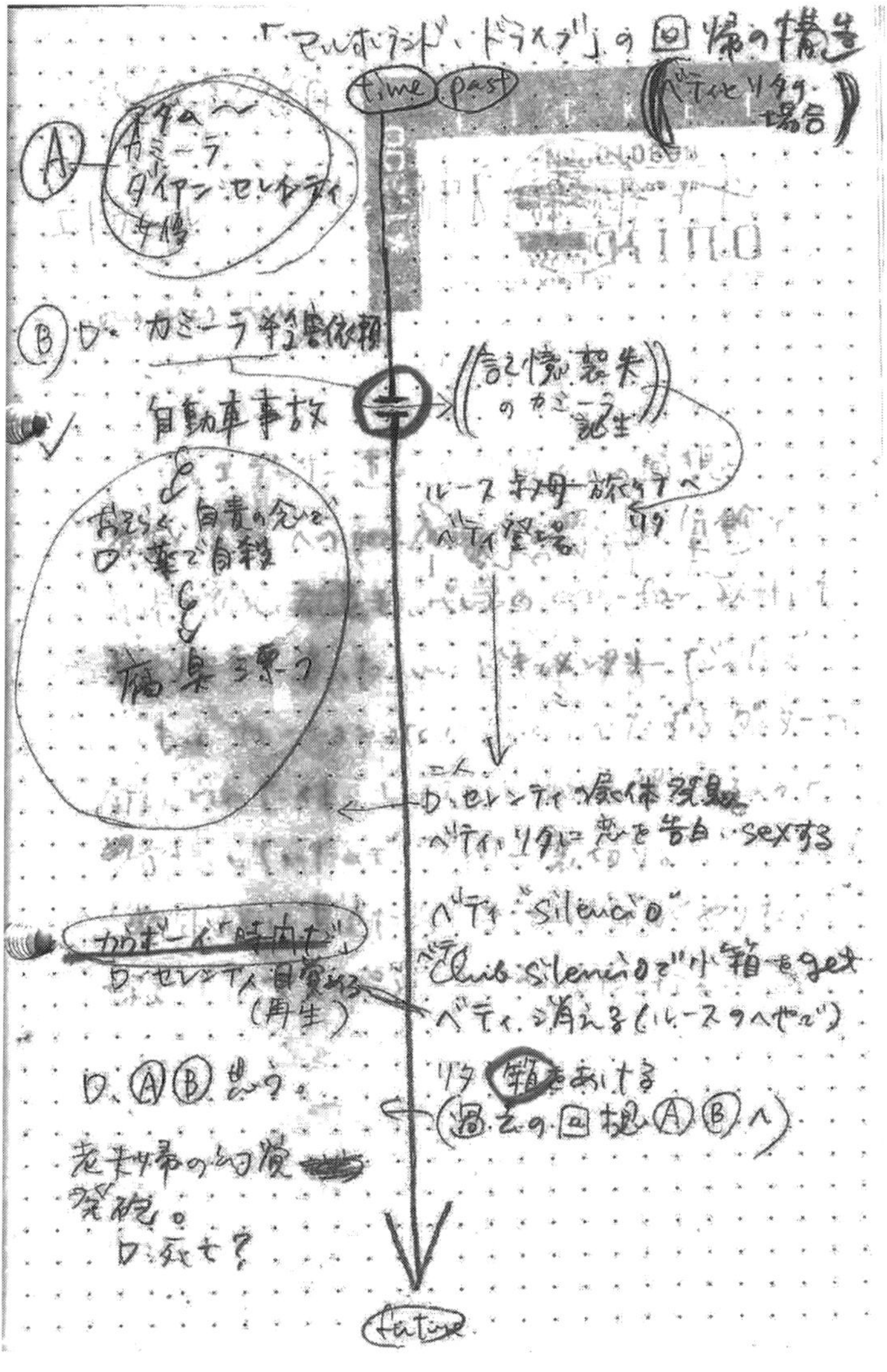
「マルホランド・ドライブ」の回帰の構造
time past
(ベティとリタの場合)
Ⓐ
カミーラ
Ⓑ
自動車事故
記憶喪失のカミーラ誕生
ベティ "silencio"
Club silencioで小箱をget
ベティ消える
リタ箱をあける
(過去の回想Ⓐ Ⓑへ)
老夫婦の幻覚
future

28/02/2002（映画館不明）母親と
『千と千尋の神隠し』
Et alors?

25/05/2002（キノ）
『エトワール Tous pre des etoire』
バレエダンサーたちの幼い頃からの回想。養成学校へのposi / negaな思い出、年齢と身体の衰え、引退を、バレエのcore-fan以外にもわかりやすく追ったドキュメンタリーだった。もっとナレーションetc.が少なく、ひたすらダンサーの鍛えられた体、レッスンを延々撮っているのかと予想していたので、うれしい裏切り。子供に見せたら、きっとバレエがやりたくなる。大人がみても、tryしたくなる…。

05/06/2002（BOX東中野）
『ナショナル7』
期待よりもとても軽く、楽しいタッチで単純に楽しめた。筋ジス役を演じた人、すごい!! パンククルマいす君とか、イスラム教徒でゲイでhandicapとか、わき役もおもしろい!! Manifしたりとか、笑っちゃった。ラストの、虚→現実の落とし方もわざとらしくなく、さりげなくてよかった。

17/06/2002（キノ）
『HUSH!』
泣きまくった。笑いまくった。Kと観に行ってよかった。片岡礼子はスゴイ上手い！ つぐみ、こわい女。もう一回みたいです。ＤＶＤほしいぐらい。でも、ストレートの男には受けがあまりよくないっぽい。

22/06/2002（キノ）
『ノーマンズランド』

19/08/2002（キノ）
『青い春』
　タダチケットでよかった。

05/09/2002（スガイ）
『ピンポン』

19/9/2002（スガイ　）
『チョコレート』

30/09/2002（シネマイレブン）
『インソムニア』

14/10/2002（キノ）
『フォーエヴァー・モーツァルト』

26/10/2002（キノ）
『まぼろし』

01/11/2002（札幌映画サークル）
『今日から始まる　Ça Commence Aujour'hui』
　Nord-Pas-de-carre の町。労働者用の、長屋状の住宅は、ボージュの山あいでみたものと同じ。きっと、Alsace でも、どこでも（Paris でも）ああいったひどい状況はあるんだろう。公立学校の教師や、リセの生徒が Grève をおこす理由が、字面でしかわからなかったけど、幼稚園からあの非道さなら、推して知るべし。子供たちはどこでもかわいい。人からの愛情を、何も疑わずに受け入れるから。容姿がかわいいだけでなく、bisou のときに素直に頬を差し出すから。愛されることを恐れてないから。幼稚園がよみかきなどを覚える場なのは知ってたが、丸暗記ではなく、創造的だった。ラストの、校庭のペットボトルの色がきらきらしていた。

04/11/2002（蠍座）

『砂の女　ディレクターズカット版』

安部公房の小説は一切よんでいないので、内容は事前にしらなかった。が、オープニングの、判子を使って、出演者＆スタッフを紹介するところや、モノクロの粒子を大事にしている画面、構図がすごいよかった。岸田今日子も可愛かった。いつ観ても新しく感じられる映画だろうなと思った。

Cinéma/　vol.2　（2002.11.14～）

14/11/2002（キノ）

『TAMALA2010』

結局、予告編がいちばんまとまってて、おもしろく、それが全てだった。映画に作って、1h30 以上ひとをしばりつけとく意義かんじられず。

（日時不明）（CSN1 ムービーチャンネル）

『小さな兵隊』（一九六〇）

若いアンナ・カリーナは超かわいかったことがよ～くわかった。Anna のときはもうおばさんだったたから。ストーリーもセリフもかっこよかった。初期だからか、まだ頭使わなくていい。ジュネーヴ行ってないけど、ほんとうにフランスっぽいなと思いました。写真は現実。映画は毎秒24コマの真実。あれ？　逆？

13/02/2003（ファクトリー）

『トランスポーター』

まえに『スナッチ』に出ていたジェイスン・ステイサム主演で多少期待していたけど、いかにも多作乱造乱発なベッソン製作らしく、ぬる

〜い映画（ｂｙともみ）だった。ともみ曰く、10本しか（５本?）撮らんと宣言してたため、監督ではなく、製作の扱いらしい。Taxi2かと思った。要所要所、クスクス笑えるところ、なぜそこでやる? みたいな、王道なエピソードもあって、まあ、ヒマつぶしにいっかあ、というかんじ。レディースデイでよかった。

04/03/2003（キノ）
『ボウリング・フォ・コロンバイン』
すごいよかった。勉強になった。先に、『アホでマヌケな〜』をよんでたから、なんとなく話の流れよめちゃったけど。マリリン・マンソンが超まともな人間で、いちばんわかりやすく本質をついていたと思う。がんばれマリリン・マンソン。オジーにチュウされても「シャロ〜ン」と泣くな。**Drein**や**Benjyamin**と話したい。**Katja**とは結局**ERTURT**のこと、きけないまま帰国になってしまったが。住むなら**Canada** !!

20/07/2003（CINEMA11）avecO
『チャーリーズ!!エンジェル2フルスロットル』
1は、ＴＶで観ていた。ビル・マーレーが出ていなくて残念。コスプレどっさりは満足。でも多すぎ? 内面描写とかほとんどなくて（デミ・ムーアとかの）、ほんとにオバカ映画。ダイエットしようと思った…。

05/11/2003（えにわ）
『マトリックス・リボリューション』
このシリーズの1はＤＶＤで。2はみていない…ので、ストーリーその他ついていけるか不安だったが、せっかくなら同時公開時に、と思い（そうでなければいかない…）。Oさんにさそわれ、えにわのシネコンへ。迫力、音＆Ｃ

Gはやはりさすがだった。よくわからなくても、もともと説明をよくしてくれる映画じゃないので（こういうところがオタク受けする）。1～2をみててもおなじかな？　まあ、たのしかった。Oさんはブーブー言ってた。今日の『朝日新聞』夕刊もぼろくそでしたね。CGのためにつくったストーリーとは、よくいった。

1/7/2004（江別シネコン）
『ロード・オブ・ザ・リングIII』
すごかった～～。ストーリーもしらないけど（I、II未見）、大体、色々な話のモデルorモデルからとってきているから予想ついた。フロドが指輪はめちゃってびっくり。

29/05/2004（ファクトリー）
『クリムゾン・リバー2』
さすがリュック・ベッソン！　アホ映画をありがとう。

5月某日/2004（シネマ・フロンティア）
『スパニッシュ・アパートメント』
よかった。S教官にすすめられて…。さいごにベルーシから逃げて…。

04/07/2004（スガイ）
『デイ・アフター・トゥモロー』
シネマ・フロンティアで見逃してスガイ。「これがデニス・クェイド?」というくらい、昔よりふけていた。ジェイク・ギンズバーグが、かわいい。

15/07/2004（キノ）
『スイミング・プール』
リュディヴェーヌ・サニエが、やっぱりかわいい。

25/07/2004（ユナイテッドシネマ）
『箪笥／たんす』
こわかった、ところもあった。夢落ちとわかっても、ストーリーの哀しさで、観た後、ホラー映画をみた気がしない。もう一度みてもいいくらい、よい映画。

02/10/2004（シネマ・フロンティア）
『ヴァン・ヘルシング』
あまり私の好みではないが、おおかみ男役の人が、ＧＡＰ（冬）のＣＭに出ている人と後で知り、あのセクシーなのをみれたのはよかったかもと思った。

29/12/2004（映画館不明）
『ターミナル』
2004年の締めです。グプタがよかった。グプタがモップもってクラコウジア行きの飛行機に突撃するところで泣いた。私が留学して貧乏生活（?）してなかったら、外国に住む大変さがわかってなかったら、味わえないシーンだった。スピルバーグの作品だとは忘れてみて、えっ？ と思ったが、トム・ハンクスの設定とかが、天使のような、実在しないかんじになっていて、やはりスピルバーグ、と思った。『パリ空港の人々』がみたい。

母への手紙（抄）

１９９８年2月23日（札幌）【バースデイカード】

いつもおいしいごはんをありがとう。

お母さんのご飯を食べ続ける限り、私のほっぺはぷくぷくのままでしょう。最近はぷくぷくが自分らしくて好きなので、これからも食べ続けます。よろしく。

いくつになっても色々なことに興味を持って、続けていくところは本当にすごいです。料理上手なところや、縫い物の手際の良さとか、真似したいと思っているんだよ。（他にも沢山あるけどね。）。あまり無理しないで、たまにはのんびりしてね。

From Miki

１９９８年8月9日（ツール）

ツールは暑い日が続いていますが、いかがお過ごしでしょうか？　もう、フランスに行く準備をしているのでしょうね。

私の方も、授業が本格的になってきていて、忙しいです。外国での生活と、生き抜く（少し大げさ？）ための語学の修得で手がいっぱいだし、やっぱり気が抜けない。常に自分の身の回りに気を配らなければならないので、絵を描いたり、写真を撮る気分になれません。カラーは沢山とったけど、モノクロは、１本しかとってないです。

無意識にも安全か危険か、日本では使わない神経を働かせるくせがパリでついたので、直接ツールに来た人よりは、ましです。

電話でも言ったかもしれないけど、ここはパリより朝と午後の気温差が大きく、夕食（19:30くらいから）後は疲れて寝るだけです。朝食が、フランス人は量が少ないと言われるけど、夜たべたのがもたれるし、昼にたくさん食べないとディナーまでもたないので、これはこれで理にかなっています。

それと、何事もアバウト、時間にルーズだと言うけど、これだけの異なる人種が共存するには、いちいち細かいことを気にしていたら体がもたないので、これはこれで合理的。このことはトゥレーヌ学院にいてとても感じました。いちいち気にしているとハラが立つので、ハラが立つ奴らはいないものとすることにしています。

日本から持ってきた方がいいと思うものは、色々あるけど、果物ナイフがあると便利。日本から持っていくとたぶん搭乗手続きであずかられると思うけど、果物を買って食べれていいよ。ペッシュ（水密みたいの）とかおいしいよ。こっちのキュウリ（コンコンブル）はばかでかくプリンスメロンのようにおいしい。

パリにいたときは部屋に冷蔵庫があったので、ぶどうを買って凍らせて食べていました。すごくおいしい。プルーンとアプリコットは、皮のまま食べられます。

こっちでは、夕食が前菜からデザートまできちんとあって、いつもチーズ食べたり、フルーツ食べたりしています。かなりの量を食べているはずだけど、パリ観光で体に（足に）筋肉がついたらしく、その上、超規則正しい生活をしているので、ちゃんとおなかがすきます。太りもしません。特に下半身は引き締まりました。健康的です。最高です。

今日、ツールは38℃もあったそうです。真夏用の服の必要性を感じています。7月がとても寒かったそうで、これが普通なんだそうです。パリも同じくらいみたい。部屋にいるときは、キャミソール（たくさん持ってきてよかった！）とパンツ1枚でいます。屋根のてりかえしもあって暑いー　!!寝るときはパンツいっちょう。ヨーロッパが日差しの強いのは本当です。パリにいる間で手と腕がすごく日焼けした。日焼け止めを塗っていたけど、まめに塗り直さないと本当に焼ける。石畳の照り返しもあったのかな。あとサングラスは持って行った方がいい。ツールに来てから天気が良くて、私も安いのを買おうかと思うくらい眩しいから

あ～あつい――――。死にそう。部屋にシャワーあるので耐えられなくなったら水かぶっています。黒いものは着られません。

フランスに来たら、時計はあってないようなもの。日本で使っている神経を4・5本切っておくぐらいの、いい加減な（だけど身の保全に細心の注意をして！）気持ちでいてください。神経太い人の勝ちです…って書いたから、きっと「美希は、天国気分にちがいない」と思っているんでしょう？　はい、その通りです。多少どころか、がっつり神経太くないと倒れますから。

それでは長々失礼致しました。また書きます。さらばじゃ。

With Love Miki 8/9 19:00 TOURS

１９９８年8月20日（ツール）

前略。お元気ですか？ 札幌は、先週の電話では22度ぐらいしかないとのことでしたが、皆さんかぜなどひいてませんか？　ツールは今も、午前（朝早く）は15度以下午後は26度～28度という気候が続いています。毎日半袖 or キャミソール＋スカート＋サンダルを着ているので、ますます色黒になっています。もうサンダル脱げません（笑）。パンダみたいです。

ナナコのママの手紙も送ってくれてありがとう。みんなによろこんでもらえて、美希は感激しました。

そういえばお父さんはもう旅立ったんだよね？　父が出国する前に電話してツールにハガ

キちょうだいって言うつもりだったのに。失敗した。元気だろうね、多分。生き生きしているんでしょ、お父さんは。いいなぁー。東欧も行ってみたいよぉー。

学校のほうは、思ったより大変じゃないです。聞き取りができなくて嫌になっちゃうけど、先生が2人とも（1人は文法1人は発音矯正）良い人で、毎日楽しいです。同じレベル3の友達に聞くと、レベル3の他のクラスの先生は話すのが速かったりして、あんまり良くないと言っているのでラッキーでした。それに日本でS先生にしごかれていたせいで、フランス製の問題集とも異和感ないし、何と言っても何か違うことを言ってしまっても皮肉を返されたりしないのが、本当に幸せ。同じクラスの日本人の女の子は、「もう日本に帰りたい」とか言うけど、私の場合、日本の方が胃に悪いので全く逆です。アリアンスに通ってたりしたおかげで、ボキャブラリーがまあ多いらしく、文法の先生に「Mikiはたくさん単語知っているわね！」とほめられました。やたら私が質問をしたり、発言（単語だけど）するから、けっこうかわいがられているみたい。エヘ、ウフ。

こんなに毎日一つの教科しかやらないことなんてないからすごい勢いで語彙とか文法の力がついている気がする。本当はもっと自習したいけど、ムリすると体がつらいので、ぼちぼちゆっくりやるようにしています。

ところで、この便箋はエアフランスのです。気づいた？　往きの飛行機で本当はハガキもらおうと思ったんだけど「ない」って言われて、かわりにこれをくれました。お母さんの旅行気分を盛り上げようと思って使ってみました。

実はこのページから8月20日なのです。エアフランスのほうは昨日書いていました。が、疲れてしまっていつの間にか寝ていました。さっき（20:20ころ）、おどろくべきことに、スロバキアに着いた父から電話があった！　あらまぁ。札幌には電話していた？　なんだか疲れた感じだった気がするけど、やはり言葉が通じないからかな。

スロバキア（ブラチスラバ）からツールにハガキ出してちょうだいと言ったら、私の住所が不確か、とか言っとりました。電話番号だけは、電話するつもりでしっかりメモってたんですね。びっくりしました。

私は毎日快調です。べんぴもしません。昨日と今日は、お昼にベトナム料理をたべました。お米食べてます。でもパンにあきたのではありません。日焼けしています。別人です。父は新千歳空港（or日本）に着いたら、職場に電話しろと申されました。でも職場の電話番号を知りません。こんど聞きに電話します。ではお元気で！　オーヴォワール！

8/20　Miki

2000年9月20日（ストラスブール）

元気ですか？　私はなんとか元気にやっています。到着から1週間が経ち、やっと落ち着いてきました。まとまった時間がなかなかなくて、部屋の大掃除ができないのが、ちょっと嫌かな。歩いて10分くらいのところにアタックというスーパーがあって、野菜もひとつから量り売りなので、学食も安くてけっこう美味しいし、食べ物には困っていません。先週の土曜日にイケアに行きおなべや食器を買いました。ルーマニア製の皿とかが（安売り用のだけど）、5フランとかで、部屋にひくラグも安くて、けっこういろいろ買いました。でも、同じ寮の日本人5人中私がいちばん部屋にものがなくて閑散としています。布団を送ってもらった人もいる。物がない生活はストレスたまらなくていいいです。第一、片付けるまでもないから楽。へやには冷蔵庫もあるし、トイレとかも問題ないし、毎日楽しいです（といってもへやですることないんだけど…）。

　おとといの夜はたまねぎみじん切りをいためてコンソメ入れて、げんこつくらい大きいトリ肉骨付を入れて煮てみました。けっこうおいしかったよ。今朝は、それの残りにカチカチになったパンを入れて温めなおして食べました。学食はボリュームもあるし、必ず毎日違うデザートがあるので、楽しいです。

　今週は、電話で言っていたように、仏語の集中講座を受けていますが、すでに先週から始まっていたコースに、今週だけ入れられているので、ちょっと不満だけど、また次から違うのが始まるので気にしないようにしています。私のクラスはイタリア人、フィンランド人が各1名、日本人3人以外20人くらいアメリカ人で、先生がかなりあからさまに日本人をムシしているのが頭に来るけど、明日からは違う先生らしいので、ホっとしたよ。何しろ、今年が（交換留学生受け入れの）1回目なので（皆それを全ての原因にするので困る）現場も混乱しているけど、ここフランスは、言えば努力してくれるので、次々と壁を崩していていけてると思うよ。

　2人とも、ちゃんとこっちへ来れるのかな？ KLMはロストバゲージが多いので、もし万が一使うのだったら、チェックインで荷物を預けるときに、ちゃんと正しい行先のラベルが貼られたか絶対確認してね。名古屋からKLMで来た人が、2人ともロストバゲージになったし、他にも知り合いにいるらしいので、注意（こんなこと、代理店は考えないと思うし）。

　ストラスブールは、だんだんくもりが多くなってきています。朝がいちばん冷え込んで夜はそんなでもない。半そででも夜外に出られるよ。でもそうそう、革のコートが欲しいかも。今日は雨だったので、少し寒かった。でも札幌よりはあったかいと思う。他の地方の人は「まだ9月なのに」って言っています。それでは、また手紙かきます。体を大事にしてくださいね。

A bien tôt !

20/09/00　Miki KASAI

２０００年10月8日（ストラスブール）

お元気ですか？　こちらは2日前から急に冷え込み、皮のコートが手放せません。札幌の人はストーブで甘やかされているので、室内が20℃切ると寒い気がしてしまいます。未だに寮のストーブは入りません。たぶんもうそろそろ。でも大分なれたので、かえって丈夫になっている気がします。

日曜は何もすることがないので、トラムに乗って、現代美術館に行ってきました。このハガキ（JOAN MIRO'Objet',1939）はそこで買ったのです。ばんごはんは、きしめん状のパスタをゆでて、鳥の手羽と、にんにく、玉ねぎ、トマトの水煮でソースをつくってみました。TATIというスーパーでタッパーを買ったので、いんげんをまとめてゆでてストックしてます。キッチンが混むときがあるので、すぐに食べれて便利です。お母さんのを見ていたので、まとめて作っておくくせがついていて（1人分には多い量をしか作れないのもあるけど）、何だかんだへやにいて料理して食べてる時間が長いです。今日のも、半分でおなか一杯なので、また明日食べます。とっても経済的！

日本はどうですか！　先週末、鳥取か広島でM7・5とかの地震があったんだってね。北海道は大丈夫？　今年は地震が多いみたいなので気になります。

こちらは連日、パレスチナのニュースです。

ストラスブールはフランスで№２か３にユダヤ人が多い都市でもあるし、アラブ人も多いので、かなり身近な問題です。日本にいるとかなり遠いけど。

　お願いがあるのですが、冬のコートや服を送ってほしいのです。—アリスバーリィの冬のコートと、余裕があれば手編みのマフラー（ベージュの）。（以下中略）

　なるべく頑丈なダンボール（できれば郵便局の、ゆうパックのはこ）の内側をガムテープで補強して（角とか底とか、はりまくって）、防虫剤を入れてEMSで送って下さい。けっこう寒くて、革のコートで丁度良いくらいなので、冬のコートが欲しいです。服も、いろいろ見たけど、フランス人は手が長いのでなかなか合うものがないです。セーターは尚更お直しできないのでムリです。それではよろしくお願いします。

8/10/00　Miki

２０００年10月26日（ストラスブール）

　元気ですか？　私は今、明日からのドイツ旅行の準備と明日の語学学校の習題で大わらわです。ドイツはストラスブールより寒いらしいので調節きくようにしたら、けっこう荷物になってしまいました。旅行用のバックはこっちで買いました。これからヨーロッパ内を旅することがあるだろうし。日本より物は断然安く、今帰国したら何も買う気にならないだろうな。しかもドイツはフランスよりも物価安いんだって。ドイツ行く前にホテルをとろうと思っていたんですが、ちょっと時間がなくて（探すじかん）、帰り次第すぐ予約します。心配しないでね。この手紙が着く頃にはドイツから戻っていると思うけど。

　今から２人とどこに行こうか考えています。

6泊できるから、ゆっくり、3人のペースで（だらだら?）観光できて、疲れなくていいかも。とりあえずナンシーで1日使うし。スイスのバーゼルも、日帰り可能なんだよ。パリより近いの。トラベラーズチェックもそんなにいらないよ。VISAカードを使って、現地通貨をATMで引き出せるから。私、フランスの銀行口座作ったから、万が一なんかあってもお金用意できるし。カード紛失しても。まあ、私もいるので安心して来てください。

ところで、来る時に持ってきて欲しいもののリストを作ったので、よろしくお願いします。量とかは適当にして下さい。けっこう重くなると思うので。出発前で慌ただしいと思うけどよろしく。

こっちは今のところ最高16～17℃くらいで、札幌よりもずっとあったかいです。11月末はさすがに寒いでしょうが、ズボンの下にタイツはいて、マフラーしてたら大丈夫。北国育ちには（多分）楽です。それではこれから宿題やります。漢字まちがいが多くてすみません。ほんとに忘れてきていて…。では。

2000.10.26 Miki

p.s. ミュルーズとかも行きたい？ 私まだ行ったことないし、行ってみたいのだけど。

2000年12月18日（ストラスブール）

今日ようやく小包を受け取りました。ESCORIALのジャケットありがとう！ 袖は1.5㎝ぐらい長いかもしれないけど、おかしくないので大丈夫です。日本でまたお直しに出せばいいし、気になれば。9号でジャストだったよ。丁度よいです。お母さんのは、やはりブカブカでした（笑）。

あと沢山カレー入れてくれたね！ ラッキー。

近頃忙しくて、ゆっくり料理する気にならないし、レンジもオーブンもないから、いつも同じものを作ってるような気もしてたし、気分転換になるよ、カレー。わーい。学食とか、出来合いとかインスタントのって日本とちがう独特の味（とにおい）があって、あんまり胃によくないです。昨日、前にもってきてもらった、袋に水かお湯を入れる「国際線」とかいう乾燥ごはんやってみたよ。まあまあだった。それにさば水煮と、京つけもののしば漬けおいしかったです。なんか札幌にいるときより、いいもの食べてる気がしたのは気のせい？

あと今日なな子のママからクリスマスプレゼントが来たけど、お母さん、おばさんといっしょに郵便局行ったでしょう。私の住所がお母さんの字だった。もしかしてなな子ちゃんと色違い？　なな子ちゃんはブルー好きだったような気がするから。おばさんにもお礼のカード送ります。なな子ちゃんにも出すつもりだったし。

さて、ストラスブール滞在は、楽しかったみたいで、私もうれしいです。私はもう街が生活の場なので、かえって旅人をどこに連れて行けばいいか悩んだけど、地理学の授業を受けていたこともあって、２人にいろいろ教えられたと思います。少しですが。私が車の免許持ってればヴォージュ山脈の、小さい街とか連れて行けたのに…とちょっと悔しかった。時間があと１〜２日あれば、スイスにでも日帰りで行けたしね。ストラスブールは地の利がいいので、外国留学しつつ、さらに外国（ドイツとか…）に行けてしまいます。北海道内すらおしりが重くて、大学生っぽい旅行したことないのに。実行力がついたのかしら？

日本に帰ったら、まり（九州から来てる子）とか訪ねて貧乏旅行でもしようかな。あまりに日本のこと知らんなあと思ってきたし。

先日、St.Nicolas（サンタクロース）にちなんだ、ちょっとした軽食会があって、地理学の先生に会ったので「会いに来た両親を案内したら、とても喜ばれました。先生の授業のおかげです。ありがとうございました」とお礼を言ったら、先生もすごく喜んでたよ。私がひとりっ子だって言ったら、「それはなおさらだね」って言ってた。先生も自慢の娘が3人いて、今も一緒に（娘1人は結婚して家を出たけど）くらしているらしい。女の子好きな先生だった。たしかに、フランス人が、逆に、ひとり娘を日本に留学させたら心配だろうからね。

自分では、どのくらい自分が変化しているのか把握できないけど、けっこう変わっていましたか？　目で見える範囲だと、出発準備中の私の顔はなんか腹にためこんでいて、S先生みたいな感じだったけど、最近はすっきりしたかんじです。こっちでもストレスはあるけど、腹にためなくていいから、体に悪くないかも。

先々週、グルノーブルから日本人留学生が来て、私はつかれていたので1回しかご飯一緒に食べなかったけど、彼女らはとてもおとなしく、まりとしみじみ「うちら（ストラスブールに来てる日本人の女の子）って、なんでこんな性格きついんだろうね」って語ってました。グルノーブル組はのんびりしすぎ。うちらは元々ちゃきちゃき、てきぱきしていたとは思うけど、例の仕事が出来ない上に、他人に迷惑をかけるディレクターとの日々の闘いで、更にもっとオシに磨きがかかってしまったようです。みんな、よく「うちら日本に帰ったら態度デカいわ、要求多いわでやばいよー」っていってます。大阪のよしこがそう言ってるので、かなりだと思います。私はそれぐらいで丁度いいかも？

2人がいたときが、いちばん観光客が多かった気がします。さいきん夜に中心部に出ても、慣れただけか、人が増えた気がしません。学生は、ヒマになった子からどんどん帰省しているらしく、金曜でも寮内が静かです。クリスマスは「家族」のものだから、きっと24～25日は街に犬一匹いないでしょう。

手紙にお酒のこと書いてありましたが、外に飲みに行くことはほとんどありません。私は全く夜外出してないので。出ても、結局、同じ方向の人がいないと帰りが困るので出不精になっちゃった。飲み代もかかるし。外でビール1杯のむお金でワイン1本買えちゃうから。さっき書いたSt.Nicolasの集まりのときに、久々に酔った勢いで、あまった手のつけてないシャンパン1本とって帰ってきたので、クリスマスは友達らと寮で飲みます。年末だからか若者も変に舞い上がっていて、なーんかあんまり外出したくない気分。

「あー、この店にも連れてくればよかった」とか、見せ足りなくて後悔したりするよ、まだ。折角、はるばる札幌からけんかしいしい来たのになー、と思って。来ていたときは体がしんどくて、いま写真を見ても顔がむくんでいたけど。さやか（東大から来ている子）とよく言っているんだけど、こっちでいろんな人（ディレクターは除外）に助けられてるから、日本に帰ってから、今度はストラスブールや他のところから来ているフランス人学生のチューター（おせわする学生のこと）とかしたいねーと思います。フランスから来る人は、きっと私たち以上に大変だし。こういう気持ちになるようになったのが、成長した証なのでしょうか。

長々書きましたが、けがや病気に気をつけて、元気に過ごして下さいね。お母さんはいつもせかせか急ぎすぎ。体のために父さんいないとこではだらけるくらいでいいと思うよ。語学と習い事の両立はすごく疲れるから。

12/18　夜、20:45　美希

2000年12月20日（ストラスブール）

【クリスマスカードと手紙】

お元気ですか？　2人が帰った後、しばらくは死んだように寝てましたが、今は食欲も戻り、こちらに来てからいちばんたくさん食べています。

2人が来ていたときは、ずっと晴れまたはくもりでしたが、その後は雨がちです。今日（12/18）は、けっこう冷えました。湿気があるので、しばれる程では無いですが。

日本にいたら、絶対雪かきなんかしたくないけど、こう、クリスマス一色の街なのに雪がないので、それはそれで寂しいです。昨日、オペラ座にバレエ公演（「くるみ割り人形」）を観に行きましたが、ラストの方で、雪を降らせる演出があって（銀紙だったけど）、札幌を思い出して、筋に関係なくしんみりしてしまいました。私は心から雪国育ちらしいです。

クリスマスとお正月は2人だけですね。お父さんはチャンネル争いする相手がいなくて、さぞうれしいことでしょう。おせちもいっぱい食べれるし。それ以上太らないように、頑張って雪かきしてくださいね。日本人は食べすぎです。それでは、穏やかなお正月をおすごしください。

ノエル2000　美希

2001年1月25日（ストラスブール）
お元気ですか？　ちゃんと家でゆっくり過ごしていますか？　お母さんはすぐにごそごそ（？）動き出して、ついにはせかせか家事をこなしてしまうのでちょっと心配です。
私がいなくて御飯作る張り合いがないと以前言ってたけど、ポジティブに考えれば、料理の手を抜いて良いと言うことなので（笑）、思う存分くつろいでください。お母さんは働きすぎです。だらしなくなるぐらいでちょうど良いかもよ（?.）。

さて、今日は皮のかばん（ショルダー）を買った日です。お母さんに電話した後、インターネットカフェに入っていたら、雨がザーザーになってしまって、帰りは走りました。歩いて10分ぐらいの所なんだけどね。

1月も下旬というのに、暖かく、かえって体調が変になります。更年期でもないのに、汗ばんだりする。単に冬のコートが暑いだけかな? 雪と氷の世界（Sapporo）から見れば、うらやましいでしょう。

でも23年間「冬＝雪!」という人生だったので、雪が全くないと言うのはかなり寂しいです。トゥルーズ（南仏）にいる、Mさんと言う北大の知人（先輩）も同じことを言っていました。彼女もきっと札幌育ち、たぶん今年帰った後は、喜んで雪かきするんじゃない? ミキは。

（留学プログラムの件ですが…）

なんか、初年度だからか、いい加減というか融通きくというか、何人かは今までと同じように、大学付属の語学学校にも通うようです。lief というところ。私は前期だけでやめました。大学の文学の授業に重きを置きたいし（修士論文の準備もしたいし）、大学付属のクラスは、人数多くて、特に日本人が多くて飽きてしまった…。お母さんもEC行ってるからなんとなくわかると思うけど、語学関係の学校って独特でしょ? 私は特別社交的な性格でもないし、こっち来てから性格改造しようとしたけど、逆におかしくなってしまったので、嫌なことはムリにしないことにしました。だからといって仏語上達をあきらめたのじゃないですよ。ただ、他の手段に try したいだけです。私が今申し込もうと思っている、さっきの電話で言ってた商工会議所系の学校は、シエルというところで、質は良いそうです。ロータリーや外務省からの留学生が最初に語学研修で入れられるところです。集中してガーっと勉強したい。仏語は。最近、そろそろ精神的にも余裕がではじめたので、仏文の人とe-mailメールをやりとりしています。今夏に帰って、ウラシマ状態もイヤなので（笑）。

Sさんが、ロータリーのでニースに留学することが決まったそう。もう一人のM1のMさんという女の子も、ボルドー（彼女はロータリーじゃないけど）に決まり、私が戻ったら、同期は全員私と入れかわりでフランスです。あと6年目4年生のA子はいるけど、結構私がいない間に人が増えているようで…。このフランスで培ったマイペースパワーと研究専念したいパワーを維持できればいいけど。

なな子ちゃんと、e-mailで「ラテンの男はしつこい、軽い、オカシい」という話題になりました（笑）。私もなな子ちゃんも欧州と南米だけど、どっちもラテン系の所にいるので共通点が多いかも（でも私はドイツのようなものだけど）。それでは、脈絡ないですが、お元気で。すべってころんで骨折らないでね。

2001.1.25　美希

p.s.　絵ハガキ入れたけど、お気に召したでしょうか？　ノエルのもまだあったよ。少し。もうノエル関係のデコレーションはデパートからも全て取りはずされてしまったので、私も今、絵ハガキ見て懐かしくなりました。きっと、毎年12月になったら家族3人でストラスブールのことを思い出すんだろうね。まぁ3人顔合わすことがあればね（笑）。

p.s.2　娘が24歳になったのって、どんな感じ？私が20代の半ばになるなんて、想像もつかなかったんじゃない？（あっという間で）。何だかんだあるけど、私はとってもフランスで幸せに生活しているので、「美希は幸せ」と言うことじゃないでしょうか？

まぁ、そういう意味も込めて、安い物で悪いけど、スカーフと手袋送ってみました。お母さんはともすれば寂しそうに見えることがあるし、色が白いので、これぐらい赤味あってもいいと思うよ。ぜひECとかにしてってください。若い子（…私より年下とか？）に負けるな！　ではでは。

2001年5月13日【絵葉書】（ストラスブール）

いつもいろいろ送ってくれてありがとうございます。花粉症の調子はどうですか？　あと1か月半でストラスブールから去ると思うと、今までのことが全て夢だったかのようです。10か月もフランスにいたなんて、今ここにいても実感わきません。これが〝生活〟というものなのでしょうか。何はともあれ、お母さんとお互いに無事で再会することを楽しみにしています。

13/05/2001　母の日　美希

2001年6月5日（ストラスブール）

大分前から送るつもりだった私の写真がでてきたので今更だけど贈ります。これは2月頃です。もう大分前。送ってくれたノースリーのセーターとカーディガンをきています。

このころって、今よりも顔が太ってる…。というか、ここ2ヶ月ぐらいで痩せた&老けた（大人になった？）かんじです。自分の思いこみかもしれませんが。まあ、会ったときのお楽しみで。半年ぶりだものね。私だとわかるでしょうか？（ジョウダン）。

おそらく、続々とダンボールが届いて、さぞ面倒だとは思いますが、どうかよろしくお願いします。

05/06/2001　美希

p.s.　中のコピーは、うちらが地元紙（ＤＮＡ）に取材されたときのものです。写真はやらせです。フダンこんな光景はありえない。

２００１年6月11日【絵葉書と】（ストラスブール）

こんにちは。美希です。電話で先に連絡していると思うけど（この手紙がつく前に）、念のためまた私の帰国について書いておきます。

いろいろめんどうくさいので、６月27日パリ発のCX260便で帰ることにしました。翌日午後14:25に成田について、そのあと、18:30頃の成田→新千歳のＪＡＬに乗って戻ってきます（インターネットですでにチケット購入済み）。20:00すぎに千歳に着きます。お父さんはもちろん来られないだろうし、お母さん独りで夜の高速（札幌って、20:00すんだらもう暗いよね？）走っていただくのもなんかな～というカンジなので、美希はＪＲで札幌駅まで出てもＯＫです。中央バス（空港からの）は、運ちゃんがいじくそ悪いとスーツケースを上に上げさせられるし、ウラ寂しいから嫌です。

今は、各地下鉄駅にエレベーターが設置されているから（素晴らしい！）澄川まで来てもいいけどね。あのドハデなスーツケース持って南北線に乗るのもおもしろいから（笑）。今、スーツケースは各地方のステッカーが貼ってあって、空港でもすぐピックアップできます。ハデすぎです。悪趣味の域に達しています。

独りで何でもするのに慣れっこだから、地下鉄乗って帰るのに何のためらいもないですよ。ほんとに。迎えに来てもらう方が悪いくらい。もしかしたら、成田で託送に出しちゃうかもしれないし（スーツケース）。なるべく中身を軽くするようにしてるけど。

実は今、またひとりで旅行中なのです。Metz（メッス）というストラスブールよりちょっと北の街にいて、午後はランスという、パリの右方にある街に行きます。カテドラルとシャンパンがとても有名で、ずっと行ってみたかったの。でもストラスブールからだと交通の便が悪くて、帰国のためにパリに滞在するときにでも行こうかなと思っていました。が、グルノーブルの先輩がそっちのほうに旅行した話を聞いたらストラスからでも無理ではなかったので、今朝の06:45ストラスブール発の列車で旅立ったわけです。

ランスで一泊して、近くをぶらっとしてストラスに帰るので、荷物もリュックだけです。あ、そろそろ駅に行かないとまずいので中断します。ではまた。

07/06/2001（00:15）Metzにて。

（続きです。）電話の後、なかなか時間がなく、今はカフェです。シャルルヴィル・メジュールいうところから、ド田舎地帯を通り、一かい無人駅で乗り換えてナンシーまで来るはずだったのに、その無人駅で30分以上乗り継ぎ列車が来なくて、でナンシーの列車も乗りすごして、結局1時間半も遅くなりそうです。帰宅が。折角、（疲れたから）早めに出て、早くストラスブールに帰れるルートとったのに水の泡。あと10分早くついていたらストラス行きに乗れたのに…。これだからローカル線はイヤですね。

列車と言えば、昨日、パリ↔マルセイユ間のＴＧＶが新たに開通して、飛行機よりも安く速く上がるようになったそうです。郊外の空港に出ることを考えると、市内の駅から出れるのって楽だよね。早くストラスの方にもＴＧＶが来てほしい。

さて、昨日‐今日とランスにいたわけですが、やっぱりランスのカテドラルはすごく良かったです。特に何がすごいとは言えないんだけど、さすがにフランスの歴代の王の戴冠式をやっていただけあって、全体の完成度が高かったです。各礼拝堂とか、ステンドグラスとか。日本のガイドブックによると、近年ランスのカテドラルは大修復をしたそうで、その際、シャガールのステンドが、いちばん奥に入ったそうです。絵ハガキを同封します。なんかよくわからないけど（笑）。

今、列車を待つためナンシー駅内のビュッフェにいるけど、ナンシーって人のガラが悪くてあんまり長居したくない。ランスとか、今回の旅行先は全てかんじよかったたけど。それでは、また、中途半端だけど筆をおきます。お金こまかくしておかないとタクシーに乗られないので、何か買います。

ミキ

最期の手稿（メモ・その他）

（各日時不明、手書き横）

① ダッハウ　—写真の余白
　黒→存在
　白→空・無　　あるべきものがない

② 白が強力に色を誇示する瞬間
富裕層のユニフォームとしての○白
　　　　　　　　　　→l'amant
（黒も、完璧な黒の美しさを維持するには
　手間と金が必要。
そしてその白に映えるのは、バカンスで
　焼いたブロンズの肌

③ 肌　『ヒロシマ・モナムール』のオープニング
　　　　　　　　　　　　　　　背中

＊

自分への期待、焦燥感、そこから脱出しようとする努力
漢字の言葉で考えること。夢想
散歩すること、ヴォルテール
1点への集中、詳細に描写し、関連づけること
背景に論理と合理性を求めること
物理的に運動のないこと
自分に欠けているイメージと、自分を合致させようと
努力すること
あるがままについて考えること。
脳だけで存在すると思っていること。
全て解決がつくと思うこと。
考えてどうにも答えの出ないことを考えること。
考えすぎることに意味を感じてしまうこと。

＊

○光は拡散し、そこにある全ての物を白色にし、
知覚可能なレベルを超えた激烈な照度で包みこみ

浸食し、そこにある全てが物体としての個性を剥奪され、それゆえ一体化し、最終的には消化されてしまう。

光が万物の消化を終えたとき、そこはうず高く、また低く積まれたガレキと死んだものが、あたかも怪物の排泄物のように残された。

終わるということが、何を残したのか？　そもそも何が終わったのか？

物事の終りとは何か？　終わらせるとは何か？

○『ヒロシマ・モナムール』の中で、物語の舞台と主たるテーマは広島にも関わらず、『博士の異常な愛情』のようなキノコ雲のシークエンスが取り入れられなかったのは、観客に印象付けしないためではないだろうか。なぜなら、この映画はある出来事に強制的な終えんを迎えさせられた・・・・(中断)

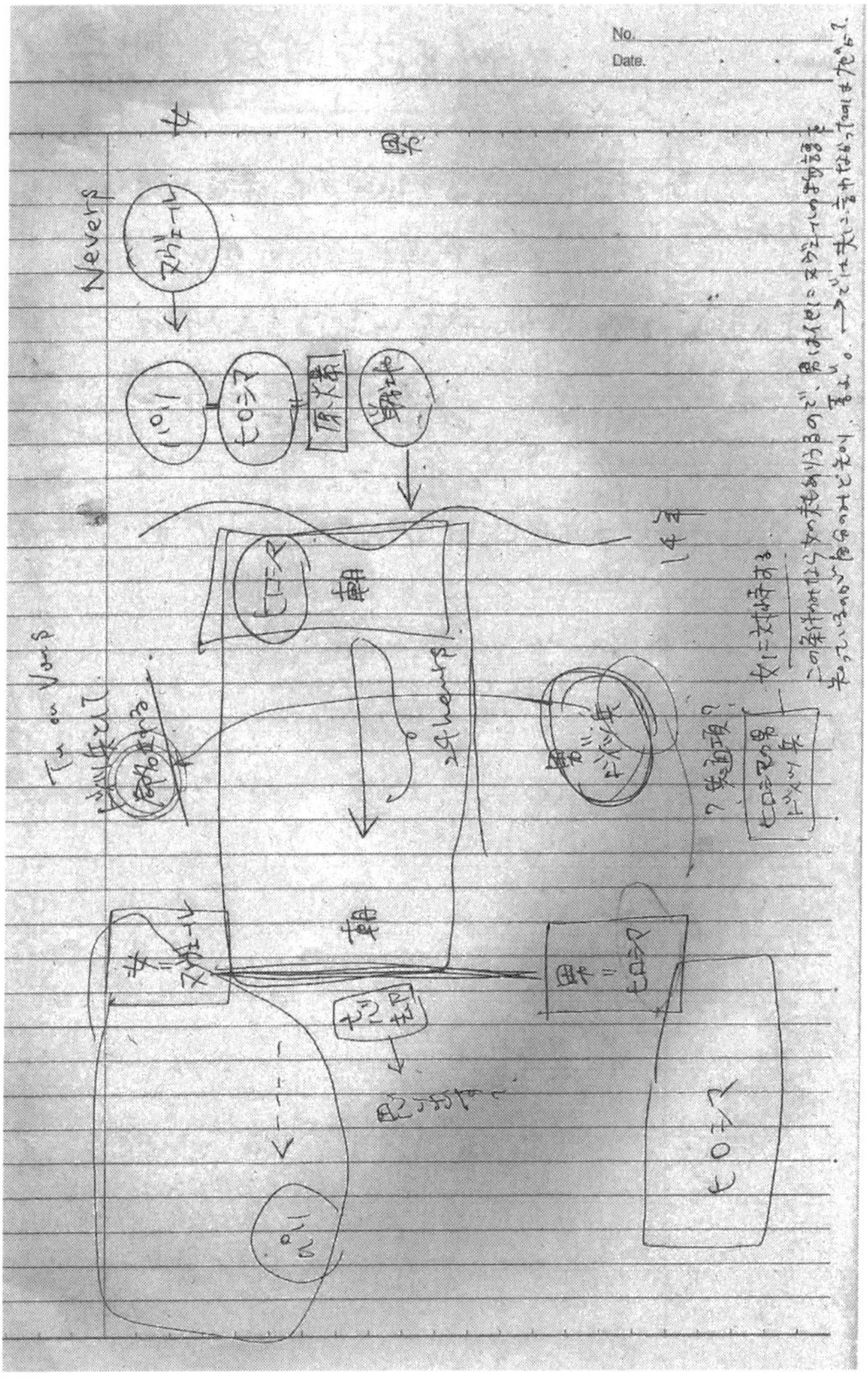
No.
Date.
Nevers

構造・設定の必然性

○男は突如、女の過去の物語に自ら登場（＝介入）する。

「ぼくは、そこにいたのかい？」
↓ナゼ？

ヌヴェールの話を知っているのが自分のみと言われ、喜ぶ。
↓ナゼ

女が夫に語らなかったのはナゼ？

◎映画評論――映像・ストーリー・役者・美術・効果

◎文　学――構造・言葉が象徴するもの
物語のその先、哲学、思想

＊

どこか遠くにいって
よこをながれていく星々

遠心力がすごくって
ふり飛ばされる

落ちないように
落ちないように
現世にしがみつく

ずぶりと喰いこむ爪
痛いのもおかまいなしに

だって困るじゃないですか。

落ちたらどこまでも底の方へ
こわいんです　こわいんですよ

＊

Chacun sa méthode … Moi ,je
Travaille en dormant – et la solution
De tous les problèmes ,je la trouve
En rêvant …

Jacques Prévert
（1900-1977）

……
……
楽しい思い出も、これから待ってる
はずだったうれしいことも、私の中の
私が壊してしまうなら、

思い出が壊されてしまうなら、
私はこれからずっと夢の中に
いて、二度と目を覚ましません。
私を大切にしてくれた人を
傷つけたくありません。ごめんなさい。
ありがとうございました。

美希
（2005.11.16　枕元に）

寄稿

ストラスブールの日々

小原さやか

私と美希はストラスブール大学の同じ**Paul appel**という寮に住み、彼女が一つ上の階に住んでいました。同じ日本人の交換留学でそこに住んでいたのが、美希と私を含めて五人でした。私は五人の中では一番年下で、美希は大学院生なので、私の中ではお姉さんのような存在でした。

一緒に過ごす多くの時間は難しい話というよりは、やれ「～～君が気になる！」とかいう私の話を笑いながら聞いてくれて、アドバイスをくれたりしました。

寮なので、スリッパをはいて美希の部屋まで遊びにいって、一時間くらい話したり（連日のようにそのようなことがあったと思います）と日本で住んでいる友人関係よりとても近い存在でした。

当時彼女が付き合っている彼氏の話を聞いたり、彼が日本から遊びに来たときは一緒に美希の部屋でおしゃべりしたりもしました。

美希は、人と付き合うっていうことって、魂と魂のぶつかりあいで、自分のことがよくわかることになる、みたいなことも言っていました。細かいニュアンスは違った気がしますが、人とお付き合いするということは、自分をさらけ出すということだという意味ととらえ、今でも妙にこの美希の言葉は心に残っています。

美希とは、映画を見に行ったりもしました。映画を見に行った後、パブみたいなところでワインを飲みながら映画の話をしたりして、寒いストラスの冬の中、自転車で寮に戻ったりしていました。

（自転車も九月にストラスに着いて間もなく、

自転車の中古市みたいのがあり、開催日に一緒に買いに行き、そこで購入しました。）

ずぼらな私とは違い、彼女は部屋をきれいにしており、アロマのろうそくをたいたりして、いつもいい香りがしていたので、私の部屋より彼女の部屋に行くことの方が多かった気がします。

私は理系出身、読書も苦手、文学とは程遠く、文学部の美希が、デュラスが～とか話している姿は、なんかかっこいいなと思っていて、そういう姿もあり、私は美希のことをお姉さんのような存在だと思っていたのだと思います。

きゃーきゃーわいわいと騒ぐタイプではなく、常に冷静に（というか一歩ひいたような感じで）自分のことや周囲のことを分析し、メガネごしに真面目な顔で話している姿が、今でも目にうかんできます。

（医師）

（左が筆者）

「白い空白」

山﨑邦紀

たまたま一夕、父である嗣夫氏とともに痛飲しただけの笠井美希さんについて語ることが多くあるわけではないが、たまたま擦れ違った精神の光芒が、いつまでも尾を引く、ということがあるらしい。

二〇〇五年九月三日、札幌市の男女共同参画センターで映画『百合祭』（浜野佐知監督）の上映があった際に、脚本担当のわたしも参加した。

入念に準備され、成功した上映会だったが、美希さんもボランティアで手伝われていた。打ち上げの後、二次会に向かう人たちとは別れ、笠井さん、美希さん、わたしの三人で飲みに行った。笠井さんはほとんど飲まれず、美希さんとわたしで紹興酒をだいぶん飲んだ記憶がある。そこでマルグリット・デュラスを研究されていることを知った。

わたしは尾崎翠作品の映画化で知り合った故・塚本靖代さん（『尾崎翠論―尾崎翠の戦略としての「妹」について』著者）から聞いていた女性研究者の困難について話した。学習院大学の大学院でフェミニズム批評を目指した塚本さんだったが、理解のない教授に散々阻害されて、やむなく東大の大学院に移った。

美希さんも、女性研究者を抑圧する旧弊については、もちろん覚えがあって「どこの大学でも似たようなことがある。そんな体制が今でも続いているなんて」と憤慨されていたように思うが、わたしも酔っていたため詳しくは覚えていない。

その時の美希さんは明るく陽気で、大いに飲み、かつ楽しそうにスパスパ煙草を吸った。その後、一、二度メールを交換した際に「実父の前で、あんなに煙草を吸って」と自ら苦笑している風だったのが印象に残っている。実家ではあまり煙草を吸わなかったのかな。「実父」というのも、あまり使わない表現で、研究者的厳密さかと思った。

それから二ヶ月後の十一月十六日、美希さんは亡くなり、笠井さんのHPで告知を目撃したわたしは大きな衝撃を受けた。その告知は程なく消され、いつまでも続く沈黙から笠井さんの心中を推し量るしかなかった。

その後、どういうキッカケだったか、「視覚とデュラス」と題する美希さんの連作エッセイのコピーを送って頂き、座談やメールでは窺い知れなかった美希さんの思考に触れた。

「白い空白が、存在する」という逆説的なフレーズが、わたしの脳裏に深く焼きついたのが、第一回の「ダッハウ―写真と空白」である。

ドイツのダッハウ収容所を訪れた際に出くわした一枚の白黒写真。整然と整列したユダヤ人たちの中に、一点小さな空白があり、ずっと後方を見ると、走り寄る看守たちが写っている。ナチスはふるいをかけるように一日何度も整列させ、落伍した者を銃殺した。

見落としそうな白い空白は、今まさに殺されようとする人が存在した痕跡であり、「無い」という形で「在る」(恣意的な要約です)というパラドックスに、わたしは強く惹かれた。

美希さんは続けて、この空白はネガフィルムでは黒々と存在し、印画紙において反転することを、現像作業の視覚・触覚から語って、それも魅力的だった。あの印画紙に像が浮かんでくる瞬間の脳内の身慄いのようなものを、わたしも経験している。

短期間ではあるが、お互いのブログにコメントするような交流もあった。わたしは札幌滞在中に北大キャンパスと旧道庁の池で睡蓮の花の美しさに目を瞠り、ブログに記事と写真をアップした。すると、美希さんから以下のようなコメントが寄せられた。

「あの池の睡蓮に気がつかれたのですね。学生時代、せこせこモノクロ写真を撮っていたとき、よくあの睡蓮をモデルにしました。暗室で、シルクスクリーンをかぶせて水滴をにじませたように印画紙焼き付けをしたとき、その艶っぽさを再現出来たようで、喜びを覚えたものでした。嬉しくなってコメントしてしまいました。

キキ　2005/10/02 12:47 PM」

当時、「キキ」というペンネームを使われていたようだ。「ミキ」のもじりだろうか。わたしも一時、自分で暗室作業をした経験があるが、シルクスクリーンを使うような高度なことはやったことがないと答えたら、

「いえいえ、私のはお遊びですから。モノクロのほうが、自分のなかで色を再現するのか、カラーより色彩豊かに感じるのです。『ベルリン・天使の詩』の天使たちが、常にモノクロの世界にいたように。一年の多くを雪に覆われる生活をずっとしていると、夏の色彩の豊かさにめまいがすることがあります。香港とかには住めそうもないですね（笑）。北海道は、冬に真っ白くなって視覚がリセットされる感じがします。無色は、色彩豊かだとも思えます。

キキ　2005/10/04 12:22 AM」

毎年、雪の白によってリセットされる視覚。白い、空白のような世界に、美希さんは憑かれたようなところがあったのだろうか。

そんな美希さんが、クレイジー・ケン・バンドが大好きというのも、まったく意外で、わたしがマンガ家の畑中純氏一家に誘われてコンサートに行ったことを書いたら、アキ・カウリスマキの『過去のない男』でCKBの曲が使われた経緯など、楽しそうに教えてくれた。

「白い空白」とCKBのあまりのギャップに、もしかしたら記憶違いかと、今回笠井さんに確認したところ、横山剣が好きで、時に巫山戯て「イーネ！」と口にすることもあったとか。嬉しいエピソードだ。

美希さんは一方で映画批評のブログも書き、誰もが観ないような映画について簡潔かつハイブローな批評を展開されていたが、わたし如きピンク映画監督には、まるで歯が立たなかった。

そのブログだったか、ある夜、短い書き込みで、美希さんが酔っ払って大通公園の植え込みのようなところで眠ってしまったことを綴り、最後に、それでも「私、生きてます」（記憶によるもので、正確ではない）と書かれてあるのに出くわした時は、心底訝しんだ。

十月か十一月の札幌なら相当寒いだろう。公園の植え込みで眠ったら、どうなるか。その時わたしが美希さんの書き込みから受けた印象は、たえず身近に死を意識している人が、たまたまその付近に接近し、しかし無事に戻ってきたよと笑顔で伝えているような気配だった。

何か不意に不穏なものと出会ったような、暗然とした覚えがあるが、間もなく美希さんの訃報がもたらされたことによって、記憶がいささか脚色されているかもしれない。

写真として撮影された一点の空白は、現像によって「焼き付け」られるが、その「焼く」という用語は強制収容された人々の遺骸の辿った惨状を連想させると、美希さんは書いた。その記憶が、さらにわたしの脳裏に「焼き付いて」、いつまでも揺曳している。

（映画監督・脚本家）

不在の白、実在の黒

杉中昌樹

笠井美希「視覚とデュラス」(①ダッハウ―写真と空白 ②富める白、存在の白 ③終わらない閃光―映画『ヒロシマ、私の恋人』)によれば、ダッハウの収容所跡を訪れた笠井美希は、その記念館のような場所に立て看板を見つける。そこには、人々が集合する写真があり、その人々の列には空白があり、空白は倒れた人物を表象している。列から倒れた人物は処刑される。笠井美希は、それが死を、死そのものを、空白が表象していると言っているが、死が表象されること、空白が死を表象することがあるのか、という疑問を持っている。笠井美希はロラン・バルトの『明るい部屋』を参照する。バルトはプンクトゥムという概念を用いて写真を分析しているが、そのプンクトゥムの例の一つを笠井美希は引用する。ある青年がこれから死のうとしている。写真にはこれから死のうとしている未来とすでに死んでしまった過去が写っている。未来と過去が「圧縮され一体化している」。それゆえ、プンクトゥムは私たちの心に引っ掛かり、私たちの心を掻き乱す。

ダッハウ収容所跡というモニュメントそのものが、このような未来と過去の混合のようなものではないか。ダッハウで死は既に体験されていた。そして、その死はモニュメントとして今も持続している。私たちはこのようなモニュメントを、死を記録するためと同時に死を忘却するために作る。モニュメントとはそのような記憶と忘却の二重の装置である。ダッハウで笠井美希は、同行のアメリカ人学生とちょっとした口論になる。アメリカ人学生は「美希、忘れろ」というようなことを言い、笠井美希は「いや記憶は持続されるべきだ」というようなことを言う。そのどちらが正しいか笠井美希自身が判断を中止しているようなところがある。モニュメントが記憶と忘却のためにあるものだとするなら、アメリカ人と日本人のそのどちらの言い分も正しいからだ。

笠井美希はダッハウに広島を重ねて考えている。それはやがて『ヒロシマ、私の恋人』という映画についての考察として展開される。写真を焼き付けるということから、焼くことのホロコースト的意味あるいは、広島で焼かれた人々などが考察される。写真を焼くことが強制収容所のガス室で焼くことと繋がり、広島の原爆投下で焼かれることと繋がる。そして、日本では私たちは死ぬと誰でも必ず焼かれる。写真は焼くことによって記録しようとする。焼くという行為が記録や定着のためになされる。ホロコーストや広島もやはり、記録であり記憶であり定着である。写真を焼くことはたぶん一つの死を意味する。焼かれたとき写真は死ぬ。それと同じことがホロコーストのガス室で焼かれ、広島で焼かれたときに起こっている。笠井美希は『ヒロシマ、私の恋人』でカットされた原爆投下のシーンのことを書いている。ここでも空白そのものが、オミットされたことによって何かを表象しているのではないか。ダッハウの看板の写真の空白のように、原爆投下のシーンが排除されることによって、逆に何かを表象しているのではないか。デュラスが脚本に書き、アラン・レネが排除したそのシーン。それは一体なんなのか。

「視覚とデュラス」を貫く主題のようなもの、それは、白と黒、だろう。白は不在であり、黒は実在を表すようである。

笠井美希を引用する。

その瞬間光は拡散し、全てを白色にひたし、視覚可能レベルを超えた激烈な照度で包み、浸食し、あらゆるものは個性を剥奪され、それゆえ一体化し、消化されてしまう。そして、続く闇と黒い雨。光が万物の消化を終えたとき、そこには瓦礫と生命を失ったものたちが、あたかも怪物の排泄物のように無秩序に残されるだろう。この閃光によって終わることが何を残したのか？　そもそも何が終わったのか？　終わりの後には何が待っているのか？
（「終らない閃光———映画『ヒロシマ、私の恋人』」）

「視覚とデュラス」における白。それは、ダッハウにおいて処刑される者の不在を表す白（「空白」）であり、「植民地の富裕白人層社会において は、必ず着用しなければならない制服」である「白服」の白であり、広島において「全てを白色にひた」す、「閃光」の白である。一方、黒とは、「ネガフィルムの上では、黒々とした粒子として、その痕跡を残」す、ダッハウの処刑されたものの実在の黒であり、「白い服」に「付着」した「汚れ」の黒であり、広島の、閃光の後に訪れる不吉な闇、そして、黒い雨の黒である。笠井美希の白が不在を表し、黒が実在を表しているように、私には見える。白とは、表面を取り繕ったような、見せかけの、外見のようであり、黒は、人間の、（実存の）、深さや、闇や、重く蠢くものを抉り出しているように見える。あるいは、白によって、人は、（実存は）、浄化される。それゆえ、黒は、浄化された黒なのではないか。

笠井美希が、必ずしも、白や黒をネガティヴに捉えていないのは、一見、不思議だが、逆に言えば、笠井美希は、白と黒を受け容れ、身体化している、と言えるかもしれない。アメリカ人学生が、白と黒を、受け入れるどころか、頑なにアレルギー的に拒否反応を示しているのとは対照的である。白を、不在を受け容れること、あるいは、黒を、濃密な実存を受け入れること、それは、諦めでも、絶望でもなく、むしろ、深い人間理解、世界理解のための、私たちの、ひとつの在り方、美学でもあり、倫理であるのかもしれない。

（詩人・詩論家）

大胆で骨太な「学《ストゥデゥム》」の越境から、非場の見据えを踏み抜いた感性の「空白《プンクトゥム》」

～笠井美希が読んだ「デュラス」～

林　美脉子

一昨年の夏、突然、笠井嗣夫さんから無言で「美術ペン」という薄い冊子が三冊届いた。付箋がついてる部分を開くと、笠井美希（批評家）という人が書いた「視覚とデュラス」というエッセイであった。著者名を見て、これは笠井嗣夫さんが社会学者の見田宗介のように、二つのペンネームを使い分けてこの文を書いたのかと思った。私は詩を書くことを二十五年以上も断筆し、そこから完全に離れていたので、その間の詩（文学）世界の動向は全く知らなかったのだ。

エッセイは①「ダッハウ――写真と空白」②「富める白、存在の黒」③「終わらない閃光」――映画『ヒロシマ、私の恋人』」というタイトルの短い文で、三回に渡り連載されたものだった。

①は著者がドイツのナチス「ダッハウ収容所」跡を訪ねた時に、管理棟前の広場に立てられた案内板にある一枚の白黒写真を見た感想である。彼女はその写真の一箇所にひとつの「空白」があることに気がつき、そこに銃殺された収容者の死の瞬間を透視した。そこには一人の、たった今いたはずの生者の「死」が、止まったままの「空白」として遺されていて、それは「あるべき物／者」が「無い」非在の瞬間を捉えた文だった。

②は、写真の現像時では、撮影されたネガフィルムに写された対象は黒くその存在を現わすが、光を当てると「白」に反転する。この「焼付け」作業によって、「あったもの」

が「ない」とされることで写真として完成する。しかしそこには、光によって「白」にされた被写体が、ずっと印画紙の上に残酷に焼かれつづけていることになる。著者が見た「ダッハウ収容所」の写真の空白には、銃殺された処刑者の死が「白」に反転された黒い影となり、いつまでも潜んでいるのだ。かつてあったものが、「白＝空白」に転じ、「そこに」そのまま焼き付けられて「ある」という痕跡の、見えないものに潜む存在の二重性。そのことを深く洞察した文であった。

③はマルグリット・デュラス脚本の映画『ヒロシマ・モナムール』から、ヒロシマで偶然出逢った日本人男性の身体を借りて、ナチ占領下のヌヴェールという町で処刑された、ドイツ人の恋人の亡霊と対話をするフランス人女性の、「終わり後を生きねばならない」新たな苦痛を、「どこにへも出口がない（NE/VERS）という言葉に仮託して語るものである。

この三つの短い文章は、実に繊細で無駄のない筆致で書かれていた。「これから失われるであろうもの」と「あるべきはずのものが無い」が空白として「ある」、「未来と過去が圧縮され一体化している状態」に「突き刺された」著者が、「印画紙に空白としてしか存在しえない生のありよう」に慄然と佇むその語り口には、「非在」に対する静謐で穏やかな諦念のようなものが潜んでいた。この「ある」と「ない」を反転する実存の非場を見据えるまなざしのリアリティに、私はなぜともなく戦いた。

それで「笠井美希」という名前は本当に笠井嗣夫さんのもうひとつのペンネームなのだろうかという疑問が湧いた。

それを本人に確認しようとパソコンを開くと、そこには笠井嗣夫さんから、十年あまり前に亡くなった「美希」という名前の娘さんが書いた、

「美術ペン」を送ったというメールが届いていた。私は笠井美希という批評家が、笠井嗣夫さんの娘さんであるという事実を知る前に、その作品を読んだことになる。

その数ヶ月後、再び笠井嗣夫さんから美希さんの卒論と修論が、これまた何のメッセージもなく無言で送られてきた。

「美術ペン」の「視覚とデュラス」を読んで、その文章の完成度の高さに感心し、こういう優れた感性と端正な表現力を持つ人が生きるには、どこかで生き辛さを感じてしまうのではないかと思っていたが、後から送られたきたこの二つの論文は、テーマに取り上げたマグリット・デュラスの作品に、これまでの文学世界で論ぜられてきた視点からではなく、思いがけない角度から果敢に分析と解釈を試みる、実に骨太な論文であった。それはとても同じ人が書いたとは思えない強い語調のものだった。

卒論の「マグリット・デュラスにおける「贈与」の問題――『太平洋の防波堤』から」では、女性の処女性を「商品」とみなし、利潤追求の品物のように扱う過程を、マルセル・モースが唱えのちにレヴィ＝ストロースに影響を与えた『贈与論』のポトラッチという消費行動や、バタイユの「蕩尽理論」になぞらえて考察している。

文化人類学的に言えば、ポトラッチは単に商品を蕩尽するという経済的な意味だけではなく、北米先住民部族間の社会的威信や名誉を誇示するための、古代からある非合理な浪費交換の習俗なので、デュラスが表現した処女性の「蕩尽」とは少し違った意味合いを持つ。

またバタイユの〝非・経済性〟である普遍経済学が援用されたので、「あるいは？」と思ったが、三島由紀夫や安川奈緒のような「使いみちのない蕩尽」ということと、著者が例えた「商品」として女性の処女性を売る「蕩尽」とは少しく観点が違うと思われた。

バタイユの蕩尽理論は、一般経済学の論理では説明できない、自己を規定するあらゆる枠を爆破することによって、「情念」や「エロス」における絶対的な欲情の解放であり、それは恍惚を伴う死に等しい「供犠」として捉える必要がある。

さらに女性の処女性の価値というのは、歴史において男性権力が支配する時代が長く続く中、男性が一方的に作った「神話」であり、処女性＝商品＝娼婦という、資本主義経済学の図式で、自らの処女を商品に見立てた主人公シュザンヌが、自分のそれを「娼婦」のように売ったという解釈だけでは、少し短絡的であるように思われた。

またフランスの植民地ベトナムが持つ民族差別を、登場人物の服装の色で表象するというアイディアは新鮮だが、これも当時の植民地差別の複雑性や、貧しさの実態を実感できない豊かな現代日本に生きる若者の、観念的な把握のようにも感じられた。

著者がもう少し文献だけに頼らず、当時の植民地がいかなる実態にあったか実証的に知っていたなら、シュザンヌがそれまで社会が強要してきた「強制的異性愛[※1]」で強要されてきた束縛を断ち、自分の意志で自己の処女性を「娼婦」に見立てて「商品」化する「蕩尽」によって、「被差別者」としての女性性を開放し、まったき自由へと脱出する過程を掘り下げることが出来たのではないか。

そしてシュザンヌが、自分の中に潜む「欲情」や「悦楽」という性のアイデンティティを、社会や他人の価値観から引き剥がし、自分が何物にも属さない自由なひとりの「ニンゲン」としての自我と尊厳を獲得し、自立するというところまで読みを深めることが出来たのではないか。

それが私が一読した最初の感想であった。

しかし、二度三度と詳細に読み込んでみると、著者はこの卒論の「序文」ではっきりと、

「デュラスの作品を読み進めるうちに（……）初期の小説が評論などにあまり取り上げられていないという事実に気がついた。十年以上前の批評雑誌を参照しても、特に『太平洋の防波堤』は資料的扱いに終始するきらいがある。（……）その根源ともいえる初期作品にリアリズム小説という刻印を押し、それを避けてデュラスを語ることなどできないという強い思いが、この作品を選択した動機であるといっても言いすぎでない。」

という意見を呈し、「逆に初期の作品に登場する人物の人間関係、繰り返される脱出のテーマを探ることは後の作品を分析するに当たり有意義だろうとも思われる。」と表明している。

このことから著者は、相当綿密にデュラスに関する資料を読み込んでいて、自分は『太平洋の防波堤』を従来の「リアリズム小説」と刻印することに異論を持ち、全く新しい解釈のアプローチを取ると決意しているのだ。この一言に込められた、既存のデュラスの「読み」に対する強い抵抗感に触れ、私は自分が詩人としてデュラスを読み解釈し、そのエクリチュールが類稀なる詩的次元に到達していることに強いインパクトを得ていたが、このデュラスに対する「文学的」感興を一度リセットして、この論文を改めて読む必要を感じた。

四年後の修論「デュラス作品における女性同士の関係性の研究——『太平洋の防波堤』と『愛人』」では、卒論のテーマの上に、「欲望と愛が混在する場」である『愛人』を加えて構成されている。

前半は、卒論の『太平洋の防波堤』をさらに深化させた考察から始まる。

それは卒論にはなかった、私が前述で指摘した、シュザンヌが自らの意志で処女を捨て自己超克をすることによって、自我の内的脱出を達成したところまで追加考察されていて、著者の成長の後が見てとれた。

修論後半において、前半で追認された『太平洋の防波堤』の後に、デュラスが三十年以上かかって辿り着いた「欲望と愛が混在する場」に深く潜入して書かれたベストセラー『愛人』の世界に、ようやく入っていくのである。

『愛人』で展開される「デュラスのエクリチュール」と言われる、場や時間の混乱による超時間的な記述、同じ文節で用いられる一人称の「わたし」が、いつのまにか三人称の「彼女」に転換して、メタ認識で語られる冷徹なまでに醒めた、しかし激しくも狂おしい愛欲描写、絶えず原体験とその風景に回帰し、執着と妄想を反芻してやまない、終わりなき物語に還元されていく神話化された記憶、さらに性別や血縁を越境する同性愛や近親相姦的な愛の、死と隣りあわせの憎悪と殺意が錯綜する情念の渦、原書では確認できるという、フランス語とベトナム語の混交や変形を織り込んだ、「デュラス語」と呼ばれる奇妙な言葉の出現、デュラスはヌーヴォーロマンだ、いやそうではないと見解の分かれる読解の宙吊り等々、既に多くの解釈の中でコード化されているデュラスの「文学的解釈」（傍点筆者、以下同）を、著者はきっぱりと否定する。そして自身の全く新しい「読み」を「2.2.2. エレーヌ・ラゴネル」の章から展開していく。

　そこで著者は、『愛人』の主人公である「わたし」が、永遠の少女のままギリシア彫刻の女神のように美しい肉体と、（未来の夫）の意志に忠実になるであろう従順な性格の友人エレーヌ・ラゴネルの裸体を見て、レズビアン（ホモ）的欲望と、そこに「わたし」の愛人である中性的な中国人青年を加えた、三人の情交を夢想する場面を引用する。

　それは従来の規範である男性権力が作った「強制的異性（ヘテロ）愛」を逸脱した、性の超克と快楽の自由を、年齢をも超えた「官能が支配する世界」をひたすら生きる主人公の性愛の世界である。

　ここに至って著者は、男と女、出自（人種）、そして年齢などの属性《カテゴリー》で規制し差別する、あらゆる権力から性を開放し、それらの境界を無化した「自由な性愛の悦楽」を、『愛人』の中に見い出したのだ。

　その後の記述は、既に仕立て上げられているアカデミックな文学的デュラス解釈を脱構築しようとする意思の強さで続き、最後にはほとんど悲痛ともいえる強調、怒りと確信に満ちたものに変調していく。

　そして驚いたことに最後の「補論、非・異性愛をめぐって」で、「リッチのこの概念は半ば古典化しており」と断りながら、唐突にも六十年代に活躍した、アメリカの詩人でありフェミニズム思想家であるアドリエンヌ・リッチの理論をぶつけているのだ。

　そこでは

　　「（……）本論文の目的が、セクシャリティやジェンダー、ゲイ・カルチャーの社会学的な考察ではないことを確認しておきたい。本論文の主眼はあくまでデュラス作品の文学的分析である」

と宣言し、

「本章に冠した《非・異性愛》というタームであるが、これは既に社会学やセクソロジーによって定義されたものではなく、「異性愛ではない」というより広い意味で本論に用いるものである。」

と述べ、アドリエンヌ・リッチを「i―1強制的異性愛」「i―2レズビアン存在とレズビアン連続体」の2項に分けて詳細に引用する。

また「レズビアンの、連帯の基礎かつ尊厳の恢復」「タブーの審判と、強制された生き方の拒絶」など、リッチのみならずアメリカのレズビアン・フェミニズム批評家ボニー・ジマーマンほか、日本人にはまだ一般的になじみの薄い多くのフェミニズム文献を詳細に調べて、社会規範によって規定され続けてきた人間の属性から、自由になった性愛というものの存在に迫っていく。

その中でもリッチが為した、キャスリーン・ゴフの「家族の起源」という論文から、「女性全般に向けられている性的不平等の八つの特徴」の抜粋は強烈である。

ここに示されている目を覆うような信じがたい、政治的、宗教的、民族的な社会規範や因習によって、男性権力下で行われている（幼女・少女を含めた）女性全般に対する暴力は、現在世界中に広がる内戦下の紛争国や、そこから他国に逃れた避難民の女性達、また、未だ発展途上にある国々で日常的に行われていて、彼女達に筆舌に尽くし難い苦しみを与えている。

それらはかつて日本にもあり、今も形を変え見えないところに偏見や差別として根強く残っていることは言うまでもない。

　例えば教育水準が高いと言われる我が国でも、家庭や教育現場、さらには職場や政治の世界で、女性が男性権力の被抑圧者になっている現実がある。また、広がる格差社会で行き場を失い、SNSや裏アプリなどを介して、誰にも知られず影のように漂流し、性暴力の罠にかかる女性達は後を絶たない。

　人類発祥以来連綿と続く男性権力が、女性に強要してきた「強制的異性愛」、さらに女性史上無視することの出来ない、過酷で残酷な男性暴力の実態を抜き出すこの項は、デュラスを文学的感性で解読し論ずる研究者や批評家の多い中、読む者をたじろがせるほど異質なものである。そして筆者は、この視座は「文学的分析である」と主張する。

　このようにあくまでデュラスを離礁させ、脱構築させるこれらの引用において、いかなる「力」が著者に働き、かくなる自己定位の弁証法に駆り立てたのか。この部分を死角に落し込んでしまえば問題の本質が見えてこない。もし著者がデュラスを通してアドリエンヌ・リッチやキャスリーン・ゴフの論に辿りついたのであれば、現在国連や日本でやっと法整備の途上につき、論争の日の目を見始めたLGBTを含むジェンダーフリーの現状を、彼女は十五年以上も前に「文学的」に捕捉したことになる。

　著者がここで見せた能力を発揮し続ければ、今や権威に胡坐をかき動脈硬化を起こしているアカデミックな「学」や「知《ストゥデゥム》」の壁を打破して、立場や属性が違っても、共感と共苦《コンパッション》を持って互いの存在の尊厳が保障される、自由で開かれた新しい時代を召喚するひとつの戦力になったであろう。

　今、私の手元にはロラン・バルトの『明るい部屋』の一冊がある。

表紙カバーと見開き次ページにある「ダニエル・ブデイネ：ポラロイド写真、一九七九年」と題した写真には、色褪せた青緑色のカーテンが下がる、誰もいない寝室と思われる部屋が写っている。ベットの上に枕がひとつ見えるだけであとは何もなく、使い古され、透けるほど薄くなったカーテンの生地には、風化して出来た短く細い裂け目《プンクトゥム》が数箇所ある。そこを通して見える窓の向こうには、何も写っていない。

しかし私には、カーテンの向こうに広がるうっすらと明るい「空白」に、著者の遺した言葉がこの遺稿集に印字されることで、「笠井美希」という名が固有の存在となって回帰してくるのが見える。

そしてそここそが、いずれ誰もが行き着く「永遠」という名の非場である。

しかしカーテンの内側に残された者が為すべき事は、このような現代社会が抱える病理のありどころをしっかりと見定めることである。そしてそれが何によってもたらされているのかを自覚し、内省的に思考して、改善のために行動しなければならない。そうでなければ、著者が戦おうとした男性権力社会を変えることは出来ない。

今この時点でもあらゆる場所で様々な抑圧に苦しみ、救済されることなく無言のままカーテンの裂け目の向こうに消えていく、名もない、しかし確実に「固有の存在」である人達がいる。ジェンダーやフェミニズムが持つ問題には、あらゆる差別の元型[※2]があり、それは現在進行形で頻発している。だから、目の前で苦しむ人を「ひと事」のように見て、黙って座っている暇はないのだ。無意識のうちに人の尊厳を傷つけていることへの自覚のなさこそが、偏見や差別の（心的な含めた）暴力を発動させる。

これが「女」という性に生まれ、多くの抑圧を受け詩を捨て、身を呈して戦ってきた私の切実な思いである。

笠井美希が読み、自らが「空白」の非場へと踏み抜いていった「デュラス」の世界は、ここで終わるのではなく、全てはここから始まると言えよう。

（詩人）

※1　家父長制度下における男尊女卑の考えの中で、男性が一方的に女性を選び、その結合のみを絶対善とする社会習慣。

※2　精神分析学者ユングの用語で、古代から遺伝的に受け継がれた人間の本能として存在する、構造化された行動様式。

参　照

M・デュラス／田中倫郎訳『太平洋の防波堤』河出文庫　一九九二年

M・デュラス／清水徹訳『愛人』河出書房　一九九二年

ユリイカ特集「マグリット・デュラス」青土社　一九九九年七月号

酒井健著『バタイユ』青土社　二〇〇九年

ロラン・バルト／花輪光訳『明るい部屋～写真についての覚書～』みすず書房　一九九八年

ユリイカ特集「ロラン・バルト」青土社　一九九六年六月号　鈴村和成「まなざしの対位法」

国連女子差別撤廃条約　一九八一年発効

北原みのり責任編集『日本のフェミニズム　since1886　性の戦い編』河出書房　二〇一七年

同性パートナーシップ宣誓制度（東京都渋谷区、世田谷区、伊賀市、宝塚市、那覇市、札幌市）二〇一七年現在

NHKTV『映像の世紀プレミアム』第3集～世界を変えた女たち～　二〇一七年　NHK制作

デジタルリマスター『新映像の世紀』全11集　二〇一六年　日米共同制作

ETV特集「告白・満蒙開拓団の女たち～旧満州の黒川開拓団～」二〇一七年　NHK制作

BS・1『世界のドキュメント』「塀の中の自由～アフ

ガニスタンの女性刑務所」　二〇一二年　スウェーデン制作
「プリズンシスターズ」（右記の後編）二〇一六年　スウェーデン制作
「ビフォア&アフターヒトラー（前・後編）」　二〇一六年フランス製作
「あばかれる王国 サウジアラビア」（公開処刑）二〇一六年　イギリス制作
「亡国の少女～待ち続けて～」　二〇一六年　デンマーク制作
「ムクウェグ医師の闘い～コンゴ、性暴力の犠牲者を癒す～」　二〇一五年　ベルギー制作

＊解題

Ⅰ　視覚とデュラス

柴橋伴夫が編集する季刊の美術批評誌「美術ペン」（北海道美術ペンクラブ）に発表された。笠井美希が書いたもののなかで、一般読者を対象として執筆されたのは、この三篇のみである。連載はまだ継続される予定であったが、本人の死によって中断された。

①ダッハウ—写真と空白　05.1

二〇〇五年一月二〇日発行「美術ペン」一一四号（2005,WINTER）。美希がダッハウを訪れたのは、交換留学生としてストラスブールに滞在していた二〇〇〇年秋のことである。

②富める白、存在の白　05.5

二〇〇五年五月二〇発行、同誌一一五号（2005,SPRING）。「白」は、デュラス読解のための重要なキーワードのひとつであると考えられていた。このことは、Ⅱで、詳細に分析されている。

③終わらない閃光
——映画『ヒロシマ、私の恋人』　05.8

二〇〇五年八月三〇日発行、同誌一一六号（2005,SUMMER）。なお、映画タイトルは、本遺稿集収録に際して『二十四時間の情事』から現行のものに改めた。

Ⅱ　マルグリット・デュラス

『太平洋の防波堤』　00.2

原題は、「マルグリット・デュラスにおける『贈与』の問題——『太平洋の防波堤』から」。

平成一一年度卒業論文として二〇〇〇年二月に提出された。本遺稿集への収録に際して、読みやすさを考慮し、原文の「序文」「序論」「本論」「結論」という形式的な区分けを取り除いて、ひとつにまとめた。また原則として、フランス語での引用や引用箇所の提示は省略した。

ここでは、ジョルジュ・バタイユの「蕩尽」概念によって、デュラス作品を読み解くという、フランス思想の枠内で論を展開している。

女性を「商品化」と「蕩尽」概念で論じる発想は奇抜であるとも独創的であるともいいうるが、その前提として女性主人公の「商品化」、またそれと交錯する「贈与」（マルセル・モース）について、具体的な流れを微細に分析することにより、説得力を持たせようとしている。本論の視点と方法の根底には、いわゆるフェミニズム批評があり、前年に書かれたリポート「性差の倫理的問題」は、フェミニストとしての立場を初めて確認したものとして読める。さらに、エレイン・ショーウォーターが編集した『新フェミニズム批評』（一九九〇、岩波書店）から多大な影響を受けていると思われる。英米系フェミニズムの強い洗礼を受けたことにより、フランス文学の研究志望者としては、より隘路を通らなければならなくなった。この矛盾は次の論文で顕在化する。

バタイユに関しては、生田耕作訳の『呪われた部分』（二見書房、一九七三）を参照しているが、遺稿集編集中の今年（一八年）、ちくま学芸文庫から酒井健による新訳が刊行された。偶然の一致とはいえ、編者には感慨が深い。

『太平洋の防波堤』と『愛人／ラマン』　04.2

原題は、「デュラス作品における女性同士の関係性の研究――『太平洋の防波堤』と『愛人』より」。平成一五年度修士論文として二〇〇五年二月に提出された。収録に際して、論文構成上の区分けは廃し、読みやすくまとめることにした。ここでも、女性同士だけではなく、女性と男性の関係も詳しく分析されている。

主要なテーマは、前論とおなじく主人公における「商品化のメカニズム」を明らかにすることだが、最終的にはそこから脱出する過程を内在的に対象化している。商品化に抗う方法としてバタイユの概念を援用した前論と比べ、対象作品だけに限定化することでエクリチュールの読みがより精密になり、文体にも安定感が出てきた。ヴェトナムが現実に面しているのは、「太平洋」ではなく「東シナ海」であるという指摘からの展開も興味深い。

『太平洋の防波堤』（一九五〇年）では、強制的異性愛（アドリエンヌ・リッチ）からの脱出を、別な女性―男性の形で成し遂げるのに対し、『愛人』一九八四では、「中性的な愛人」として中国人男性（富豪の息子）を設定し、さらに同じ寮に暮らす少女への主人公の欲望をめぐり、「異性愛・同性愛という区分を超えた多様な欲望のあり方を描く」と結論づけている。

作品を内在的に分析したこの論文の最後に、「非・異性愛をめぐって」という「補論」がつけ加えられた。フランスのゲイ・レズビアン運動では、男性同性愛者に関するテキストは、入手しやすいがレズビアンに関してはそうではないという理由から、アメリカのフェミニスト批評家アドリエンヌ・リッチをとりあげ、その「レズビアン存在・レズビアン連続体」という概念を詳しく紹介する。

英文の引用が多く本集には収録出来なかったが、二〇〇二年秋に、「THE BLUEST EYE（邦題『青い眼がほしい』）にみられる語りの構造」というレポートも提出している（作者トニ・モリスンは、アメリカの黒人女性作家。異性愛的な制度に批判的な姿勢をとっていたことから、レズビアニズムと関係づけて論じられたりもする)。ただし、フランス文学とテキスト的には無関係な「補論」を入れたことによって、論文審査がより厳しいものになることは、部外者の私にも容易に想像がつく。

それを覚悟したうえで、敢えてこの補論を入れたとしたならば、そこにはよほど切迫した心情があったにちがいない。また、博士課程への進学を断念したことを加えてもよいだろう。つまり、研究生活をもう続けない以上、学問的な評価など気にせず、自分の信念を好きなように書かせてもらうという姿勢をとり、さらに言えば、修士論文という枠を超え、フェミニズムに無理解な大学の在り方そのものへの、抗議の意思表示ともした。いまの編者にはそう読める。

この一連の経過によるアカデミズムとの決定的な断絶は、しかし研究者を目指していたこれまでの時間と努力をある意味で無とするものであり、鬱病からやっと立ち直りかけていた精神と日常に甚だしい消耗を強いる、深い挫折感と絶望感をもたらしたにちがいない。私をふくめ、周囲のだれもがそのことへのケアをきちんと考えてやれなかったことが、強く悔やまれてならない。

『静かな生活』　05.10～11

原題は、「マルグリット・デュラス『静かな生活』をめぐる家族と自己の諸問題」。二〇〇五年一〇～一一月にかけてつまり死の直前に執筆されたと推定される。修士課程修了後は、一般企業に勤務する傍ら、「美術ペン」に評論を連載するなど、忙しい毎日を過ごしていた。夏頃、ある大学からフランス語の専任講師にという話があり、これは、その就職のために必要な論文として書かれた。

すでにアカデミズムと決別した本人にとって、再びそこに関わることには躊躇と戸惑いがあったはずである。専門知識を生かせる安定した職場として周囲は勧めたが、本人は最後までどうするか悩んでいた。また派遣社員として少なくない残業をこなし、隔週土曜日には初歩のフランス語講座で教えるなど、余裕のない日常が続いていて、心身ともに疲れ切っていた。抗鬱剤を何種類も服用していた。そうしたなかで書かれたのが本稿である。

序、本論、結論、註よりなり、序にあたる部分は空白。本論は、「I. 家族の崩壊」「II. 死者への無関心と混乱」「III. 自己の再構築と身体の発見」という構成になっている。

一九四四に刊行された『静かな生活』は、『あつかましき人々』に続くデュラス名での第二作。この年の六月、対独レジスタンス組織（MGPGD）で活動していた三〇歳のデュラスは仲間とともに逮捕され、当時の夫ロベール・アンテルムは、ダッハウ収容所に送られる。美希がダッハウを訪れたのは、その五六年後のことである。

フランス南西部の小さな村ビュグを舞台としたこの作品には、しかし戦争の影はほとんどなく、ひたすら二八歳の女性フランシーヌと彼女を取り巻く家族同士の過酷な関係と、貧しい農村の生活が描かれる。読むにつれて、この女主人公の特異な内面が明らかになってくる。平凡に見えながら、彼女の抱えているのは冷酷ともいうべき深い虚無である。とりわけそれは死に向き合う姿勢として顕著だ。その点で、フランシーヌは、カミュ『異邦人』のムルソーと比較されもする。しかしムルソーとちがって、生活者として彼女は決して日常を大きく逸脱しない。虚無が完璧に内面化されているのである。編者が読んだデュラス作品のなかでは、飛びぬけた

傑作である

深い虚無や死の感覚を抱えながら、しかしあくまでも生活者として日常を、労働を、静かに続けていく。可愛がっている弟が生活破綻者の叔父を殺すように仕向けたり、その後、弟が自殺し、両親が認知症になっても、愛を感じない男と結婚し、これからも「静かな生活」を続けていこうという気持ちに揺るぎはない。虚無と生が融合された稀有の作品である。

この論での「自己の再構築と身体の発見」というタイトルをつけた第三章で書かれようとしたのは、弟の死という打撃を受けながら、身体の発見によって自己を再構築するプロセスの分析であったと思われる。だが、わずか五行を書いたところで、死によって中断された。

すでに用意されていた「結論」は、「家族の崩壊と、その渦中にあった主人公の、肉親の死への責任からくる自己喪失の危機、そして自己を再構築する過程を明らかにした。また、主人公は家族そのものに依拠することなく自己の再構築に成功し、その後も従来の家族形態を破壊するのではなく、それを引き継いだ上で自己のアイデンティティを保持していく」とあり、作品の核心はすでにしっかりと把握されている。あとは再構築の契機とプロセスを作品に即して具体的に分析する作業が残されていた。だが、そこですべての力が尽きた。生が尽きた。

もしここでの分析が充分になされたとしたら、あるいは「自己の再構築」により、自身の死はなかったのではないか。編者としては、そう思ってみたりもする。中断されたことが、様々な意味で、とても残念である。

Ⅲ　十九歳　1996～2001

大部分は文学部一～二学年時における、おそらくは講義の課題提出レポートとして書かれた。

そのせいか、引用の有無が不明確な文章が少なくない。多様な対象について、のびのびと自由に読み取り、書くことを楽しんでいることはよく感じられる。

映画の時空、文学の時空　96.6

入学して間もない頃のもの。色彩へのこだわりは、のちに書かれるデュラス論までいっかんして見られる。

「藪の中」―テクスト論的に　96.7

最初に、「テクスト」についての定義をしている。これは明らかにロラン・バルトの認識をなぞったものだが、バルトの名前は記されていない。おそらく、テクスト論についての講義があり、それを再確認しつつ、芥川龍之介の「藪の中」に適用して論じる課題が出されたのではないか。そつのないリポートとなっている。ここでテーマ的な読み方とはちがう批評方法にはじめて目を開かれただけではなく、バルトからは非常に大切なことを学び、さまざまな面で影響を受けた。

マリー・ローランサン／オクタビオ・パス　96.8

この二人を対象とした理由も、講義内容との関りも不明である。在学中は美術サークルに所属し、将来は美術関係の職に就くことを望んでいた時期に書かれているので、ローランサンに親近感を抱いたのか。オクタビオ・パスの詩については、かなり衝撃を受けたようだ。

寺山修司が破壊したもの　96.8

寺山修司の演劇活動を論じる講義があったとは思えないので、書きたいことを自由に書けるリポートだったのであろう。寺山にはかなり親近感をもっていたようで、ガロアに関する伝記文献をまとめたこのあとのリポートでも、やや強引に寺山を引用している。

クァジーモドとタブッキ　97.2

イタリア文化についての講義があったと思われる。とくにタブッキ作品については、その複雑な構造をよく読み込んでいる。文中に図解の挿入されるスタイルが、はじめて出てくる。

二十歳で死ぬには、勇気がいる—ガロア　97.2

科学史のリポート。なぜこれほど熱を込めて数学者ガロアの生涯にこだわったのかはよくわからない。自身が二十歳になって間もない時（一ヵ月後）に書かれていることから考えると、「二十歳で死ぬには、」というフレーズに刺激されたものか。向こうみずな反逆精神や学生運動のラジカリズムへの共感は、日常のたたずまいからは想像しづらい。書き方としては、いくつかの事柄を比較検討して図にまとめるという趣味（?）が徹底した一例でもある。それにしても、二十歳で死ぬのは若死であるが、二十八歳で死ぬのも若死である。

アンヌ・ガレタ『スフィンクス』　97.5

短い感想文。「フォント・オタク」と自称していただけあり、装丁や字体への好みも語られている。

ロラン・バルト『明るい部屋』　97.9

入学して間もなく出会ったバルトの、とりわけ写真論『明るい部屋』は、終生の愛読書となった。院生としてデュラス研究をしている頃も、「いずれは、写真論の方に進みたい」ともらしていた。

ふたりの「女の子」写真家を解体する　97.9

この頃、若い女性たちの写真熱が高まり、そのなかから七〇年代生まれ、すなわち同世代の有名写真家たちが出現した。美術部のなかに「現像会」を作るほどの写真好きだったから、興味を惹かれないはずがない。ここではHIROMIXと蜷川実花を取り上げ、セルフポートレートやプリクラについて論じている。自分でも書くことの手応えを感じたのか、めずらしく、提出前にコピーを渡してくれたので記憶に残っている。「必然的に消失するが、それがいつか知ることは不可能なもの＝少女性（girly）を『写真』のなかへ必死に託そうとしている。それは失われるものへの狂気のような愛しさの表現である」という結論での、「girly」という語の響きが、とても切ない。

小説はなぜ過去形で語られるのか　97.9

表題の設問への解答だと思われる。筒井康隆の『虚人たち』、ミッシェル・ビュトールの『心変わり』、倉橋由美子の『暗い旅』といった「メタ小説」を例外的な作品としてはじめに列挙し、自分はこちらの作品に興味があるのだが、設問のためにとりあえず「一般小説」について答えますという態度が見え見えで、苦笑させられる。

螺旋的構成——『天使の恥部』　98.2

村上春樹『世界の終わりとハードボイルド・ワンダーランド』とマヌエル・プイグ『天使の恥部』を螺旋的構成の例として比較検討している。図がいくつも作られている。『天使の恥部』は、二〇一七年になって改訳決定版が刊行された。

『痴人の愛』—反復されるモチーフ　98.6~7

国文学の演習用メモとして作成されたと思わ

れる。はじめに、「描写の過剰と視覚による表象の登場」とあるのは、演習の題目であろうか。授業内容と自分独自の見解の区別が判然としない。谷崎潤一郎を愛読していたとも思えない。しかし「馬ごっこ」と「行水」についての時間経過を含めた詳細な図解は、作るのにかなりのエネルギーと時間を要したと思われ、こうした作業に熱中すること自体に、不可思議なほどの「過剰」さ、を感じさせる。この過剰さは、ひとつの文学的な資質といえるかもしれない。また渡部直己の谷崎論が書き留められているが、日本の批評家のなかでゆいいつ影響を受けたのは渡部直己であったろうと私は推測している。

『水槽の中の脳』についての疑問　98.9

「認知科学」のリポート。「水槽の中の脳」（**Brain in a vat**）とは、自分が体験しているこの世界は、実は水槽に浮かんだ脳が見ている世界なのではないかという、ヒラリー・パトナムによる懐疑主義的な思考実験。これに即して、この脳がもし自殺を試みた場合にはどうなるかを執拗に検討している。岡島二人『クラインの壺』に触発されたものだという。

『スワンの恋』—隠喩としての病気　99.4

専門（仏文科）に進むと、語学の習得に忙殺されたせいか、日本語のリポートは数少なくなる。これは、そのひとつ。「病気」というイメージによってプルースト「スワンの恋」を読み解く。発想は、スーザン・ソンタグを意識したものか。テクスト論的な分析方法や自分なりの文体に習熟してきたことがわかる。

性差の倫理的問題　99.8

実感的にセクシャリティやフェミニズムの問

題に直面し、悩んだり考えたりしたことを整理しまとめたものらしい。この後、フェミニズム思想に傾倒していく。

日本の散文詩―安西冬衛『軍艦茉莉《マリ》』　00.1

日本の散文詩集では何がいいかと訊かれ、この詩集を渡すと、翌日、「とてもいい詩集だね」と感心していた記憶がある。構造的な分析により、「軍艦茉莉」がさまざまに謎を孕んだ作品であることを浮かび上がらせた。日本の詩について書いたものはこれしか残っていない。

Ⅳ　断片的草稿・他

断片的草稿（夢の記録・その他）　96.6~97.7

いまのところ、詩や小説を書いた痕跡は残されていないが、冒頭の「物陰に足拍子」は、主語に「あたし」がつかわれていて、仮構性が強い。次の「浮遊」の主語は「わたし」であるが、文体も内容も連続した感じを受ける。倉橋由美子が好きだったようだが、これだけで影響はわからない。「自分の尾をくわえた蛇が頭まで呑みこんで裏返る」という夢が、強烈。そのせいかこのあとは、克明な夢の記録が続く。この後、創作志向は封印してしまったようだ。最後の「非常階段」もフィクションである。

Cinema 1・2（映画日誌）　01.7~02.11, 02.11~04.12

ノートに手書き。すべて気楽に書かれているが、日付と館名を記入しチケットを貼り付ける几帳面さはかわらない。この頃から鬱病の治療を受けていて、映画を観ることがいちばんの気晴らしだった思われる。デビッド・リンチ好きなだけあって、『マルホランド・ドライブ』については、得意の図解入りで詳しく書き込んでいる。いったん中断し、〇五年になってブログで再開したが、編者は保存していない。

母への手紙　98.8, 00.9~01.6
　バースデーカードが一通、ストラスブールからが一通、フランスのツールからが二通、ストラスブールからが八通。どれも日常報告で、心配させるようなことは一切書かれていない。はじめての寮生活をのびのびと楽しんでいる感じが伝わってくる。

最期の手稿（手書きメモ・その他）　05.1~11
「美術ペン」の連載を執筆するためのメモ書きや図解があるので、〇五年に書かれたと思われる。ノートに手書き。おなじノートに、焦燥、衰弱をあらわす、断片的なメモがある。
　11.16の枕元にあったプレヴェールの詩の一部（カード）と、「ありがとうございました。」でおわる手書きの言葉は、遺書と思われる。普段はボールペンを使っていたが、これは、編者が入学祝に贈った万年筆で書かれていた。
（笠井嗣夫）

笠井美希　略年譜

一九七七年（〇歳）
一月十一日、北海道江別市野幌町に、父・笠井嗣夫、母・良子の長女として生まれる。八月、両親とともに札幌市豊平区に転居。
一九九一年（十四歳）
十二月、翌年の高校入試直前まで、デヴィッド・リンチのドラマ版『ツイン・ピークス』に熱中する。
一九九二年（十五歳）
四月、北海道立札幌南高等学校に入学。ジャズ研究会に所属しウッドベースを弾く。音楽、読書、映画を好む。
一九九六年（十九歳）
四月、北海道大学文学部に入学。美術サークル黒百合会に所属し、写真の現像技術を覚える。将来は、美術関係の職に就くことを希望する。六月、「映画の時空、文学の時空（『ベルリン天使の詩』）」。**"If I were the opposite Sex"** 。七月、「『藪の中』―テクスト論的に」。**"What job would like to do and/"**。この頃、夢について断続的に記録し始める（〜九七年七月、「断片1」として本遺稿集に収録）。八月、「マリー・ローランサン／オクタビオ・パス」「寺山修司が破壊したもの」「文学の読み方、映画の見方（『クライング・ゲーム』）」。九月、「都市の政治史」（ゼミレポート）、十二月、「吉本隆明『言語にとって美とは何か』について」。
一九九七年（二十歳）
二月、「二十歳で死ぬには勇気がいる―ガロアの生涯」「パソコンソフトの商品名におけるレトリック」。五月、「読むこと―アンヌ・ガレタ『スフィンクス』」。「日清戦争下の事実報道の状況について」。九月、「ロラン・バルト『明るい部屋』」「ふたりの「『女の子』写真家を解体する」「小説はなぜ過去形で語られるのか」「『赤と黒』冒頭の地理描写」。十一月、「政治とメディアについて」（ゼミレポート）。

一九九八年（二十一歳）

一月、「能面の『孫次郎』」。二月、「螺旋的構成」。「Baudelaire “LE BALCON”」（演習用メモ）。「“Jaques Prévert” の翻訳の比較」。六月、「谷崎潤一郎『痴人の愛』—反復されるモチーフ」「『痴人の愛』図解」。七月「『痴人の愛』—描写の過剰と視覚による表象の登場」（演習用メモ）。八月、日仏協会研修プログラムによりフランスのツールでホームスティ（母への手紙、二通）。九月、「ワイルドの芸術観について」「水槽の中の脳」「トリスタンとイズー物語について」。

一九九九年（二十二歳）

二月、国文科の東京研修旅行に参加。四月、「新歓ルシェルシェ」（黒百合会写真部・現像曜会）。「『スワンの恋』—隠喩としての「病気」」。八月、「性差の倫理的問題」「ギローの『意味論』について」「道徳的特有語法—『ラモーの甥』」。

二〇〇〇年（二十三歳）

一月、「日本の散文詩について—詩集『軍艦茉莉《マリ》』」。三月、北海道大学文学部人文科学科（文学専修課程）卒業。「マルグリット・デュラスにおける『贈与』の問題」（卒業論文）。四月、同学大学院研究科修士課程言語文学（フランス文学）に進学。五月、「フランスですごした一ヵ月」。「Andre Breton “Nadja”（部分訳）」。九月、交換留学生としてフランス東部（アルザス地方）にあるストラスブール大学で学ぶ。滞在中、ナンシー、コルマール、ミュルーズ、ランス、メッスなどを訪ねる。また、ドイツのダッハウやフライブルグなどにも行く。（母へ

の手紙、八通）

二〇〇一年（二十四歳）

五月、日本から来た他の寮生とともに地元新聞の取材を受け、'Pays du soleil levant: capitale Strasboug' という見出しで大きく紹介される。六月、帰国。七月、「Cinema」（映画日誌、手書き）vol.1（〜 2002.11.04）。一〇月、「フランスにおける多言語主義とアルザス語」。この頃より鬱病のため講義を休みがちとなり、カウンセリングを受ける。一部教官たちの性差別的な言動にも悩まされる。大学の相談室を訪ねて事情を訴えるが、事態はかわらなかった。

二〇〇二年（二十五歳）

九月、「Toni Morrison "The Bluest Eye" にみられる語りの構造」（英文学集中講義のレポート）。十月、鬱病の悪化により、部屋に引きこもり状態となり休学。十一月より、「Cinéma」vol.2（〜 2004.12.21）。

二〇〇三年（二十六歳）

ＨＩＶ感染者・エイズ患者を支援し、知識普及を行うボランティアグループ（ＮＰＯ法人レッドリボンさっぽろ）の活動にかかわる。二月、合宿に参加。四月、大学院に復学。五月、「レッドリボンさっぽろ・企画書」。八月、"LET'S TALK ABOUT SEX!"（レッドリボンさっぽろ主催行事の宣伝チラシ）など。この頃、博士課程への進学を最終的に断念したと思われる。

二〇〇四年（二十七歳）

一月、輸入靴店アルファ美輝（札幌）に入社、主として輸入関係の業務に就く。三月、修士課程（言語文学）終了。「デュラス作品における女性同士の関係性の研究」（修士論文）。四月、アルファ美輝を退社。六月、構研エンジニアリング（橋梁関係企業・札幌）の契約社員となり、死の前日まで休まず勤務。

二〇〇五年（二十八歳）

一月、評論「視覚とデュラス①「ダッハウ―写真と空白」」（「美術ペン」、一一四号）。五月、「視覚とデュラス②「富める白、存在の白」」（「美術ペン」、一一五号）。同月より、北海道文学館「ウィークエンドカレッジ」フランス語入門講座の講師を兼任。九月、「視覚とデュラス③「終わらない閃光」」（「美術ペン」、一一六号）。この頃、ブログで「映画日誌」を再開。十月、「マルグリット・デュラス『静かな生活』をめぐる家族と自己の諸問題」を執筆（未完）。十一月、鬱病が悪化。十六日早朝、昏睡状態で発見され、札幌医大に搬送される。午前十一時二十三分、死亡。享年二十八歳。

二〇一五年

十月二十一日、母良子が病没。享年六十五歳。

編者あとがき

亡くなってからずっと、美希の部屋はそのまま手もふれず、パソコンを始末した以外、遺品整理をまったくしてこなかった。いろいろな事情のため、それは不可能だった。

つい数か月まえに、偶然、以前に使っていた部屋の戸棚から、ワープロ専用機で書き込まれた数枚のフロッピーディスクを見つけた。念のため専門家に依頼して内容を読み出してもらうと、学生時代に書いたと思われる数十篇の文章が収められていた。

リアルタイムで読んでいたのは、「美術ペン」や卒論、修論でのデュラス論をのぞくと写真にかんする二篇だけ。これらのほとんどは、大学に提出するために書かれたリポートらしい。つまり公表を前提として書かれたものではない。テーマや素材もきわめて多岐にわたる。そのなかで写真論だけは、書いてそれなりの手ごたえがあったのか、コピーを渡してくれていたのだ。

拾い読みしていくうちに、未熟ながら独自の文体をもち、多様な対象（多くは文学作品、あるいは写真、映像）について感受したことをのびのびと書きつけていることに気づいた。読むことの、観ることの、そして書くことの、ここには歓びが感じ取れた。すでに死んでいる娘が、ここでは今を生きていた。

ロラン・バルトは、熱愛する亡き母の写真について、「消滅した存在の写真は、あたかもある星から遅れてやって来る光のように、私に触れにやって来る」（『明るい部屋』）と書いている。バルトは写真と文学作品を原理的に峻別しているのだが、それはともかく、この文章群もまた私にとっては、十数年をかけて、近くて遠い星からやって来た光なのだ。

*

美希について眼に焼き付いているのは、まだ歩き始めて間もない頃、歩道から車道におりるときに、転ばない用心のためか、わずか数センチの段差を、小さな身をかがめ地面に手をつきながらおりた姿である。とても複雑な気持ちで私はその動作を眺めていた。大人に成長したあとも、また今もなお、その姿は残像として脳裏から消えることがない。

とても繊細なうえに、記憶力がよかった。大ざっぱな性格の私などが何気なくやり過ごす事柄を、ずっと深く、重く受け止め、いつまでも記憶にとどめて生きていた。日々堆積されるさまざまな重みが心身を苛み、その重みが、ある日ふと限界を超えてしまったのかもしれない。今は、娘の死をそう受け止めている。

映画や音楽もマニアックなほど好きだった。とりわけ少女漫画やアニメ、オルタナティブ・ミュージックについては、私がまったく知らない領域の知識をたくさんもっていて、折につけ、様々なことをおしえられもした。娘を失ったとどうじに、さまざまな領域を共有する存在を失ったという喪失感が私にはある。

死の十日くらいまえであったか、娘の勤務が終わってから、会社近くの喫茶店で今後のことなどを話した。寒い日だった。契約社員としてたびたびの残業もこなし、月二回はフランス語の講師をつとめ、帰宅すると論文を書くという多忙な生活にかなり疲労しているようだったのだが、話しているうちに何とか頑張るということになった。美味しい店があると言って、北大近くのスープカレー屋で食事をした。たぶん恋人と行ったことがあったのだろう。やや明るい顔になって、いろいろ話が弾んだ。

国際情勢の話になった最後に、なぜか、「やっぱり社会主義だよね」と元気に言ったことをなお鮮明におぼえている。現状に批判的な視点はもっていたけれども政治思想に興味はないようだし、不思議なことを言うなとその時は思った。あるいはかつて新左翼だった私のスタンスに合わせてくれたのかもしれないと。いや、もしかすると、絶望的に不条理な世界の内に生きていて、それでも未来に向けて、何かしら希望のようなものを持ちたかったのかもしれないとも。

遺稿集の編集を始めたある日、何気なく書棚からジャン＝リュック・ナンシー『無為の共同体』という本を手に取ると、何枚もの付箋が貼られていた。こうした思想書を読んでいるのは意外だった。おそらくはバタイユやブランショの関連で読んだのだろう。かなり熟読したらしく、あちこちの付箋には、細かな書き込みがあった。とりわけジノヴィエフ問題については、「たしかに（社会主義体制を）否定面だけでみるのは簡単だが、深いところをみるにいたらないのかもしれない。私自身の今の心境を考えるとジノヴィエフの言うことがよくわかる。H9.11.29」と日付まで書き込まれている。

アレクサンドル・ジノヴィエフは、ドイツに亡命した旧ソ連の知識人である。彼はもちろんソ連体制を否定するが、同時に、西欧社会についても激しく批判した。ソルジェニツィンのようにソ連を全否定するのではなく、仕事、給与、住居、医療サービスなどがすべて一定の水準で保障されている肯定面が体制を支えているのだと怜悧に指摘している。

『無為の共同体』は、こうした事実をふまえながら、共同体についてのかなり複雑な論理を展開しているのだが、それはさておき、H九年（九八年）といえば二十一歳、まだ大学二年生の頃である。その頃すでに、「ジノヴィエフの言うことがよくわかる」と、将来の生活への不安を感じていたのだ。親として、切ないと感じるほかはない。それから七年後に、「やっぱり社会主義だよね」と私に言ったとき、それは生活の安定がほしいということの同義語ではなかったか。そのことに当時の私は気づかなかった。
あらためて考えてみると、美希のデュラス論は徹底して女性の、そして人間の「商品化」について分析し、解放の可能性を探っていた。生の根底を凝視していたのだ。

＊

エミール・クストリッツァ『オン・ザ・ミルキー・ロード』のなかに、恋人の死に絶望して命を絶とうとする主人公にむかって長老が、「おまえが死んだら、誰が彼女のことを思い出すのだ?」と、静かにさとすシーンがある。この遺稿集は、こうした深い問いかけへの、ひとつの応答として編まれた。

（笠井嗣夫）

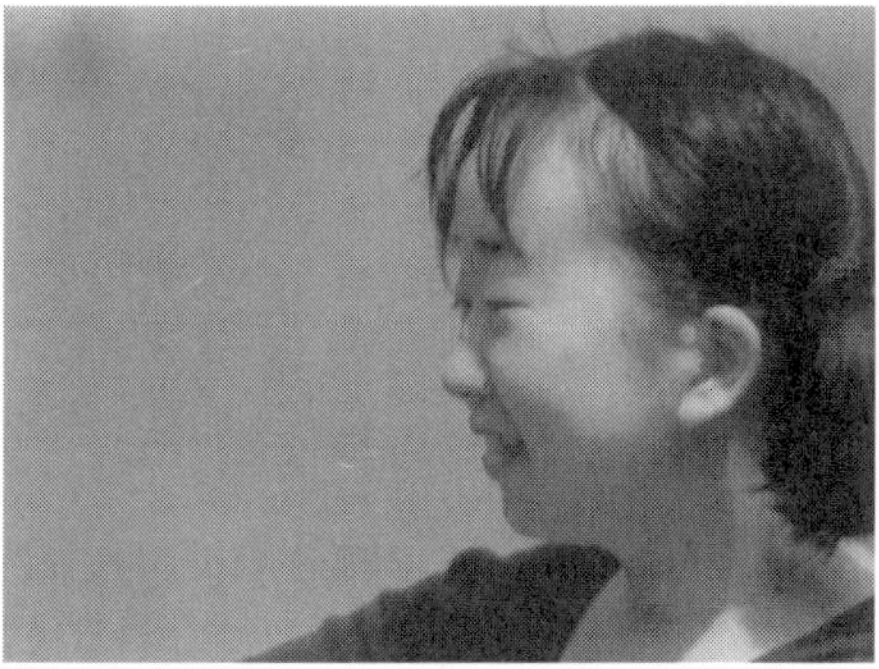

（20 歳の頃）

デュラスのいた風景

笠井美希遺稿集・デュラス論その他　1996～2005

二〇一八年七月二十六日　発行

著　者　笠井　美希

編　者　笠井　嗣夫

発行者　知念　明子

発行所　七　月　堂

〒一五六―〇〇四三　東京都世田谷区松原二―二六―六
電話　〇三―三三二五―五七一七
FAX　〇三―三三二五―五七三一

印　刷　タイヨー美術印刷

製　本　井関製本

©2018 Miki Kasai
Printed in Japan

ISBN 978-4-87944-330-4　C0098

乱丁本・落丁本はお取り替えいたします。